O FIM DA ETERNIDADE

ISAAC ASIMOV

O FIM DA ETERNIDADE

TRADUÇÃO
Susana L. de Alexandria

O FIM DA ETERNIDADE

TÍTULO ORIGINAL:
The end of eternity

COPIDESQUE:
Fábio Fernandes

REVISÃO:
Hebe Ester Lucas
Tânia Rejane A. Gonçalves

CAPA:
Luciano Drehmer

PROJETO GRÁFICO E DIAGRAMAÇÃO:
Desenho Editorial

DADOS INTERNACIONAIS DE CATALOGAÇÃO NA PUBLICAÇÃO (CIP)
(CÂMARA BRASILEIRA DO LIVRO, SP, BRASIL)

A832f Asimov, Isaac
O fim da eternidade / Isaac Asimov ; traduzido por Susana Alexandria. - 2. ed. - São Paulo : Aleph, 2019.
256 p.

Tradução de: The end of eternity
ISBN: 978-85-7657-422-4

1. Literatura americana. 2. Ficção científica. I. Alexandria, Susana. II. Título.

2019-1113   CDD 813.0876
                             CDU 821.111(73)-3

ELABORADO POR VAGNER RODOLFO DA SILVA - CRB-8/9410

ÍNDICES PARA CATÁLOGO SISTEMÁTICO:
Literatura americana : Ficção científica 813.0876
Literatura americana : Ficção científica 821.111(73)-3

COPYRIGHT © ISAAC ASIMOV, 1955
COPYRIGHT © EDITORA ALEPH, 2007
(EDIÇÃO EM LÍNGUA PORTUGUESA PARA O BRASIL)

TODOS OS DIREITOS RESERVADOS.
PROIBIDA A REPRODUÇÃO, NO TODO OU EM PARTE, ATRAVÉS DE QUAISQUER MEIOS.

Rua Bento Freitas, 306 - Conj. 71 - São Paulo/SP
CEP 01220-000 • TEL 11 3743-3202
www.editoraaleph.com.br

◎ @editoraaleph
♪ @editora_aleph

TÉCNICO

Andrew Harlan entrou na cápsula. Suas paredes eram perfeitamente redondas e ela se encaixava confortavelmente dentro de um túnel vertical composto de hastes largamente espaçadas entre si, tremeluzindo numa névoa indistinta dois metros acima da cabeça de Harlan. Ele ajustou os controles e deslizou suavemente a alavanca de partida.

A cápsula não se moveu.

Harlan não esperava que isso acontecesse. Não esperava nenhum movimento; nem para cima nem para baixo, para a esquerda ou para a direita, para a frente ou para trás. Ainda assim, os espaços entre as hastes se fundiram num todo acinzentado, sólido ao toque, embora fosse imaterial para todos os efeitos. E aquele frio no estômago, acompanhado de uma leve tontura (psicossomática?), não deixava dúvida de que todo o conteúdo da cápsula, inclusive ele próprio, viajava rapidamente ao tempo-acima na Eternidade.

Ele embarcara na cápsula no Século 575, a base de operações que lhe havia sido designada dois anos antes. Na época, o Século 575 era o mais longe que viajara no tempo-acima. Agora, rumava ao Século 2456.

Sob circunstâncias normais, talvez ficasse um tanto perdido diante dessa perspectiva. Seu Século natal era num longínquo tempo-abaixo, mais exatamente o 95. O Século 95 restringia rigidamente a energia atômica, era um tanto rústico, utilizava estruturas de madeira natural, exportava certos tipos de bebidas destiladas a quase todos os tempos e importava sementes de trevo. Embora Harlan não visitasse o Século 95 desde que iniciara o treinamento especial e tornara-se Aprendiz, aos 15 anos de idade, havia sempre um sentimento de perda quando se mudava para algum outro tempo "longe de casa". No Século 2456, estaria quase duzentos e quarenta milênios à frente de seu próprio tempo, e essa é uma distância considerável mesmo para um Eterno calejado.

Sob circunstâncias normais, seria assim.

Mas, naquele momento, seu estado de espírito não permitia pensar em nada a não ser nos documentos que pesavam em seu bolso e no plano que pesava em seu coração. Estava um pouco assustado, um pouco tenso, um pouco confuso.

Foram suas mãos agindo sozinhas que fizeram a cápsula parar no ponto correto do Século correto.

Estranho um Técnico sentir-se tenso ou nervoso diante de qualquer coisa. O que foi que o Educador Yarrow disse certa vez? "Acima de tudo, um Técnico deve ser desapaixonado. A Mudança de Realidade iniciada por ele pode afetar a vida de cinquenta bilhões de pessoas. Cerca de um milhão dessas pessoas talvez sejam tão drasticamente afetadas que poderão ser consideradas novos indivíduos. Sob essas condições, atitudes emocionais constituem uma séria desvantagem."

Harlan sacudiu a cabeça quase com violência, para afastar a lembrança da voz seca do professor. Naquele tempo, nunca imaginara ter ele próprio esse talento peculiar para o posto. Mas a emoção finalmente o alcançara. Não por cinquenta bilhões de pessoas. O que eram cinquenta bilhões de pessoas para ele? Havia apenas uma. Uma pessoa.

Percebendo a cápsula imóvel, em menos de um segundo recompôs-se de seus pensamentos e, voltando à estrutura mental fria e impessoal que um Técnico deve ter, saiu. Esta cápsula, naturalmente, não era a mesma na qual embarcara, no sentido de que não era composta pelos mesmos átomos. Ele não se importava com isso, como nenhum Eterno se importava. Preocupar-se com a *mística* da Viagem no Tempo, em vez do simples fato em si, era a marca de um Aprendiz e dos recém-chegados à Eternidade.

Parou novamente diante da infinitamente fina cortina do Não-Espaço e Não-Tempo que o separava da Eternidade, de um lado, e do Tempo normal, do outro.

Este seria um setor da Eternidade completamente novo para ele. Sabia alguma coisa sobre ele, claro, após consultar o *Manual Temporal*. Porém, nada substitui uma visita real, e ele empertigou-se para o impacto inicial de adaptação.

Ajustou os controles, uma questão simples quando se passa para a Eternidade (mas muito complicada quando se passa para o Tempo, um tipo de passagem muito menos frequente). Atravessou a cortina e teve de semicerrar os olhos diante do brilho, protegendo-os automaticamente com a mão.

Apenas um homem o encarou. A princípio, Harlan só conseguiu ver um borrão.

– Sou o Sociólogo Kantor Voy – disse o homem. – Imagino que seja o Técnico Harlan.

Harlan confirmou com a cabeça.

– Senhor Tempo! Não dá para ajustar essa ornamentação?

Voy olhou tolerantemente para ele e disse: – Você se refere às películas moleculares?

– É isso mesmo – disse Harlan. O Manual mencionava essas películas, mas não dizia nada sobre essa profusão tão insana de luzes e reflexos.

Harlan considerou sua contrariedade bem sensata. O Século 2456 era baseado em matéria, como a maioria dos Séculos; portanto, ele tinha o direito de esperar uma compatibilidade básica desde o primeiro momento. Não haveria aquela total confusão (aos que nasceram na matéria) dos vórtices de energia dos Séculos 300, ou dos campos dinâmicos dos Séculos 600. No 2456, para conforto do Eterno médio, a matéria era utilizada para tudo, desde paredes até pregos.

Na verdade, há matérias e matérias. O membro de um Século baseado em energia talvez não perceba a diferença. Para ele, os tipos de matéria podem parecer pequenas variações de um mesmo tema grosseiro, pesado e bárbaro. Entretanto, para uma mente voltada à matéria, como a de Harlan, havia madeira, metal (subdivisões: pesado e leve), plástico, silicatos, concreto, couro e por aí afora.

Mas matéria que consiste inteiramente de espelhos! Esta foi sua primeira impressão do Século 2456. Todas as superfícies cintilavam, refletindo a luz. Todos os lugares transpareciam polimento – o efeito de uma película molecular. E os infinitos reflexos de si mesmo, do Sociólogo Voy, de tudo o que via, inteiros e fragmentados, em todos os ângulos, causavam confusão. Confusão brilhante e nauseante!

– Desculpe – disse Voy. – É o costume deste Século, e o Setor designado a ele considera adequado adotar os costumes, se forem práticos. Você se acostuma depois de um tempo.

Voy caminhou rapidamente por sobre os movimentos dos pés de outro Voy, de cabeça para baixo sob o piso, emparelhados passo a passo. Estendeu a mão e acionou um ponteiro indicador, baixando-o através de uma escala helicoidal até seu ponto de origem.

Os reflexos cessaram; a luz artificial diminuiu. Harlan sentiu seu mundo acomodar-se.

– Acompanhe-me, por favor – disse Voy.

Harlan seguiu-o por corredores que, momentos antes, certamente estavam repletos de luz e reflexos; subiram uma rampa, passaram por uma antessala e entraram num escritório.

Durante toda a pequena jornada, nenhum ser humano foi visto. Harlan estava tão acostumado que ficaria surpreso, quase chocado, se vislumbrasse uma figura humana saindo apressada. Sem dúvida, a notícia de que um Técnico estava chegando já se espalhara. Até mesmo Voy mantinha distância, e quando a mão de Harlan esbarrou acidentalmente em sua manga, o Sociólogo retraiu-se, visivelmente sobressaltado.

Harlan ficou um tanto surpreso com o toque de amargura que sentiu diante de tudo isso. Achava que a couraça em torno de sua alma fosse mais espessa e mais insensível. Se estava enganado, se sua couraça tornara-se mais fina, só poderia haver um motivo.

Noÿs!

O Sociólogo Kantor Voy inclinou-se para a frente na direção do Técnico, no que pareceu ser um gesto amigável, mas Harlan automaticamente observou que estavam sentados em extremos opostos de uma longa mesa.

– É um prazer ter um Técnico de sua reputação interessado em nosso pequeno problema – disse Voy.

– Sim – respondeu Harlan, com a frieza impessoal que todos esperavam dele. – Existem alguns pontos interessantes. (Estava sendo impessoal o bastante? Com certeza suas reais motivações deviam ser evidentes, sua culpa sendo expelida pelas gotas de suor em sua testa.)

Tirou do bolso interno a fina folha perfurada com o resumo da Mudança de Realidade projetada. Era a mesma cópia enviada ao Conselho Pan-Temporal um mês antes. Por meio de seu relacionamento com o Computador Sênior Twissell (Twissell em pessoa!), Harlan não teve dificuldade em obtê-la.

Antes de desenrolar a folha sobre a mesa, onde seria atraída por um leve campo paramagnético, Harlan fez uma breve pausa.

A película molecular que cobria a mesa estava suavizada, mas não zerada. O movimento de seu braço captou seu olhar e, por um instante, o reflexo de seu próprio rosto no tampo da mesa parecia encará-lo de maneira sombria. Ele tinha 32 anos, mas parecia mais velho. Ninguém precisava lhe dizer isso. Talvez fosse o formato alongado de seu rosto e as escuras sobrancelhas sobre olhos ainda mais escuros que lhe conferiam a expressão carrancuda e o olhar frio associados à caricatura dos Técnicos nas mentes de todos os Eternos. Talvez fosse apenas ele próprio tomando consciência de que era um Técnico.

Mas, então, soltou a folha sobre a mesa e retomou o assunto.

– Não sou Sociólogo, senhor.

Voy sorriu e disse: – Já estou com medo. Quando alguém começa demonstrando falta de conhecimento numa determinada área, geralmente significa que, em seguida, emitirá uma opinião simplista sobre essa mesma área.

– Não – disse Harlan –, não uma opinião. Apenas um pedido. Será que o senhor poderia dar uma olhada neste resumo e verificar se cometeu algum pequeno erro em algum lugar?

O semblante de Voy tornou-se imediatamente sério. – Espero que não – disse ele.

Harlan mantinha uma das mãos no encosto de sua cadeira e a outra no colo. Não podia deixar os dedos tamborilarem, inquietos. Não podia morder os lábios. Não podia expressar seus sentimentos de maneira alguma.

Desde que o curso de sua vida dera uma guinada, vinha observando os resumos das Mudanças de Realidade projetadas quando passavam pelas pesadas engrenagens administrativas do Conselho Pan-Temporal. Como Técnico pessoalmente designado ao Computador Sênior Twissell, conseguia fazer isso distorcendo ligeiramente a ética profissional. Particularmente com a atenção de Twissell voltada cada vez mais ao seu próprio e decisivo projeto. (As narinas de Harlan dilataram-se. *Agora* ele sabia um pouco sobre a natureza desse projeto.)

Harlan não tinha certeza se encontraria o que procurava dentro de um prazo razoável. Quando bateu os olhos pela primeira vez na Mudança de Realidade projetada 2456-2781, Número de Série V-5, quase acreditou que sua razão estivesse sendo obscurecida pelo desejo. Durante um dia inteiro calculou e recalculou equações e relações, numa incerteza agitada, misturada a uma excitação crescente e uma pungente gratidão por ter estudado pelo menos o básico de psicomatemática.

Agora, Voy examinava aquelas mesmas configurações com o olhar entre perplexo e preocupado.

– Parece-me – ele disse –, eu disse *parece-me* que está tudo em perfeita ordem.

– Gostaria que o senhor analisasse particularmente a questão das características do namoro na sociedade da atual realidade desse Século – disse Harlan. – Isso é Sociologia, e acredito que seja de sua responsabilidade. Por isso quis me encontrar com o *senhor* quando cheguei, e não outra pessoa.

Voy franziu o cenho. Ainda estava sendo educado, mas agora com um toque de frieza. – Os observadores designados para o nosso Setor são muito competentes – disse ele. – Tenho certeza de que os que foram designados para este projeto em particular forneceram dados precisos. Você tem indícios do contrário?

– Absolutamente, Sociólogo Voy. Aceito os dados. É o desenvolvimento desses dados que eu questiono. O senhor tem alguma outra alternativa para o complexo-tensor neste ponto, se os dados sobre o namoro forem devidamente considerados?

Voy o encarou, e então um olhar de alívio visivelmente banhou seu rosto. – Claro, Técnico, claro, mas ele se resolve sozinho numa identidade. Existe uma linha auxiliar de pequenas dimensões, sem tributários em nenhum dos lados. Espero que me perdoe pelo uso de metáforas em vez de expressões matemáticas precisas.

– Eu agradeço – disse Harlan, secamente. – Assim como não sou Sociólogo, também não sou Computador.

– Então, muito bem. O complexo-tensor a que você se refere, ou a bifurcação na estrada, como poderíamos chamar, é insignificante. As bifurcações se encontram de novo, e trata-se da mesma estrada. Nem havia necessidade de mencioná-la em nossas recomendações.

– Se o senhor assim afirma, aceito seu julgamento. Mas ainda há a questão da M.M.N.

O Sociólogo Voy recuou diante dessas iniciais, como Harlan já esperava. M.M.N. – Mudança Mínima Necessária. Nisso o Técnico era um mestre. Um Sociólogo poderia considerar-se acima de críticas vindas de seres inferiores sobre qualquer coisa que envolvesse a análise matemática das infinitas possibilidades de Realidades no Tempo, mas em matéria de M.M.N., o Técnico era supremo.

Computação mecânica não era suficiente. O maior Computaplex já construído, operado pelos mais inteligentes e experientes Computadores Seniores vivos, só conseguia indicar os intervalos em que uma M.M.N. poderia ser encontrada. Era então o Técnico que, dando uma olhada nos dados, determinava os pontos exatos dentro daquele intervalo. Um bom Técnico raramente errava. Um Técnico de alto nível jamais errava.

Harlan jamais errava.

– A M.M.N. recomendada pelo seu Setor – disse Harlan (falou em tom calmo e equilibrado, pronunciando com precisão cada sílaba da Língua Intertemporal Padrão) – envolve a indução de um acidente no espaço e a morte terrível e imediata de aproximadamente doze homens.

– Inevitável – disse Voy, dando de ombros.

– Por outro lado – disse Harlan –, minha sugestão é que a M.M.N. se reduza ao mero deslocamento de um recipiente de uma prateleira a outra. Aqui! – Seu longo dedo apontou. A unha branca e bem cuidada de seu dedo indicador traçou uma levíssima marca num grupo de perfurações.

Voy considerava a questão com um silêncio intenso e doloroso.

– Isso não altera a situação daquela sua bifurcação desconsiderada? – continuou Harlan. – Não aproveita a bifurcação de menor possibilidade, tornando-a uma quase-certeza, e isso então não conduziria...

– ... virtualmente a uma R.M.D. – murmurou Voy.

– *Exatamente* a uma Resposta Máxima Desejada – corrigiu Harlan.

Voy olhou para cima, seu rosto escuro expressando algo entre desgosto e raiva.

Harlan notou, distraidamente, que havia um espaço entre os grandes dentes incisivos do homem, dando-lhe um aspecto de coelho que destoou da força contida de suas palavras.

– Suponho – disse Voy – que terei notícias do Conselho Pan-Temporal.

– Acho que não. Que eu saiba, eles não têm conhecimento disso. Pelo menos a Mudança de Realidade projetada me foi passada sem comentários. – Ele não explicou a expressão "me foi passada", e Voy não pediu explicações.

– Então foi *você* que descobriu o erro?

– Sim.

– E não o relatou ao Conselho?

– Não.

Primeiro, o alívio, depois um endurecimento da fisionomia.

– Por que não?

– Pouquíssimas pessoas poderiam ter evitado esse erro. Achei que poderia corrigi-lo antes que causasse algum dano. Foi o que fiz. Por que levar a questão adiante?

– Bem... obrigado, Técnico Harlan. Foi um gesto de amizade. O erro do Setor que, como você diz, era praticamente inevitável, não teria ficado bem nos registros.

Ele continuou, após uma pausa momentânea: – Obviamente, em vista das alterações na personalidade a serem induzidas por essa Mudança de Realidade, a morte de uns poucos homens como preliminar não teria importância.

Harlan pensou, com indiferença: ele não parece realmente agradecido. Provavelmente ficou ressentido. Se ele parar para pensar, vai se ressentir ainda mais pelo fato de ter sido salvo de um rebaixamento na avaliação por um Técnico. Se eu fosse Sociólogo, ele apertaria a minha mão, mas ele se recusa a apertar a mão de um Técnico. Defende a condenação de doze pessoas à morte por asfixia, mas se recusa a tocar um Técnico.

Como não podia deixar esse ressentimento crescer, pois isso seria fatal, Harlan disse sem demora: – Já que o senhor ficou agradecido, espero que, em retribuição, seu Setor possa realizar uma pequena tarefa para mim.

– Tarefa?

– Uma questão de Mapeamento de Vida. Tenho os dados necessários aqui comigo. Também tenho os dados para a sugestão de uma Mudança de Realidade no Século 482. Quero saber qual o efeito da Mudança no padrão de probabilidades de um determinado indivíduo.

– Não tenho certeza se estou entendendo – disse pausadamente o Sociólogo. – Certamente você tem todos os recursos para fazer isso em seu próprio Setor.

– Sim, tenho. Entretanto, estou empenhado numa pesquisa pessoal que não quero que apareça nos registros por enquanto. Seria difícil realizá-la no meu Setor sem... – Concluiu a frase com um gesto ambíguo.

– Então quer que essa tarefa seja realizada por canais *não* oficiais.

– Quero que seja feita confidencialmente. Quero uma resposta confidencial.

– Bem, isso é altamente irregular. Não posso concordar – disse Voy.

Harlan franziu o cenho. – Não mais irregular do que minha omissão em relatar seu erro ao Conselho Pan-Temporal. O senhor não fez objeção a isso. Se vamos ser estritamente regulares num caso, temos que ser tão rígidos e regulares no outro. Acho que o senhor me entende.

O olhar no rosto de Voy não deixou dúvida de que ele entendera. Estendeu a mão. – Posso ver os documentos?

Harlan relaxou um pouco. O principal obstáculo havia sido superado. Observou ansiosamente enquanto a cabeça do Sociólogo inclinava-se sobre as folhas que ele trouxera.

O Sociólogo falou apenas uma vez. – Pelo Tempo! É uma Mudança de Realidade pequena.

Harlan aproveitou a oportunidade e improvisou. – Sim. Na minha opinião, muito pequena. Essa é a discussão. A mudança está abaixo da diferença crítica, e escolhi uma pessoa para teste. Claro que não seria diplomático utilizar os recursos do nosso próprio Setor até me certificar de que estou certo.

Voy não demonstrou interesse, então Harlan calou-se. Não era preciso ir além do ponto de segurança.

Voy levantou-se. – Vou passar isso a um dos meus Mapeadores de Vida. Manteremos segredo. Entretanto, não quero que interprete isso como o estabelecimento de um precedente.

– Claro que não.

– E, se não se importa, eu gostaria de observar a realização da Mudança de Realidade. Creio que teremos a honra de vê-lo conduzir a M.M.N. pessoalmente.

Harlan confirmou com a cabeça. – Será de minha inteira responsabilidade.

Duas das telas da câmara de observação estavam ligadas quando entraram. Os engenheiros já as tinham focado nas exatas coordenadas de Espaço e Tempo e saído. Harlan e Voy estavam sozinhos na sala resplandecente. (O arranjo das películas moleculares era perceptível, ou muito mais que perceptível, mas Harlan olhava para as telas.)

As duas telas traziam imagens fixas. Poderiam ser cenas dos mortos, já que mostravam instantes matemáticos de Tempo.

Uma das cenas tinha cores nítidas e naturais; a sala de máquinas do que Harlan sabia ser uma nave espacial experimental. Uma porta estava entreaberta e, pela fresta, era possível ver um sapato brilhante de material vermelho semitransparente. Ele não se movia. Nada se movia. Se a cena fosse nítida o bastante para mostrar as partículas de poeira no ar, elas tampouco se moveriam.

– Durante duas horas e trinta e seis minutos após esse instante – disse Voy –, a sala de máquinas vai continuar vazia. Isto é, na Realidade atual.

– Eu sei – murmurou Harlan. Estava colocando as luvas e já memorizando rapidamente a posição do decisivo recipiente em sua prateleira, medindo os passos até ele, estimando a melhor posição para a qual deveria ser transferido. Deu uma rápida olhada na outra tela.

Enquanto a sala de máquinas, por estar no intervalo descrito como "presente" em relação ao Setor da Eternidade em que se encontravam, tinha cores fortes e naturais, a outra cena, estando uns vinte e cinco Séculos no "futuro", trazia o lume azulado que todas as cenas do "futuro" deveriam ter.

Era um espaçoporto. O céu de um azul profundo, edifícios de metal azulado sobre um chão azul-esverdeado. Um cilindro azul de estranho formato, com base bojuda, aparecia em primeiro plano. Outros dois iguais a ele apareciam ao fundo. Os três apontavam seus narizes fendidos para cima, as fendas penetrando profundamente as entranhas da nave.

Harlan franziu o cenho. – Que esquisitos!

– Eletrogravíticos – disse Voy. – O Século 2481 foi o único a desenvolver viagens espaciais com eletrogravíticos. Nada de propulsores, nada de física nuclear. É um invento esteticamente agradável. É uma pena termos que efetuar essa Mudança. Uma pena. – Seus olhos fitaram os de Harlan em evidente reprovação.

Harlan apertou os lábios. Reprovação, claro! Por que não? Ele era Técnico.

Na verdade, foi um Observador que trouxe os detalhes do vício em drogas. Foi um Estatístico que demonstrou que as recentes Mudanças tinham provocado um aumento no número de viciados, o maior já registrado na atual Realidade humana. Algum Sociólogo, talvez o próprio Voy, interpretou esses dados no perfil psiquiátrico de uma sociedade. Finalmente, um Computador determinou a Mudança de Realidade necessária para diminuir o índice de viciados a um patamar seguro e descobriu que, como efeito colateral, as viagens espaciais com eletrogravíticos deveriam sofrer. Uma dúzia, uma centena de homens de todos os escalões da Eternidade tinham sua parcela de responsabilidade. Mas, no final, era um Técnico como ele que entrava em cena. Seguindo as instruções combinadas de todos os outros, era ele quem, na verdade, colocava em prática a Mudança de Realidade.

Então, todos os outros acusavam-no com olhares insolentes. Seus olhos diziam: *você*, não nós, destruiu essa coisa tão linda.

E por isso o condenavam e evitavam. Transferiam a culpa para seus ombros e o desprezavam.

– Naves não são importantes – disse Harlan, rispidamente. – Nossa preocupação é com aquelas coisas.

As "coisas" eram pessoas, apequenadas pela nave espacial, assim como eram sempre apequenadas a Terra e a sociedade terrestre diante das dimensões físicas do voo espacial.

Eram pequenas marionetes em grupos, aquelas pessoas. Seus diminutos braços e pernas erguidos em posições aparentemente artificiais, congelados num certo instante no Tempo.

Voy deu de ombros.

Harlan ajustava o pequeno campo-gerador em torno de seu pulso esquerdo. – Vamos terminar logo esse serviço.

– Um minuto. Vou entrar em contato com o Mapeador de Vida e perguntar quanto tempo esse serviço vai levar. Quero terminar aquele outro serviço também.

As mãos de Voy moveram-se habilmente num pequeno contato móvel e ele ouviu, com ar matreiro, os cliques em resposta. (Outra característica deste Setor da Eternidade, pensou Harlan. Códigos sonoros em cliques. Inteligente, mas afetado, como as películas moleculares.)

– Ele disse que vai levar menos de três horas – disse Voy, finalmente. – A propósito, ele disse também que gostou do nome da pessoa envolvida. Noÿs Lambent. É uma mulher, não é?

Harlan sentiu sua garganta secar. – Sim.

Os lábios de Voy se curvaram num lento sorriso. – Parece interessante. Gostaria de conhecê-la, às cegas. Faz meses que não vejo uma mulher neste Setor.

Harlan achou melhor não responder. Encarou o Sociólogo por um momento e virou-se abruptamente.

Se havia uma falha na Eternidade, ela envolvia mulheres. Harlan sabia dessa falha praticamente desde que entrara na Eternidade, mas a sentiu na pele somente no dia em que conheceu Noÿs. Daquele momento em diante, foi fácil o caminho que o levou até onde estava agora, descumprindo seu juramento de Eterno e indo contra tudo aquilo em que acreditava.

Por quê?

Por Noÿs.

E ele não se envergonhava. Era isso o que realmente o abalava. Ele não se envergonhava. Não sentia nenhuma culpa pelos crimes cada vez mais graves que cometia, diante dos quais o último deles, o uso antiético de Mapeamento de Vida confidencial, poderia ser considerado um pecadilho.

Faria coisas muitíssimo piores, se precisasse.

Pela primeira vez, ocorreu-lhe um pensamento expresso e específico. E, embora o repelisse horrorizado, sabia que, tendo ocorrido uma vez, ocorreria novamente.

O pensamento era simplesmente este: ele destruiria a Eternidade, se fosse preciso.

O pior de tudo é que ele sabia ter poder para isso.

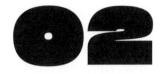

OBSERVADOR

Harlan estava em pé diante do portal do Tempo e pensava em si mesmo de uma nova maneira. Antes era muito simples. Havia coisas como ideais, ou pelo menos chavões, pelos quais e para os quais viver. Cada estágio da vida de um Eterno tinha uma razão. Como começavam os "Princípios Básicos?"

"A vida de um Eterno pode ser dividida em quatro fases...".

Tudo funcionava perfeitamente antes, mas agora tudo estava diferente para ele, e os pedaços do que havia se quebrado não poderiam ser juntados de novo.

Apesar disso, passara fielmente pelas quatro fases da vida de um Eterno. Primeiro, houve um período de quinze anos durante o qual ele não era absolutamente considerado um Eterno, apenas um habitante do Tempo. Somente um ser humano do Tempo, um Tempista, podia tornar-se Eterno; ninguém nascia nessa posição.

Aos 15 anos, foi escolhido por meio de um cuidadoso e rigoroso processo seletivo cuja natureza ele desconhecia na época. Foi levado para além do véu da Eternidade após uma penosa despedida de sua família. (Mesmo então, já lhe haviam dito claramente que, o que quer que houvesse, jamais retornaria. A verdadeira razão para isso ele só iria descobrir muito tempo depois.)

Uma vez dentro da Eternidade, passou dez anos na escola como Aprendiz e então graduou-se para a terceira fase, como Observador. Somente depois disso tornou-se Especialista e um verdadeiro Eterno. A quarta e última fase na vida de um Eterno: Tempista, Aprendiz, Observador e Especialista.

Ele, Harlan, havia passado por todas com naturalidade. E com sucesso, poderia dizer.

Lembrava-se nitidamente do final da Aprendizagem, do momento em que se tornaram membros independentes da Eternidade, do momento em que, embora não Especializados ainda, já tinham direito ao título legal de "Eternos".

Ele se lembrava. Fim da escola e da Aprendizagem, estava perfilado com os outros cinco que haviam se formado com ele, mãos cruzadas nas costas, pernas ligeiramente separadas, olhos voltados para a frente, ouvindo com atenção.

O Educador Yarrow estava à mesa de trabalho, falando com eles. Harlan lembrava-se bem de Yarrow: um homenzinho enérgico, de cabelo ruivo e desalinhado, braços cheios de sardas e um olhar de perda. (Não era incomum esse olhar de perda num Eterno – a perda do lar e das raízes, a saudade não admitida e inadmissível do Século que jamais poderiam ver novamente.)

Harlan não se lembrava das palavras exatas de Yarrow, obviamente, mas sua essência permanecia nítida.

Yarrow disse, em essência: "Vocês serão Observadores agora. Não é uma posição altamente respeitada. Os Especialistas a veem como trabalho de criança. Talvez vocês, Eternos – ele deliberadamente pausava depois dessa palavra, para dar a cada homem a oportunidade de corrigir a postura e enobrecer-se por tal glória –, tenham a mesma opinião. Se for o caso, vocês são tolos que não merecem ser Observadores".

"Os Computadores não teriam nada a computar, os Mapeadores de Vida não teriam vidas a mapear, Sociólogos não teriam sociedades das quais traçar o perfil; nenhum dos Especialistas teria o que fazer, não fosse o Observador. Sei que já ouviram isso antes, mas quero que esta mensagem esteja firme e clara em suas mentes".

"Serão vocês, jovens, que sairão pelo Tempo, sob as condições mais difíceis, para trazer os fatos. Fatos frios e objetivos, sem a cor de seus gostos e opiniões, bem entendido. Fatos precisos o bastante para alimentar máquinas de Computação. Fatos explícitos o bastante para sustentar as equações sociais. Fatos honestos o bastante para formar a base das Mudanças de Realidade".

"E lembrem-se: seu período como Observador não é algo a ser ultrapassado da maneira mais rápida e discreta possível. É como Observadores que deixarão sua marca. Não o que fizeram na escola, mas aquilo que farão como Observadores é que vai determinar a sua Especialidade e qual nível alcançarão nela. Esse será seu curso de pós-graduação, Eternos, e uma falha aqui, mesmo que pequena, os levará à Manutenção, não importa quão brilhantes suas potencialidades pareçam agora. Isso é tudo".

Apertou a mão de cada um deles, e Harlan, sério, dedicado, orgulhoso em sua crença de que os privilégios de ser um Eterno continham o privilégio maior da suposta responsabilidade pela felicidade de todos os seres humanos que existiram ou existirão ao alcance da Eternidade, estava mergulhado em autoadmiração.

As primeiras tarefas de Harlan eram pequenas e rigorosamente dirigidas, mas ele afiou sua habilidade no rebolo da experiência de doze Séculos, através de doze Mudanças de Realidade.

Em seu quinto ano como Observador, recebeu o título de Sênior na área e foi designado ao Século 482. Pela primeira vez trabalharia sem supervisão, e esse fato tirou-lhe um pouco da autoconfiança quando se apresentou ao Computador encarregado do Setor.

Era o Computador Assistente Hobbe Finge, cuja boca cerrada, desconfiada, e cujos olhos carrancudos pareciam ridículos num rosto como o dele. Seu nariz era uma bolota e duas bolotas maiores eram suas bochechas. Precisava apenas de um toque de vermelho e uma franja branca no cabelo para se converter na figura mítica Primitiva de São Nicolau (ou Papai Noel ou Pai Natal. Harlan conhecia os três nomes. Duvidava que um entre cem mil Eternos já ouvira falar em algum deles. Harlan tinha um orgulho secreto e tímido desse tipo de conhecimento oculto. Desde os primeiros dias na escola, cavalgara no cavalinho de pau da História Primitiva, e o Educador Yarrow o incentivara. Harlan, na verdade, passou a gostar daqueles Séculos estranhos e pervertidos, que se situavam não apenas antes do início da Eternidade, no Século 27, mas antes mesmo da invenção do Campo Temporal em si, no 24. Usava velhos livros e periódicos em seus estudos. Chegou até a viajar ao tempo-abaixo, aos primeiros Séculos da Eternidade, quando obteve permissão para consultar fontes mais confiáveis. Por mais de quinze anos conseguiu montar sua própria e notável biblioteca, quase toda em papel impresso. Havia um livro de um homem chamado H. G. Wells, outro de um que se chamava W. Shakespeare, alguns fragmentos de histórias. O melhor de tudo era uma coleção completa de volumes encadernados de um periódico semanal de notícias que ocupava um espaço enorme, mas que ele não suportaria, por sentimentalismo, ver reduzida a um microfilme.

Ocasionalmente, perdia-se num mundo onde vida era vida e morte, morte; onde um homem tomava decisões irrevogáveis; onde o mal não podia ser evitado, nem o bem fomentado, e a Batalha de Waterloo, uma vez perdida, estava realmente perdida para sempre. Havia até o recorte de um poema que ele apreciava muito, o qual afirmava que um dedo em movimento, uma vez tendo escrito, não poderia jamais ser atraído de volta para apagar as palavras.*

Depois era difícil, quase um choque, retornar seus pensamentos à Eternidade e a um universo onde a Realidade era algo fle-

---

* Trata-se de um poema (*The moving finger writes*) do persa Omar Khayyam (1048-1131). [N. do T.]

xível e passageiro, uma coisa que homens como ele podiam segurar na palma da mão e moldar num formato melhor.)

A ilusão de São Nicolau dissipou-se quando Hobbe Finge falou-lhe de modo enérgico e trivial: – Você pode começar amanhã com uma classificação de rotina da Realidade Atual. Quero-a boa, completa e objetiva. Negligência não será permitida. Seu primeiro mapa espaço-temporal estará pronto amanhã de manhã. Entendido?

– Sim, Computador – disse Harlan. Percebeu ali mesmo que não se daria bem com o Computador Assistente Hobbe Finge, e lamentou.

Na manhã seguinte, Harlan pegou seu mapa em intrincadas configurações perfuradas à medida que emergiam do Computaplex. Utilizou um decodificador de bolso para traduzi-las em Intertemporal Padrão, em sua ansiedade para não cometer o menor deslize logo no início. Obviamente, já havia alcançado o estágio em que poderia ler as perfurações diretamente.

O mapa lhe dizia quando e onde no mundo do Século 482 ele poderia ir ou não; o que poderia fazer ou não; o que deveria evitar a todo custo. Sua presença deveria ser imposta somente nos momentos e lugares onde não comprometesse a Realidade.

O 482 não lhe era um Século confortável. Não era austero e conformista como seu próprio tempo-natal. Era uma época sem a ética nem os princípios aos quais estava acostumado. Era hedonista, materialista, matriarcal. Foi a única época (ele verificou detalhadamente essa informação em seus registros) em que o nascimento ectogênico floresceu e, no seu auge, 40 por cento das mulheres davam à luz meramente pela contribuição de um óvulo fertilizado ao *ovarium*. O casamento era feito e desfeito pelo consentimento mútuo e não era reconhecido legalmente, apenas considerado um acordo pessoal sem força de obrigação. A união com o intuito de procriação era cuidadosamente diferenciada das funções sociais do casamento e acordada por princípios puramente eugênicos.

Em mais de uma centena de aspectos, Harlan achou aquela sociedade doente e, portanto, ávida por uma Mudança de Realidade. Mais de uma vez ocorreu-lhe que sua própria presença no Século, como homem de outra época, poderia bifurcar a história. Se sua perturbadora presença pudesse tornar-se perturbadora o bastante em algum ponto-chave, uma nova ramificação de possibilidade poderia tornar-se real, uma ramificação em que milhões de mulheres em busca de prazer seriam transformadas em generosas e verdadeiras mães. Elas estariam em outra Realidade, com suas próprias lembranças, incapazes de perceber, sonhar ou imaginar que um dia foram outra coisa.

Infelizmente, para fazer isso Harlan teria de ultrapassar os limites do mapa espaço-temporal, o que era impensável. Mesmo se não fosse, ultrapassar os limites aleatoriamente poderia mudar a Realidade de várias maneiras possíveis. Poderia torná-la pior. Somente a análise e a Computação cuidadosas poderiam apontar a exata natureza da Mudança de Realidade.

Na aparência, quaisquer que fossem suas opiniões particulares, Harlan continuava a ser um Observador, e um Observador ideal era meramente um feixe de nervos lógico-perceptivos anexados a um mecanismo de escrita de relatórios. Entre a percepção e o relato, a emoção não deveria intervir.

Os relatórios de Harlan eram a própria perfeição nesse aspecto.

O Computador Assistente Finge chamou-o após seu segundo relatório semanal.

– Parabéns, Observador – disse numa voz sem entusiasmo –, pela organização e clareza de seus relatórios. Mas o que você realmente pensa?

Harlan buscou refúgio na expressão mais neutra possível, como se cuidadosamente entalhada na madeira nativa do Século 95.

– Não tenho nenhuma opinião formada sobre o assunto – disse ele.

– Ora, vamos. Você é do Século 95 e ambos sabemos o que isso significa. Com certeza o Século 482 o perturba.

Harlan deu de ombros. – Alguma coisa em meus relatórios o faz pensar que estou perturbado? Era quase um atrevimento, e o tamborilar das grossas unhas de Finge sobre sua mesa deixavam isso claro.

– Responda à minha pergunta – disse Finge.

– Sociologicamente – disse Harlan –, muitas facetas deste Século são extremas. As últimas três Mudanças de Realidade no tempo-próximo acentuaram isso. No final das contas, suponho que a questão deva ser retificada. Extremismos nunca são saudáveis.

– Então você se deu ao trabalho de conferir as Realidades passadas deste Século.

– Como Observador, devo conferir todos os fatos pertinentes.

Era um empate. Claro que Harlan realmente tinha o direito e o dever de conferir aqueles fatos. Finge sabia disso. Todo Século era continuamente agitado por Mudanças de Realidade. Nenhuma observação, por mais detalhada que fosse, conseguia durar muito sem uma nova inspeção. Era procedimento-padrão na Eternidade ter cada Século num estado crônico de Observação. E, para Observar adequadamente, deve-se poder apresentar não apenas os fatos da Realidade atual, mas também sua relação com os fatos das Realidades anteriores.

No entanto, parecia óbvio a Harlan que aquilo não era meramente um desagrado da parte de Finge, essa sondagem das opiniões do Observador. Finge parecia definitivamente hostil.

Num outro momento, Finge disse a Harlan (após invadir seu pequeno escritório para trazer a notícia): – Seus relatórios estão causando uma impressão muito favorável no Conselho Pan-Temporal.

Harlan vacilou por um instante, em dúvida, depois murmurou: – Obrigado.

– Todos concordam que você demonstra um grau incomum de penetração.

– Faço o melhor que posso.

Finge perguntou, de repente: – Você conhece o Computador Twissell pessoalmente?

– Computador Twissell? – Harlan arregalou os olhos. – Não, senhor. Por que pergunta?

– Ele parece particularmente interessado em seus relatórios.

– As bochechas rechonchudas de Finge caíram, amuadas, e ele mudou de assunto. – Parece-me que você forjou uma filosofia própria, um ponto de vista da História.

A tentação puxou Harlan com força. A vaidade e a cautela lutaram entre si, e a primeira ganhou. – Estudei História Primitiva, senhor.

– História *Primitiva*? Na escola?

– Não exatamente, Computador. Por conta própria. É o meu... passatempo. É como assistir à história parada, congelada! Pode ser estudada em detalhes, enquanto que os Séculos na Eternidade estão sempre mudando. – Empolgou-se um pouco com esse pensamento. – É como se pegássemos uma série de fotogramas de um livrofilme e estudássemos cada um deles minuciosamente. Veríamos muito mais coisas que perderíamos se apenas víssemos o filme passando. Acho que isso ajuda muito no meu trabalho.

Finge o encarou, estupefato, arregalando um pouco os olhos, e saiu sem mais comentários.

Ocasionalmente, depois disso, ele trazia à tona o assunto da História Primitiva e aceitava as observações relutantes de Harlan sem uma expressão definida em seu próprio rosto rechonchudo.

Harlan não sabia se se arrependia da questão toda ou se a considerava uma possibilidade de acelerar sua própria promoção.

Optou pela primeira alternativa quando, passando por ele no Corredor A, Finge disse bruscamente, em voz alta e diante de outras pessoas: – Grande Tempo, Harlan, você nunca sorri?

Veio a Harlan o chocante pensamento de que Finge o odiava. Seu próprio sentimento por Finge aproximou-se do ódio depois disso.

* * *

Três meses de varredura do Século 482 exauriram seus pontos mais relevantes, e quando Harlan recebeu uma inesperada ligação do escritório de Finge, não ficou surpreso. Estava na expectativa de uma nova missão. Seu resumo final já estava pronto há dias. O Século 482 estava ansioso para exportar mais têxteis à base de celulose aos Séculos desflorestados, como o 1174, mas não aceitava receber peixe defumado em troca. Uma longa lista de tais itens estava registrada na devida ordem, com a devida análise.

Levou o rascunho do resumo com ele.

Mas não houve menção ao Século 482. Em vez disso, Finge apresentou-o a um homem franzino e enrugado, com poucos e ralos cabelos brancos, cara de gnomo e um sorriso perene estampado no rosto durante toda a conversa. O sorriso variava entre extremos de ansiedade e jovialidade, mas nunca desaparecia totalmente. Entre dois de seus dedos amarelados havia um cigarro aceso.

Era a primeira vez que Harlan via um cigarro, caso contrário teria prestado mais atenção ao homem e menos àquele cilindro fumegante e estaria mais preparado para a apresentação de Finge.

– Computador Sênior Twissell, este é o Observador Andrew Harlan – disse Finge.

Os olhos de Harlan desviaram-se, em choque, do cigarro para o rosto do homenzinho.

– Como vai? – disse o Computador Sênior Twissell, com voz aguda. – Então este é o jovem que escreve aqueles excelentes relatórios?

Harlan perdeu a voz. Laban Twissell era um mito, uma lenda viva. Laban Twissell era um homem que ele deveria ter reconhecido imediatamente. Era o mais ilustre Computador da Eternidade, o que equivalia a dizer que era o mais eminente Eterno vivo. Era o decano do Conselho Pan-Temporal. Havia dirigido mais Mudanças de Realidade do que qualquer outro na Eternidade. Ele era... Ele tinha...

A mente de Harlan fraquejou de uma vez. Balançou a cabeça com um sorriso tolo e não disse nada.

Twissell levou o cigarro à boca, deu uma rápida tragada e o colocou de lado. – Deixe-nos a sós, Finge. Quero conversar com o rapaz.

Finge levantou-se, resmungou alguma coisa e saiu.

– Você parece nervoso, rapaz – disse Twissell. – Não precisa ficar nervoso.

Mas conhecer Twissell daquele jeito foi um choque. É sempre desconcertante descobrir que alguém que você sempre imaginou ser um gigante tem, na verdade, menos de um metro e sessenta e cinco de altura. Poderia o cérebro de um gênio realmente caber atrás daquela testa lisa e calva? Era inteligência e perspicácia ou apenas bom humor o que irradiava daqueles olhinhos espremidos em mil rugas?

Harlan não sabia o que pensar. O cigarro parecia obscurecer todo o resquício de inteligência que teve forças para reunir. Recuou, visivelmente assustado, quando uma baforada de fumaça o alcançou.

Twissell apertou os olhos como se tentasse enxergar através da cortina de fumaça e falou, com um sotaque horrível, no dialeto do décimo milênio: – Você vai se sentir melhor se eu falar no seu próprio dialeto, rapaz?

Segurando-se para não rir histericamente, Harlan respondeu, cuidadosamente: – Falo muito bem o Intertemporal Padrão, senhor. – Disse isso no Intertemporal que ele e todos os outros Eternos em sua presença falavam desde seus primeiros meses na Eternidade.

– Bobagem – disse Twissell, assertivamente. – Não ligo para o Intertemporal. Falo a língua do décimo milênio perfeitamente.

Harlan imaginou que Twissell não utilizava dialetos locais há uns quarenta anos.

Mas depois desse intróito, feito, aparentemente, para sua própria satisfação, Twissell começou a falar em Intertemporal.

– Eu lhe ofereceria um cigarro, mas tenho certeza de que você não fuma – disse Twissell. – Fumar é um hábito reprovado em quase todos os tempos na História. Na verdade, bons cigarros são fabricados só no Século 72, e os meus tiveram que ser importados especialmente de lá. Fica aí uma dica, caso decida começar a fumar. É uma tristeza. Fiquei preso no 123 por dois dias. Proibido fumar. Quer dizer, até no Setor da Eternidade dedicado ao 123. Os Eternos de lá tinham adotado os *costumes*. Se eu acendesse um cigarro, seria como se o mundo caísse. Às vezes tenho vontade de calcular uma Mudança de Realidade que acabe de uma vez com todos os tabus antitabagistas em todos os Séculos, só que uma Mudança de Realidade assim causaria guerras no 58 e uma sociedade de escravos no 1000. Sempre tem alguma coisa.

Primeiro, Harlan ficou confuso; depois, ansioso. Certamente aquela tagarelice de irrelevâncias deveria estar escondendo algo.

Sentiu a garganta contrair. – Posso perguntar por que quis me ver, senhor?

– Gosto dos seus relatórios, rapaz.

Houve um brilho velado de alegria nos olhos de Harlan, mas ele não sorriu. – Obrigado, senhor.

– Eles têm um toque artístico. Você é intuitivo. Você sente intensamente. Acho que conheço um posto adequado na Eternidade e vim oferecê-lo a você.

Harlan pensou: não estou acreditando nisso.

Refreou todo e qualquer triunfo na voz. – Estou muito honrado, senhor.

Em seguida, tendo terminado seu cigarro, o Computador Sênior Twissell pegou outro com a mão esquerda, num gesto rápido como o de um mágico, e o acendeu. – Pelo amor do Tempo, rapaz, você fala como se tivesse ensaiado as palavras. Grande honra, sei. Bobagem. Besteira. Diga o que sente em linguagem clara. Está contente, hein?

– Sim, senhor – disse Harlan, cautelosamente.

– Certo. Deveria estar mesmo. Gostaria de ser Técnico?

– Técnico! – exclamou Harlan, saltando da cadeira.

– Sente-se, sente-se. Parece surpreso.

– Nunca esperei ser Técnico, Computador Twissell.

– Não – disse Twissell, secamente. – De certa forma, ninguém espera. Esperam qualquer coisa, menos isso. No entanto, estamos sempre precisando de Técnicos e é difícil encontrá-los. Nenhum Setor da Eternidade tem Técnicos em número suficiente.

– Acho que não sou talhado para o posto.

– Você quer dizer que não é talhado para um serviço problemático. Pelo Tempo! Se você é tão dedicado à Eternidade como penso que é, não vai se importar com isso. Então os tolos irão evitá-lo e você vai se sentir no ostracismo. Você se acostuma. E terá a satisfação de saber que precisam de você, precisam desesperadamente. *Eu* preciso de você.

– O senhor? O senhor em particular?

– Sim. – Um elemento de astúcia incorporou-se ao sorriso do homem. – Você não será simplesmente um Técnico. Será meu Técnico pessoal. Terá um *status* especial. Que tal?

– Não sei, senhor – disse Harlan. – Talvez eu não esteja qualificado.

Twissell balançou a cabeça com firmeza. – Preciso de você. Preciso justamente de você. Seus relatórios me dão a certeza de que você tem o que eu preciso lá em cima. – Bateu rapidamente na testa com o dedo indicador e sua unha cheia de arestas. – Seu histórico como Aprendiz é bom; os Setores nos quais você foi Observador fizeram boas recomendações. Finalmente, o relatório de Finge foi o mais adequado.

A surpresa de Harlan foi sincera. – O relatório de Finge foi favorável?

– Não esperava isso?

– Eu... não sei.

– Bem, rapaz, eu não disse que foi favorável. Disse que foi adequado. Para falar a verdade, o relatório de Finge *não* foi favorável. Ele recomendou que você fosse afastado de todas as atividades relacionadas a Mudanças de Realidade. Sugeriu que o único lugar seguro para você é a Manutenção.

Harlan enrubesceu.– Quais foram os motivos que ele alegou para dizer isso, senhor?

– Parece que você tem um passatempo, rapaz. Você se interessa por História Primitiva, não? – Fez um gesto expansivo com seu cigarro, e Harlan, esquecendo-se, em sua raiva, de controlar a respiração, inalou uma nuvem de fumaça e começou a tossir sem parar.

Twissell observou o acesso de tosse do jovem com benevolência e disse: – Não é verdade?

– O Computador Finge não tinha o direito... – começou Harlan.

– Ora, ora. Contei o que ele escreveu no relatório porque disso depende o objetivo para o qual preciso de você. Na verdade, o relatório é confidencial e você deve esquecer que eu revelei seu conteúdo. Permanentemente, rapaz.

– Mas o que há de errado com meu interesse por História Primitiva?

– Finge acha que seu interesse demonstra um forte Desejo de Tempo. Entende, rapaz?

Harlan entendia. Era impossível evitar o jargão psiquiátrico. Aquela expressão em particular. Todo membro da Eternidade supostamente teria o forte desejo, mais forte ainda por ser oficialmente reprimido em todas as suas manifestações, de retornar não necessariamente ao seu próprio Tempo, mas, pelo menos, a algum Tempo definido; o desejo de pertencer a um Século, e não vagar por todos eles. É claro que, na maioria dos Eternos, esse desejo permanecia a salvo, oculto no inconsciente.

– Não creio que seja o caso – disse Harlan.

– Nem eu. De fato, acho seu passatempo interessante e valioso. Como eu disse, é por isso que quero você. Quero que ensine a um Aprendiz que vou lhe trazer tudo o que sabe e tudo o que puder aprender sobre História Primitiva. Paralelamente, você será meu Técnico particular. Você começa daqui a alguns dias. Isso o agrada?

Se agrada? Ter permissão oficial para aprender tudo o que puder sobre os dias antes da Eternidade? Ser pessoalmente associado ao maior Eterno de todos? Até o odioso título de Técnico parecia suportável naquelas condições.

Sua cautela, entretanto, não o abandonou totalmente. – Se isso é necessário para o bem da Eternidade, senhor... – ele disse.

– Para o *bem* da Eternidade? – exclamou o Computador com cara de gnomo, em repentino entusiasmo. Jogou a ponta do cigarro com tanta força que ela bateu na parede em frente e ricocheteou numa chuva de faíscas. – Preciso de você para a *existência* da Eternidade.

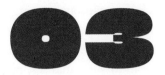

APRENDIZ

Harlan já estava há semanas no Século 575 quando conheceu Brinsley Sheridan Cooper. Tivera tempo para habituar-se ao seu alojamento e à assepsia do vidro e da porcelana. Aprendera a esconder a insígnia de Técnico encolhendo-se um pouco ou evitando ficar de pé, para que a marca ficasse oculta contra uma parede ou coberta por algum objeto que estivesse carregando.

Os outros sorriam com desdém diante disso e tratavam-no friamente, como se suspeitassem de que sua tentativa de amizade tivesse segundas intenções.

O Computador Sênior Twissell trazia-lhe problemas diariamente. Harlan os estudava e escrevia suas análises em rascunhos reescritos quatro vezes e, mesmo assim, entregava a última versão relutantemente.

Twissell apreciava os relatórios e balançava a cabeça, dizendo "Bom, bom". Então, seus velhos olhos azuis rapidamente encontravam os de Harlan e seu sorriso diminuía um pouco quando dizia: "Vou testar esse palpite no Computaplex".

Ele sempre chamava uma análise de "palpite". Nunca revelava a Harlan o resultado de uma verificação no Computaplex, e

Harlan não ousava perguntar. Estava desapontado pelo fato de nunca lhe pedirem que colocasse em prática suas próprias análises. Será que isso significava que o Computaplex *não* estava conferindo suas análises, que ele estava escolhendo o item errado para a indução da Mudança de Realidade, que ele não tinha capacidade de enxergar a Mudança Mínima Necessária no intervalo indicado? (Só mais tarde sofisticou-se a ponto de utilizar a sigla M.M.N. com naturalidade.)

Um dia, Twissell apareceu com um indivíduo acanhado que mal se atrevia a olhar nos olhos de Harlan.

– Técnico Harlan – disse Twissell –, este é o Aprendiz B. S. Cooper.

Harlan disse "olá" automaticamente, examinou a aparência do rapaz e não se impressionou. O sujeito era meio baixinho, com cabelo escuro dividido ao meio. Seu queixo era estreito, seus olhos de um castanho-claro indefinido, suas orelhas um pouco grandes e suas unhas, roídas.

– Este é o rapaz – continuou Twissell – a quem você vai ensinar História Primitiva.

– Grande Tempo! – disse Harlan, com repentino interesse. – *Olá!* – Ele quase havia se esquecido.

– Combine um horário com ele que lhe seja conveniente, Harlan – disse Twissell. – Se conseguir duas tardes por semana, acho que está ótimo. Use seu próprio método para ensiná-lo. Deixo isso com você. Se precisar de livrofilmes ou de documentos antigos, é só me avisar, e se eles existirem na Eternidade ou em qualquer parte do Tempo que possa ser alcançado, vamos consegui-los. Certo, rapaz?

Twissell puxou um cigarro aceso do nada (como sempre parecia) e o ar se encheu de fumaça. Harlan tossiu e, pelo movimento da boca do Aprendiz, ficou óbvio que ele também teria tossido, se tivesse tido coragem.

Depois que Twissell saiu, Harlan disse: – Bem, sente-se... – Hesitou por um momento e então acrescentou, com determinação: – Filho. Sente-se, filho. Meu escritório não é grande coisa, mas fique à vontade sempre que estivermos juntos.

Harlan mal podia conter a ansiedade. Esse projeto era *dele*! História Primitiva era algo só dele.

O Aprendiz ergueu os olhos (pela primeira vez, na verdade) e disse, tropeçando nas palavras: – O senhor *é* Técnico.

Parte considerável do entusiasmo e cordialidade de Harlan esvaiu-se.

– O que tem isso?

– Nada – respondeu o Aprendiz – Eu só...

– Você ouviu o Computador Twissell me chamar de Técnico, não ouviu?

– Sim, senhor.

– Achou que foi um lapso da parte dele? Algo ruim demais para ser verdade?

– *Não*, senhor.

– Qual o problema com a sua fala? – Harlan perguntou bruscamente, e na mesma hora sentiu uma ponta de vergonha.

Cooper corou aflitivamente. – Não falo muito bem o Intertemporal Padrão.

– Por que não? Há quanto tempo é Aprendiz?

– Há menos de um ano, senhor.

– Um ano? Quantos anos você tem, pelo amor do Tempo?

– Vinte e quatro fisioanos, senhor.

Harlan o encarou. – Está querendo me dizer que trouxeram você para a Eternidade aos 23 anos?

– Sim, senhor.

Harlan sentou-se e esfregou as mãos. Isso nunca era feito. Quinze, 16 anos era a idade de ingressar na Eternidade. O que significava aquilo? Um novo modo de testá-lo, por parte de Twissell?

– Sente-se e vamos começar – disse Harlan. – Seu nome completo e tempo-natal.

– Brinsley Sheridan Cooper, do Século 78, senhor – gaguejou o Aprendiz.

Harlan quase amoleceu. Foi por pouco. Eram apenas dezessete Séculos no tempo-abaixo de seu próprio tempo-natal. Quase um vizinho Temporal.

– Você se interessa por História Primitiva? – perguntou Harlan.

– O Computador Twissell me pediu para aprender. Não sei muito a respeito.

– O que mais está aprendendo?

– Matemática. Engenharia Temporal. Só aprendi o básico até agora. Lá no 78, eu consertava Speedy-vac.

Não havia por que perguntar a natureza de um Speedy-vac. Podia ser qualquer coisa. Um limpador por sucção, uma máquina de computação, algum tipo de compressor de tinta. Harlan não estava particularmente interessado.

– Você sabe alguma coisa de História? Qualquer tipo de História? – perguntou ele.

– Estudei História Européia.

– Sua própria unidade política, suponho.

– Eu nasci na Europa. Sim. Na maior parte do tempo, eles ensinavam história moderna. Depois das revoluções de 54; isto é, 7554.

– Muito bem. A primeira coisa é esquecer tudo isso. Não significa nada. A história que tentam ensinar aos Tempistas muda a cada Mudança de Realidade. Não que eles se dêem conta disso. Em cada Realidade, a história deles é a única história. É isso que é tão diferente na História Primitiva. Essa é a sua beleza. Não importa o que qualquer um de nós faça, ela existe exatamente como sempre existiu. Colombo e Washington, Mussolini e Hereford, todos eles existem.

Cooper soltou um sorriso fraco. Esfregou o dedinho sobre o lábio superior e, pela primeira vez, Harlan percebeu um traço de pelos lá, como se o Aprendiz estivesse deixando crescer o bigode.

– Não consigo me acostumar – disse Cooper –, mesmo depois de tanto tempo aqui.

– Se acostumar com o quê?

– Com o fato de eu estar quinhentos Séculos longe do meu próprio tempo.

– Meu caso é parecido. Sou do 95.

– Isso é outra coisa. O senhor é mais velho do que eu, mas, por outro lado, eu sou dezessete Séculos mais velho que o senhor. Eu poderia ser seu tetra-tetra-tetra-tetravô.

– E se fosse? Qual a diferença?

– Bem, leva um tempo para se acostumar. – Havia um traço de rebeldia na voz do Aprendiz.

– Leva um tempo para todos nós – disse Harlan, friamente, e começou a falar sobre os Primitivos. Após três horas de aula, estava no meio de uma explicação sobre as razões da existência de Séculos antes do Século primeiro.

("Mas o Século primeiro não é o primeiro?", Cooper perguntara, lamuriosamente.)

Ao final, Harlan entregou um livro ao Aprendiz, um livro não muito bom, na verdade, mas que serviria para começar. – À medida que formos avançando, eu lhe darei livros melhores – disse.

No final daquela semana, o bigode de Cooper já se tornara um pronunciado tufo de pelos escuros que o fazia parecer dez anos mais velho e acentuava a estreiteza de seu queixo. No geral, Harlan achou que aquele bigode não havia melhorado a aparência do rapaz.

– Terminei o seu livro – disse Cooper.

– O que achou dele?

– De certo modo... – Houve uma longa pausa. Cooper começou de novo. – Algumas partes do fim da era Primitiva pareciam o Século 78. Me fizeram lembrar de casa. Sonhei com minha esposa duas vezes.

Harlan explodiu. – Sua *esposa*?

– Eu era casado antes de vir para cá.

– Grande Tempo! Trouxeram a sua esposa para cá também? Cooper balançou a cabeça. – Nem sei se ela foi Mudada no ano passado. Se foi, acho que não é mais realmente minha esposa agora.

Harlan recobrou-se. Naturalmente, se o Aprendiz tinha 23 anos quando foi levado à Eternidade, era bem possível que fosse casado. Um fato inédito atrás do outro.

O que significava aquilo? Uma vez introduzidas modificações às regras, não demoraria muito para se chegar a um ponto onde tudo se degradaria numa completa incoerência. A Eternidade possuía um equilíbrio muito frágil para suportar modificações.

Foi sua raiva, em nome da Eternidade talvez, que colocou uma aspereza involuntária em suas próximas palavras: – Espero que não esteja planejando voltar ao 78 para ver como ela está.

O Aprendiz levantou a cabeça, e seus olhos pareciam firmes e resolutos. – Não.

Harlan agitou-se, incomodado. – Ótimo. Você não tem família. Nada. Você é Eterno e é melhor nem pensar nas pessoas que conheceu no Tempo.

Os lábios de Cooper se estreitaram e seu sotaque apareceu nitidamente nas rápidas palavras: – O senhor está falando como um Técnico.

Os punhos de Harlan apertaram os lados de sua mesa. – O que você quer dizer com isso? – disse ele, asperamente. – Que sou Técnico, portanto sou eu que faço as Mudanças? Portanto, eu as defendo e você as aceita? Olhe aqui, garoto, você está aqui há menos de um ano; não sabe falar Intertemporal; você se confunde todo com Tempo e Realidade, mas acha que sabe tudo sobre Técnicos e como ofendê-los.

– Desculpe – disse Cooper, rapidamente –, não quis ofendê-lo.

– Não, claro que não, quem ofende um Técnico? Você só escuta todo mundo falando, não é mesmo? Eles dizem "frio como o coração de um Técnico", não é? Dizem "um trilhão de personalidades mudaram só com um bocejo do Técnico". Talvez digam outras coisas. Qual a resposta, sr. Cooper? Você se sente sofisticado participando disso? Se sente um grande homem? Uma grande roda na Eternidade?

– Já me desculpei.

– Tudo bem. Só quero que saiba que sou Técnico há menos de um mês e, pessoalmente, nunca induzi uma Mudança de Realidade. Agora, vamos voltar ao trabalho.

O Computador Sênior Twissell chamou Andrew Harlan a seu escritório no dia seguinte.

– Que tal sair para fazer uma M.M.N., rapaz? – perguntou Twissell.

Era quase conveniente. Durante a manhã toda, Harlan havia se arrependido de seu covarde repúdio a um envolvimento pessoal no trabalho de um Técnico, de seu grito infantil "não fiz nada de errado ainda, então não me culpe".

Significava admitir que *havia* algo de errado no trabalho de um Técnico e que ele, pessoalmente, não tinha culpa, pois era muito novo no jogo e não tivera tempo ainda de ser um criminoso.

Agradeceu a chance de acabar com essa desculpa agora. Seria quase uma penitência. Poderia dizer a Cooper: "Sim, por causa de algo que fiz, tantos milhões de pessoas têm novas personalidades, mas foi necessário e tenho orgulho de ter sido a causa".

Então Harlan disse, alegremente: – Estou pronto, senhor.

– Ótimo, ótimo. Vai ficar feliz em saber, rapaz – uma baforada, e a ponta do cigarro incandesceu –, que todas as suas análises conferiram com alta precisão.

– Obrigado, senhor. – (Agora eram análises, pensou Harlan, não palpites.)

– Você tem talento. Muita qualidade, rapaz. Procuro coisas grandes. E podemos começar com esta aqui, Século 223. Sua afirmação de que a embreagem emperrada de um veículo forneceria a bifurcação necessária sem efeitos colaterais indesejáveis está perfeitamente correta. Você pode emperrá-la?

– Sim, senhor.

Foi a verdadeira iniciação de Harlan na Tecnicidade. Depois disso, ele era mais que apenas um homem com uma insígnia vermelha. Ele havia alterado a Realidade. Havia adulterado um mecanismo por uns poucos minutos do Século 223 e, como resultado, um jovem não conseguiu assistir a uma palestra sobre mecânica à qual deveria ter comparecido. Nunca estudou engenharia solar e, em consequência, um invento perfeitamente simples teve seu desenvolvimento adiado por dez anos cruciais. Uma guerra no 224, espantosamente, sumiu da Realidade como resultado.

Isso não era bom? E daí que personalidades foram mudadas? As novas personalidades eram tão humanas quanto as anteriores e tão merecedoras de vida. Se algumas vidas foram abreviadas, outras foram prolongadas e tornaram-se mais felizes. Uma grande obra de literatura, um monumento ao intelecto e sentimento humanos, nunca foi escrita na nova Realidade, mas várias cópias foram preservadas em bibliotecas na Eternidade, não foram? E novas obras criativas passaram a existir, não foi?

No entanto, naquela noite Harlan passou horas de agonia e insônia, e quando, finalmente, grogue, cochilou, fez algo que não fazia há anos.

Sonhou com sua mãe.

Apesar dessa fraqueza no início, um fisioano foi suficiente para tornar Harlan conhecido em toda a Eternidade como "o Técnico de Twissell" e, com um acentuado traço de mau humor, como "O Menino-Prodígio" e "O Infalível".

Seu contato com Cooper tornou-se quase confortável. Eles nunca chegaram a ser completamente amigos. (Se Cooper tivesse tido a coragem de tentar uma aproximação, Harlan talvez não soubesse como reagir.) Não obstante, trabalhavam bem juntos, e o interesse de Cooper em História Primitiva cresceu a ponto de quase equiparar-se ao de Harlan.

Certo dia, Harlan disse a Cooper: – Escute, Cooper, você se importaria de vir amanhã, em vez de hoje? Tenho que subir ao 3000 esta semana para verificar uma Observação, e o homem que quero ver está livre hoje à tarde.

Os olhos de Cooper iluminaram-se, avidamente. – Por que não posso ir junto?

– Você quer?

– Claro. Nunca estive numa cápsula, a não ser quando fui trazido do 78 para cá, e eu não sabia o que estava acontecendo, na ocasião.

Harlan estava acostumado a usar a cápsula no Túnel C, que era, por tradição, reservado aos Técnicos em toda a sua incomensurável extensão através dos Séculos. Cooper não mostrou nenhum embaraço ao ser guiado até lá. Entrou na cápsula sem hesitar e sentou-se na moldura curva que tomava toda a sua circunferência.

Quando Harlan, no entanto, acionou o Campo e impulsionou a cápsula ao tempo-acima, o rosto de Cooper contorceu-se numa expressão quase cômica de surpresa.

– Não estou sentindo nada – ele disse. – Tem alguma coisa errada?

– Não tem nada errado. Não está sentindo nada porque você não está se movendo realmente. Está sendo impelido através da extensão temporal da cápsula. Na verdade – disse Harlan, em tom didático –, no momento, você e eu não somos realmente matéria, apesar das aparências. Duzentos homens podem estar usando esta mesma cápsula, movendo-se (se é que podemos dizer assim) em velocidades variadas nas duas direções do Tempo, passando através uns dos outros. As leis do Universo comum simplesmente não se aplicam aos túneis de cápsulas!

Ao ver o trejeito da boca de Cooper, Harlan pensou consigo: o rapaz está estudando engenharia temporal e conhece esse assunto melhor do que eu. Por que não calo a boca e paro de fazer papel de bobo?

Ficou em silêncio e, com ar sério, fitou Cooper. O bigode do homem já estava totalmente crescido há meses. Era curvado, emoldurando a boca no que os Eternos chamavam de "linha de Mallansohn", porque a única fotografia reconhecidamente autêntica do inventor do Campo Temporal (uma foto ruim e fora de foco) mostrava-o exatamente com aquele bigode. Por conta disso, o estilo permanecia popular entre os Eternos, embora ficasse bem em poucos deles.

Os olhos de Cooper estavam fixos nos números que marcavam a passagem dos Séculos em relação à data do embarque dos dois. – Até onde vai o túnel da cápsula no tempo-acima? – perguntou.

– Não lhe ensinaram isso?

– Mal mencionaram as cápsulas.

Harlan encolheu os ombros. – A Eternidade não tem fim. O túnel continua para sempre.

– Qual a maior distância que o senhor foi no tempo-acima?

– Esta viagem será a mais alta. O dr. Twissell já subiu até os Séculos 50.000.

– Grande Tempo! – murmurou Cooper.

– Mas isso não é nada. Alguns Eternos já passaram do Século 150.000.

– E como é *lá*?

– Diferente de tudo – respondeu Harlan, taciturnamente. – Muitas formas de vida, mas nenhuma humana. O homem desapareceu.

– Morto? Dizimado?

– Não sei e ninguém sabe exatamente.

– Nada pode ser feito para mudar isso?

– Bem, dos 70.000 em diante – começou Harlan, e então parou abruptamente. – Ah, para o Tempo com isso. Mude de assunto.

Se havia um tema sobre o qual os Eternos eram quase supersticiosos era sobre "Os Séculos Ocultos", o tempo entre o 70.000

e o 150.000. Era um assunto raramente mencionado. Somente por sua proximidade com Twissell é que Harlan conhecia um pouco dessa época. O fato é que os Eternos não conseguiam entrar no Tempo em todos aqueles milhares de Séculos. As portas entre a Eternidade e o Tempo eram impenetráveis. Por quê? Ninguém sabia.

Harlan imaginava, com base em algumas observações casuais de Twissell, que haviam sido feitas tentativas de Mudança de Realidade nos Séculos logo abaixo dos 70.000. Porém, sem a Observação adequada além dos 70.000, não havia muito o que fazer.

Twissell havia dito uma vez, rindo levemente: – Um dia nós vamos atravessar. Enquanto isso, 70.000 Séculos já bastam para tomarmos conta.

Não soou totalmente convincente.

– O que acontece à Eternidade depois do 150.000? – perguntou Cooper.

Harlan suspirou. O assunto, aparentemente, não iria mudar.

– Nada – ele disse. – Os Setores estão lá, mas não há nenhum Eterno depois dos 70.000. Os Setores continuam por milhões de Séculos até que toda vida esteja extinta, e mais além, até o Sol explodir em nova, e além também. Não há nenhum fim na Eternidade. É por isso que se chama Eternidade.

– O Sol *realmente* explode em nova, então?

– Com certeza. A Eternidade não existiria se não fosse isso. O Sol Nova é nossa fonte de energia. Escute, você sabe quanta energia é necessária para ajustar um Campo Temporal? O primeiro Campo de Mallansohn tinha dois segundos do extremo tempo-abaixo ao extremo tempo-acima, só tinha espaço para a cabeça de um fósforo, e isso exigiu a energia produzida o dia inteiro numa usina nuclear. Levou quase cem anos até que um Campo Temporal, da espessura de um fio de cabelo, fosse ao tempo-acima captar a energia radiante do Sol Nova para que fosse construído um Campo onde coubesse um homem.

Cooper suspirou. – Queria que eles parassem de me obrigar a aprender equações e mecânica de campo e começassem a me ensinar alguma coisa realmente interessante. Se eu tivesse vivido na época de Mallansohn...

– Não teria aprendido nada. Ele viveu no 24, mas a Eternidade só começou no final do 27. Sabe, inventar o Campo não é o mesmo que construir a Eternidade, e o restante do 24 não tinha a mais remota noção do significado da invenção de Mallansohn.

– Ele estava além de sua geração, então?

– Muito além. Ele não só inventou o Campo Temporal como descreveu as relações básicas que tornaram a Eternidade possível e previu quase todos os seus aspectos, exceto as Mudanças de Realidade. Chegou bem perto também... Mas acho que estamos parando, Cooper. Você primeiro.

Eles saíram.

Harlan nunca tinha visto o Computador Sênior Laban Twissell zangado antes. As pessoas sempre diziam que ele era incapaz de qualquer emoção, que era um acessório sem alma da Eternidade, a ponto de ter esquecido o número exato de seu Século natal. Diziam que, ainda criança, seu coração tinha atrofiado e que um computador de mão, similar ao modelo que ele sempre trazia no bolso da calça, havia sido usado para substituí-lo.

Twissell não fazia nada para negar esses boatos. Na verdade, muitos achavam que ele próprio acreditava nessa história.

Então, mesmo enquanto se curvava diante da força desse acesso de raiva que se abatia sobre ele, Harlan ainda tinha espaço na mente para espantar-se com o fato de que Twissell podia demonstrar raiva. Imaginou se Twissell se mortificaria, algum tempo depois, ao perceber que seu coração-computador o havia traído ao comportar-se como um coitado feito de músculos e válvulas, sujeito aos caprichos da emoção.

– Senhor Tempo, rapaz – disse Twissell, em partes, sua voz rangendo –, você faz parte do Conselho Pan-Temporal? Você dá as ordens por aqui? É você que manda em mim ou sou eu que mando em você? Você está preparando todas as viagens em cápsulas neste Setor? Todos nós precisamos de sua permissão agora? Interrompia a si mesmo com exclamações ocasionais de "Responda!" e então continuava derramando mais perguntas no fervente caldeirão interrogativo.

– Se você passar dos limites de novo – disse finalmente –, vou mandá-lo para o setor de reparos de encanamento, e para sempre. Entendeu?

Harlan, pálido com o crescente constrangimento, alegou: – Ninguém me falou que eu não poderia levar o Aprendiz Cooper a uma cápsula.

A explicação não serviu para abrandar o ânimo de Twissell. – Que espécie de desculpa é essa, rapaz? Ninguém falou para você não embebedá-lo. Ninguém falou para você não raspar a cabeça dele. Ninguém falou para você não espetá-lo com uma espada Tav afiada. Senhor Tempo, rapaz, o que *eu falei* para você fazer?

– O senhor me mandou ensinar-lhe História Primitiva.

– Então faça isso. Não faça nada além disso.

Twissell soltou seu cigarro no chão e o amassou violentamente com o pé como se fosse o rosto de um velho inimigo.

– Gostaria de salientar, Computador – disse Harlan –, que muitos Séculos abaixo da Realidade atual têm semelhanças com eras específicas da História Primitiva. Minha intenção era levar Cooper a esses Tempos, sob cuidadoso mapeamento espaço-temporal, claro, como uma forma de pesquisa de campo.

– O quê? Escute, seu cabeça-dura, você não pretende pedir a minha permissão para *nada*? Isso está fora de cogitação. Apenas ensine História Primitiva a ele. Nada de pesquisas de campo. Nada de experiências em laboratório também. Daqui a pouco, você vai estar mudando a Realidade só para mostrar a ele.

Harlan passou a língua seca sobre os lábios secos, murmurou uma aquiescência ressentida e, finalmente, teve permissão para sair.

Levou semanas para sua mágoa atenuar-se.

COMPUTADOR

Harlan já era Técnico há dois anos quando retornou ao 482 pela primeira vez desde que partira com Twissell. Achou-o quase irreconhecível.
Mas não era o Século que havia mudado. Era Harlan.
Dois anos de Tecnicidade significaram várias coisas. Por um lado, havia aumentado seu sentimento de estabilidade. Ele não precisava mais aprender uma nova língua, acostumar-se a novos estilos de roupa e de vida a cada novo projeto de Observação. Por outro lado, havia ficado mais isolado. Agora, quase se esquecera da camaradagem que unia todos os outros Especialistas na Eternidade.
Acima de tudo, havia desenvolvido o sentimento do *poder* de um Técnico. Tinha o destino de milhões de pessoas nas pontas dos dedos e, se isso era fonte de solidão, também era fonte de orgulho.
Portanto, pôde encarar friamente o homem das Comunicações atrás da mesa do 482 e anunciar-se em poucas palavras – Andrew Harlan, Técnico, apresentando-se ao Computador Finge para serviço temporário no 482 – ignorando o rápido olhar do homem de meia-idade que o atendia.

Era o que as pessoas chamavam de "espiada no Técnico", uma rápida, involuntária espiada de esguelha no emblema vermelho no ombro do Técnico e depois uma elaborada tentativa de não olhar novamente.

Harlan fitou o emblema no ombro do homem. Não era o amarelo do Computador, o verde do Mapeador de Vida, o azul do Sociólogo ou o branco do Observador. Não era absolutamente a cor sólida de um Especialista. Era apenas uma barra azul sobre fundo branco. O homem era das Comunicações, um ramo secundário da Manutenção, e de modo algum um Especialista.

E *ele* deu a "espiada no Técnico" também.

– E então? – disse Harlan, com certa tristeza.

– Estou ligando para o Computador Finge, senhor – respondeu rapidamente o homem das Comunicações.

Harlan lembrava-se do 482 como um Século forte e sólido, mas agora parecia quase esquálido.

Havia se acostumado ao vidro e à porcelana do 575, à sua mania de limpeza. Já havia se acostumado à brancura e à claridade, quebradas por ocasionais pontos em tons pastel.

As pesadas curvas de gesso do 482, suas áreas de metal pintado, seus pigmentos manchados eram quase repulsivos.

Até Finge parecia diferente, parecia menor, de certa forma. Dois anos antes, cada gesto de Finge parecia sinistro e poderoso ao Observador Harlan.

Agora, do alto de sua arrogante e isolada posição de Técnico, o homem parecia perdido e patético. Harlan o observou enquanto ele folheava uma pilha de documentos e se preparava para olhar para cima, com ar de quem acha que já fez o visitante esperar o bastante.

Twissell lhe contara que Finge era originário de um Século centrado em energia, nos 600, e isso explicava muito. Os momentos de mau humor de Finge poderiam facilmente ser o resultado da insegurança natural de um homem pesado acostumado à firmeza dos campos de força, descontente por ter de lidar com nada mais do que a frágil matéria. Seu andar na ponta dos pés (Harlan lembrava-se bem dos passos de gato de Finge; frequentemente ele levantava os olhos de sua mesa e deparava com Finge ali em pé, olhando para ele, sem ter ouvido a sua aproximação) não era mais astuto e sorrateiro, mas o andar temeroso e vacilante de quem vive em constante, embora inconsciente, temor de que o chão vai quebrar sob seu peso.

Harlan pensou, com agradável condescendência: o homem está mal-adaptado ao Setor. Uma transferência é provavelmente a única coisa que o ajudaria.

– Saudações, Técnico Harlan – disse Finge.

– Saudações, Computador – respondeu Harlan.

– Parece que nesses dois anos desde que...

– Dois fisioanos – corrigiu Harlan.

Finge levantou os olhos, surpreso. – Dois fisioanos, claro.

Na Eternidade não havia Tempo, no sentido comum de Tempo do universo exterior, mas os corpos humanos envelheciam e essa era a inevitável medida do Tempo, mesmo na ausência de fenômenos físicos significativos. Fisiologicamente, o Tempo passava, e num fisioano dentro da Eternidade uma pessoa envelhecia tanto quanto envelheceria num ano comum no Tempo.

No entanto, mesmo o Eterno mais pedante raramente se lembrava da distinção. Era muito mais conveniente dizer "Até amanhã" ou "Senti sua falta ontem" ou "Vejo você na semana que vem", como se houvesse um amanhã, um ontem ou uma semana passada além do sentido unicamente fisiológico. E os instintos humanos eram alimentados pela divisão arbitrária das atividades da Eternidade num dia de vinte e quatro "fisio-horas", com a solene concepção de dia e noite, hoje e amanhã.

– Nos dois *fisioanos* de sua ausência – disse Finge –, uma crise foi se agravando aos poucos no 482. Uma crise bem peculiar. E delicada. Quase sem precedentes. Mais do que nunca, precisamos de uma Observação exata agora.

– E você quer que eu Observe?

– Sim. De certo modo, é um desperdício de talento pedir a um Técnico que faça o serviço de um Observador, mas suas Observações anteriores, por sua clareza e discernimento, eram perfeitas. Precisamos disso novamente. Bem, só vou adiantar alguns detalhes...

Que detalhes eram esses, Harlan não conseguiu saber naquele momento. Finge falou, mas a porta se abriu e Harlan não o ouviu.

Olhou para a pessoa que entrou.

Não que Harlan nunca tivesse visto uma moça antes na Eternidade. Nunca é uma palavra muito forte. Raramente, sim, mas não nunca.

Mas uma moça como *aquela*! E na *Eternidade*!

Harlan tinha visto muitas mulheres em suas passagens pelo Tempo, mas no Tempo elas eram apenas objetos para ele, como gatos e ratos, bolas e argolas, carrinhos e ancinhos. Eram fatos a serem Observados.

Na Eternidade, uma moça era outra história. E uma como *aquela*!

Estava vestida no estilo das classes altas do Século 482, ou seja, tecido transparente e quase mais nada acima da cintura e, abaixo, uma fina calça na altura dos joelhos. A calça, embora opaca, deixava entrever as curvas dos glúteos.

Seu cabelo era escuro e brilhante, na altura dos ombros, seus lábios pintados de vermelho, o superior apertando o inferior numa expressão exagerada, como se estivesse amuada. Suas pálpebras e os lóbulos da orelha eram de um rosa pálido, e o restante de seu rosto jovem (quase de menina) era branquíssimo. Um colar com pingentes pendia de seus ombros, tinindo nos dois lados de seus graciosos seios, para os quais dirigia a atenção.

Ela sentou-se a uma mesa no canto do escritório de Finge, levantando os cílios apenas uma vez para avaliar rapidamente o rosto de Harlan com seus olhos escuros.

Quando Harlan ouviu a voz de Finge de novo, o Computador estava dizendo: – Você vai receber tudo isso num relatório oficial. Enquanto isso, pode usar seu antigo escritório e alojamento.

Harlan viu-se fora do escritório de Finge, mas não se lembrava bem dos detalhes de sua saída. Presumivelmente, saíra andando. Sua emoção interna mais fácil de reconhecer foi a raiva. *Pelo Tempo*, não deveriam deixar Finge fazer isso. Era ruim para o moral. Era um escárnio...

Parou, soltou os punhos, relaxou o maxilar. Vamos ver agora! Seus passos soavam nítidos em seu próprio ouvido enquanto caminhava firmemente na direção do homem das Comunicações atrás da mesa.

O homem levantou os olhos, sem olhar realmente para Harlan, e disse, cautelosamente: – Pois não, senhor.

– Há uma mulher no escritório de Finge. Ela é nova aqui? – perguntou Harlan.

Sua intenção era parecer casual. Queria que a pergunta soasse indiferente, monótona. Em vez disso, soou como dois pratos batendo um contra o outro.

Mas estimulou o interesse do homem das Comunicações. Seu olhar transformou-se em algo que tornava todos os homens parecidos. Um olhar que acolheu até o Técnico como um camarada.

– Aquela gata? – disse o homem. – Uau! Mas ela não é um pouco gordinha?

Harlan gaguejou um pouco: – Apenas responda à minha pergunta.

O homem das Comunicações encarou Harlan e parte de seu entusiasmo evaporou-se. – Ela é nova. É Tempista.

– Qual é o trabalho dela?

Um sorriso lento foi surgindo no rosto do homem até tornar-se malicioso. – Supostamente, é a secretária do chefe. O nome dela é Noÿs Lambent.

– Certo. – Harlan deu meia-volta e saiu.

A primeira viagem de Observação de Harlan ao Século 482 veio no dia seguinte, mas durou apenas trinta minutos. Era, obviamente, apenas uma viagem de orientação, com o propósito de inteirá-lo da situação. No dia seguinte, durou uma hora e meia, e no terceiro dia ele não saiu.

Ocupou o tempo analisando seus relatórios originais, recapitulando seu próprio conhecimento, relembrando o sistema linguístico da época, habituando-se novamente aos costumes locais.

Uma Mudança de Realidade havia atingido o 482, mas foi pequena. Uma facção política que antes estava Dentro agora estava Fora, mas não parecia haver mudança na sociedade além disso.

Sem perceber, adquiriu o hábito de pesquisar em seus antigos relatórios informações sobre a aristocracia. Evidentemente, havia feito Observações.

Sim, mas eram impessoais, distantes. Seus dados preocupavam-se com a classe social, não com os indivíduos.

Naturalmente, os mapas espaço-temporais jamais lhe exigiram ou sequer permitiram observar a aristocracia de dentro. As razões para isso estavam além do alcance de um Observador. Sentia-se impaciente consigo mesmo por estar curioso sobre o assunto agora. Durante aqueles três dias, viu de relance a moça, Noÿs Lambent, quatro vezes. No começo, tinha notado apenas suas roupas e seus ornamentos. Agora, percebeu que ela tinha um metro e sessenta e oito de altura, uns quinze centímetros mais baixa do que ele, mas, como era esbelta, com postura ereta e graciosa, dava a impressão de ser alta. Parecia mais velha do que à primeira vista, perto dos 30, talvez, certamente mais de 25.

Era calada e reservada, sorriu para ele uma vez quando se encontraram num corredor, e então ela baixou os olhos. Harlan desviou-se dela, para evitar tocá-la, e continuou andando, irritado.

Ao final de seu terceiro dia, Harlan começou a achar que seu dever como Eterno só lhe deixava uma alternativa. Sem dúvida, a posição da moça era confortável. Sem dúvida, Finge estava agindo dentro da legalidade. No entanto, a indiscrição e o descuido de Finge com relação ao assunto certamente iam contra o espírito da lei, e alguma coisa tinha de ser feita. Harlan constatou, afinal, que Finge era a pessoa que mais detestava na Eternidade. As desculpas que ele tinha encontrado para o homem há apenas três dias sumiram.

Na manhã do quarto dia, Harlan solicitou e conseguiu a permissão de reunir-se com Finge em particular. Entrou com passos determinados e, para sua própria surpresa, foi direto ao assunto.

— Computador Finge, sugiro que a senhorita Lambent retorne ao Tempo.

Finge estreitou os olhos. Fez um gesto com a cabeça em direção a uma cadeira, cruzou as mãos sobre seu queixo frágil e redondo e mostrou alguns dentes.

— Bem, sente-se. Sente-se. Acha a senhorita Lambent incompetente? Inadequada?

— Quanto à sua competência e adequação, não posso opinar. Depende das tarefas atribuídas a ela, e eu não atribuí nenhuma. Mas você deve perceber que ela não faz bem ao moral deste Setor.

Finge fitou-o com distanciamento, como se sua mente de Computador estivesse fazendo abstrações além do alcance do Eterno comum.

— De que modo ela está afetando o moral, Técnico?

— Não há necessidade de perguntar — disse Harlan, cada vez mais irritado. — Sua roupa é exibicionista. Ela...

— Espere aí. Espere um pouco, Harlan. Você já foi Observador aqui. Sabe que a roupa dela é a vestimenta-padrão no 482.

— No meio cultural dela, em seu próprio ambiente, eu não veria problema algum, embora eu afirme que aquele traje é sumário até mesmo para o 482. Permita-me julgar isso. Aqui na Eternidade, uma pessoa como ela com certeza está deslocada.

Finge balançou a cabeça vagarosamente. Na verdade, parecia estar se divertindo. Harlan empertigou-se.

– Ela está aqui com um propósito deliberado – disse Finge. – Ela está desempenhando uma função essencial, mas temporária. Tente aguentá-la por enquanto.

O maxilar de Harlan tremeu. Finge tergiversou diante de sua queixa. Ao diabo com a cautela. Ele falaria o que pensava. – Posso imaginar qual seja a "função essencial" dessa mulher. Não permitirei que a mantenha aqui tão abertamente.

Virou-se formalmente e dirigiu-se à porta. As palavras de Finge o detiveram.

– Técnico – disse Finge –, sua relação com Twissell deve ter-lhe dado uma noção distorcida de sua própria importância. Corrija isso! Enquanto isso, me diga, Técnico, você já teve uma (hesitou, parecendo escolher a palavra) "namorada"?

Com cuidadosa e insultuosa exatidão, ainda de costas, Harlan citou: – No interesse de evitar complicações emocionais com o Tempo, um Eterno não deve se casar. No interesse de evitar complicações emocionais com a família, um Eterno não deve ter filhos.

– Eu não perguntei sobre casamento e filhos – respondeu Finge, sério.

Harlan continuou citando. – Ligações temporárias com Tempistas, somente após requisição à Diretoria Central de Mapeamento do Conselho Pan-Temporal, para o devido Mapeamento da Tempista em questão. Ligações poderão continuar somente de acordo com os requisitos específicos do mapeamento espaço-temporal.

– É verdade. Você já solicitou uma ligação temporária, Técnico?

– Não, Computador.

– Pretende solicitar?

– Não, Computador.

– Talvez devesse. Isso lhe traria uma visão mais abrangente. Ficaria menos preocupado com os detalhes da roupa da mulher, menos perturbado com a possível ligação dela com outros Eternos.

Harlan saiu, mudo de raiva.

* * *

Achou quase impossível fazer sua viagem quase diária ao 482 (o período mais longo de permanência ainda estava um pouco abaixo de duas horas.) Estava abalado e sabia por quê. Finge! Finge e seu conselho grosseiro sobre ligações com Tempistas.

Ligações existiam. Todo mundo sabia. A Eternidade sempre esteve ciente da necessidade de tolerar os apetites humanos (a frase causou repulsa a Harlan), mas as restrições para se conseguir uma mulher eram tantas que essa tolerância era tudo menos frouxa, tudo menos generosa. E esperava-se, daqueles poucos que tinham o privilégio de conseguir ultrapassar tais restrições, que fossem muito discretos, por decência e consideração à maioria.

Entre as classes baixas dos Eternos, particularmente entre o pessoal da Manutenção, havia sempre boatos (meio esperançosos, meio ressentidos) de mulheres importadas de maneira mais ou menos permanente para as finalidades óbvias. Os boatos apontavam sempre Computadores e Mapeadores de Vida como os beneficiários. Somente eles podiam decidir quais mulheres poderiam ser subtraídas do Tempo sem o perigo de uma Mudança de Realidade significativa.

Menos sensacionais (e por isso menos dignas de comentários) eram as histórias envolvendo funcionários Tempistas que todo Setor empregava temporariamente (quando a análise espaço-temporal permitia) para desempenhar as tarefas tediosas de cozinhar, limpar e fazer o serviço pesado.

Mas uma Tempista – e *que* Tempista! – empregada como "secretária" só podia significar que Finge estava ridicularizando os ideais que faziam a Eternidade ser o que era.

Desconsiderando-se os fatos da vida aos quais os homens práticos da Eternidade nutriam uma reverência apenas superficial, continuava sendo verdade que o Eterno ideal era um homem dedicado, vivendo para a missão que deveria desempenhar, para o aprimoramento da Realidade e o aperfeiçoamento da felicidade humana em sua somatória. Harlan gostava de pensar na Eternidade como os monastérios dos tempos Primitivos.

Aquela noite sonhou que conversou com Twissell sobre o assunto, e que Twissell, o Eterno ideal, compartilhou de seu horror. Sonhou com um Finge arruinado, destituído de seu posto. Sonhou consigo mesmo usando o emblema amarelo de Computador, instituindo um novo regime para o 482, pomposamente mandando Finge para a Manutenção. Twissell estava sentado ao seu lado, sorrindo de admiração, enquanto ele projetava um novo mapa organizacional, ordeiro, arrumado, consistente, e então pediu a Noÿs Lambent que distribuísse as cópias.

Mas Noÿs Lambent estava nua, e Harlan acordou, trêmulo e envergonhado.

Certo dia, encontrou a moça num corredor e postou-se de lado, desviando o olhar, para lhe dar passagem. Mas ela ficou lá parada, olhando para ele, até ele ser obrigado a levantar os olhos e encontrar os dela. Ela era toda cor e vida, e Harlan sentiu seu delicado perfume.

– Você é o Técnico Harlan, não? – ela perguntou.

Seu impulso foi repelir a mulher e forçar a passagem, mas, afinal, pensou ele, nada daquilo era culpa dela. Além disso, passar por ela agora significaria tocá-la.

– Sim – confirmou então, com um breve movimento da cabeça.

– Fiquei sabendo que você é perito em nosso Tempo.

– Já estive nele.

– Adoraria conversar com você sobre isso qualquer dia.

– Estou ocupado. Não teria tempo.

– Mas, sr. Harlan, tenho certeza de que poderia *encontrar* um tempo algum dia.

Sorriu para ele.

Harlan disse, num murmúrio desesperado: – Poderia passar, por favor? Ou então me deixar passar? Por favor!

Ela se afastou para o lado com um lento movimento dos quadris, o que fez Harlan sentir o sangue subir e esquentar seu rosto constrangido.

Ficou irritado com ela por tê-lo constrangido, irritado consigo mesmo por ter ficado constrangido, e irritado, principalmente, por alguma razão obscura, com Finge.

Finge o convocou ao final de duas semanas. Em sua mesa estava uma folha de papel fino perfurado que, pelo comprimento e complexidade, Harlan soube, no mesmo instante, não se tratar apenas de uma simples excursão de meia hora no Tempo.

– Poderia se sentar, Harlan – disse Finge –, e escanear isso aqui agora? Não, não a olho. Use a máquina.

Harlan ergueu a sobrancelha, com indiferença, e inseriu a folha cuidadosamente na abertura do *scanner* na mesa de Finge. Vagarosamente, a folha passou pelas entranhas da máquina e, à medida que passava, as configurações perfuradas iam sendo traduzidas em palavras que apareciam num retângulo esbranquiçado anexo, o visor.

No meio do processo, a mão de Harlan precipitou-se e desligou o *scanner*. Puxou a folha para fora com tanta força que rasgou sua espessa estrutura celulósica.

– Tenho outra cópia – disse Finge, calmamente.

Mas Harlan segurava a folha rasgada entre o polegar e o indicador como se ela pudesse explodir. – Computador Finge, há algum engano. Certamente não esperam que eu use a casa dessa mulher como base na minha estada de quase uma semana no Tempo.

Finge franziu os lábios. – Por que não, se as exigências espaço-temporais são essas? Se houver algum problema pessoal entre você e a senhorita Lam...

– Nenhum problema pessoal, em absoluto – interrompeu Harlan, enfaticamente.

– Algum tipo de problema, com certeza. Nessas circunstâncias, posso explicar apenas alguns aspectos do problema

Observacional. Mas, por favor, não entenda isso como um precedente.

Harlan estava sentado, imóvel. Seu raciocínio era rápido e firme. Normalmente, seu orgulho profissional o forçava a dispensar explicações. Um Observador, um Técnico, quanto a isso, fazia seu trabalho sem perguntas. E, normalmente, um Computador nem sonharia em dar explicações.

Agora, entretanto, tratava-se de um caso incomum. Harlan havia se queixado sobre a moça, a suposta secretária. Finge temia que a queixa fosse adiante. ("Fogem os ímpios sem que ninguém os persiga", pensou Harlan, com um sorriso cruel, e tentou lembrar onde tinha lido essa frase.)*

Portanto, a estratégia de Finge era óbvia. Ao colocá-lo na residência da mulher, estaria pronto a fazer contra-acusações se o assunto fosse longe demais. A validade do testemunho de Harlan contra ele estaria destruída.

Por isso, Finge teria de dar uma explicação muito convincente para colocar Harlan naquele lugar. Era isso e ponto final. Harlan o ouvia com mal-disfarçado desdém.

– Como você sabe – disse Finge –, os diversos Séculos têm ciência da existência da Eternidade. Sabem que supervisionamos o comércio intertemporal. Pensam que essa é nossa função principal, o que é bom. Têm uma vaga noção de que também estamos aqui para evitar que a humanidade seja vítima de catástrofes. Isso é mais uma superstição do que qualquer outra coisa, mas também está mais ou menos correta, o que é bom também. Passamos às gerações uma imagem paternal e certo sentimento de segurança. Você entende tudo isso, não é?

"O homem julga que ainda sou Aprendiz?", pensou Harlan. Mas assentiu com um breve movimento da cabeça.

---

* Passagem bíblica (Provérbios, 28:1). A frase completa é "Fogem os ímpios sem que ninguém os persiga; mas qualquer justo tem a confiança de um leão". [N. do T.]

– Entretanto, há algumas coisas – continuou Finge – que eles não devem saber. A principal delas, claro, é o modo como alteramos a Realidade quando necessário. A insegurança que tal conhecimento traria seria tremendamente prejudicial. É preciso subtrair da Realidade quaisquer fatores que possam levar a esse conhecimento, e nunca tivemos problemas com isso.

– Mas sempre surgem de vez em quando, num Século ou outro, algumas crenças indesejáveis sobre a Eternidade. Geralmente, as crenças perigosas são as que se concentram particularmente nas classes dominantes de uma era; as classes que têm mais contato conosco e, ao mesmo tempo, carregam o importante peso do que é chamado de opinião pública.

Finge fez uma pausa, como se esperasse de Harlan algum comentário ou alguma pergunta. Harlan não fez nenhuma das duas coisas.

Finge continuou: – Desde a Mudança de Realidade 433-486, Número de Série F-2, que ocorreu há cerca de um ano... um fisioano atrás, existem indícios de uma dessas crenças indesejáveis na Realidade. Cheguei a certas conclusões sobre a natureza dessa crença e as apresentei ao Conselho Pan-Temporal. O Conselho reluta em aceitá-las, uma vez que dependem de uma alteração na Configuração de Computação de probabilidade extremamente baixa.

– Antes de agir com base em minha recomendação, eles insistem na confirmação através de Observação direta. É uma tarefa muito delicada, por isso o chamei de volta e por isso o Computador Twissell deu sua permissão. Outra coisa que fiz foi localizar um membro da atual aristocracia que achasse emocionante e excitante trabalhar na Eternidade. Eu a coloquei neste escritório e a observei de perto, para verificar se ela era adequada para o nosso propósito...

"Observou bem de perto! Sim!" – pensou Harlan.

Mais uma vez, sua raiva concentrou-se em Finge, e não na mulher.

Finge ainda falava: – Por todos os padrões, ela é adequada. Agora, vamos devolvê-la ao seu Tempo. Usando sua residência como base, você será capaz de estudar a vida social de seu círculo. Entende agora por que mantive a moça aqui e por que quero colocá-lo na casa dela?

– Entendo muito bem, pode ter certeza – disse Harlan, com ironia quase explícita.

– Então aceitará a missão.

Harlan saiu com o fogo da batalha queimando em seu peito. Finge *não* iria ser mais esperto do que ele. Finge *não* o faria de tolo.

Certamente foi o fogo da batalha, foi a determinação de vencê-lo que provocou nele uma ansiedade, quase um regozijo ao pensar nessa sua próxima excursão ao 482.

Com certeza era só isso e nada mais.

TEMPISTA

A propriedade de Noÿs Lambent era suficientemente isolada, embora próxima de uma das maiores cidades do Século. Harlan conhecia bem aquela cidade; ele a conhecia melhor do que qualquer um de seus habitantes. Em suas Observações Exploratórias nessa Realidade, visitara cada bairro da cidade e cada década dentro do campo de ação do Setor.

Conhecia a cidade tanto no Espaço quanto no Tempo. Conseguia vê-la como um todo, um organismo, vivendo e crescendo, com suas catástrofes e reconstruções, suas alegrias e tristezas. Estava agora numa determinada semana do Tempo naquela cidade, num momento de suspensão animada de sua lenta vida de aço e concreto.

Mais do que isso, suas explorações preliminares se concentraram cada vez mais nos "perioecis", os habitantes mais importantes da cidade, que, no entanto, moravam fora dela, em relativo isolamento.

O 482 era um dos muitos Séculos em que a riqueza era desigualmente distribuída. Os Sociólogos tinham uma equação para o fenômeno (que Harlan tinha visto impressa, mas entendera apenas vagamente). Funcionava em qualquer Século em três relações e, para o 482, essas relações estavam quase no limite permitido. Sociólogos preocuparam-se com o problema e Harlan ouviu um deles dizer uma vez que qualquer avanço na deterioração das Mudanças de Realidade exigiria "a Observação mais cuidadosa".

No entanto, havia um lado bom nessas relações desfavoráveis na equação de distribuição de riqueza. Significava a existência de uma classe ociosa e o desenvolvimento de um atraente modo de vida que, na melhor das hipóteses, incentivava a cultura e o refinamento. Desde que o outro lado da escala não estivesse tão mal, desde que as classes ociosas não esquecessem completamente suas responsabilidades enquanto desfrutavam seus privilégios, desde que sua cultura não tomasse rumos prejudiciais, sempre havia na Eternidade a tendência de perdoar o desvio do padrão ideal de distribuição de riqueza e procurar outros desajustes menos atrativos.

Contra sua vontade, Harlan começou a entender isso. Normalmente, seus pernoites no Tempo envolviam hotéis nos setores mais pobres, onde um homem podia facilmente permanecer anônimo, onde estranhos eram ignorados, onde uma presença a mais ou a menos não significava quase nada e, portanto, mal causava um tremor no tecido da Realidade. Quando até isso era inseguro, quando havia a chance de esse tremor passar do ponto crítico e derrubar uma parte significativa do castelo de cartas da Realidade, não era incomum ter de dormir sob uma cerca viva na zona rural.

E era comum inspecionar várias cercas vivas para ver qual teria menos chance de ser incomodada por lavradores, mendigos e até cachorros vadios, durante a noite.

Mas agora, Harlan, no outro lado da escala, dormia numa cama cuja superfície era feita de matéria permeada de campo, uma peculiar fusão de matéria e energia, acessível apenas às camadas mais altas da economia dessa sociedade. Por toda parte no

Tempo, era menos comum do que a matéria pura, mas mais comum do que a energia pura. Em todo caso, moldava-se ao seu corpo quando ele se deitava, firme quando estava quieto, fofa quando se mexia.

Relutantemente, confessou que tais coisas exerciam atração e aceitou a sabedoria que mandava cada Setor da Eternidade viver na escala média de seu respectivo Século, em vez de seu nível mais confortável. Dessa forma, o Setor poderia manter contato com os problemas e "sentir" o Século, sem sucumbir a uma identificação próxima demais com um dos extremos sociológicos.

É fácil, pensou Harlan naquela primeira noite, viver com aristocratas.

E pouco antes de adormecer, pensou em Noÿs.

Sonhou que estava no Conselho Pan-Temporal, dedos cruzados austeramente diante de si. Olhava para baixo, para um Finge muito pequeno, que ouvia, aterrorizado, a sentença que o expulsava da Eternidade e o enviava para Observar eternamente um dos Séculos desconhecidos no longínquo tempo-acima. As sombrias palavras do exílio vinham da própria boca de Harlan e, imediatamente à sua direita, Noÿs Lambent estava sentada.

Não notara sua presença, a princípio, mas seus olhos sempre deslizavam para a direita, e as palavras saíam balbuciadas.

Ninguém mais a via? Os outros membros do Conselho olhavam direto para a frente, exceto Twissell. Ele virou-se e sorriu para Harlan, olhando através da moça como se ela não estivesse ali.

Harlan queria mandá-la embora, mas não conseguia articular as palavras. Tentou bater na garota, mas seu braço moveu-se pesadamente e ela não se mexia. Sua carne estava fria.

Finge estava rindo... cada vez mais alto... mais alto...

...e era Noÿs Lambent rindo.

Harlan abriu os olhos à luz brilhante do sol e encarou a moça, horrorizado, um momento antes de se lembrar de onde estava.

— Você estava gemendo e batendo no travesseiro — ela disse.

— Estava tendo um pesadelo?

Harlan não respondeu.

– Seu banho está pronto – disse ela. – Sua roupa também. Vou levá-lo comigo à festa hoje à noite. Foi esquisito voltar à minha vida corriqueira depois de ficar tanto tempo na Eternidade.

Harlan sentiu-se muito incomodado com a fácil fluência de suas palavras. – Espero que não tenha contado a eles quem eu sou – ele disse.

– *Claro* que não.

Claro que não! Finge teria resolvido esse pequeno problema narcotizando-a sem pestanejar, se julgasse necessário. Contudo, talvez não julgasse necessário. Afinal, ele a tinha "observado de perto".

A ideia o aborreceu. – Prefiro ficar sozinho o maior tempo possível – disse ele.

Ela olhou para ele, indecisa por alguns instantes, e então saiu.

Harlan cumpriu, mal-humorado, seu ritual matutino de se lavar e se vestir. Não esperava ter uma noite das mais agradáveis. Teria de falar o menos possível, fazer o menos possível, ser o mais possível somente uma parte da parede. Sua verdadeira função era ser dois olhos e dois ouvidos. Conectando esses sentidos ao seu relatório final estava sua mente, que, idealmente, não tinha outra função.

Normalmente, não o perturbava o fato de, como Observador, não saber o que procurar. Um Observador, como lhe ensinaram quando era Aprendiz, não deve ter noções preconcebidas dos dados desejados, nem deve antecipar conclusões. O conhecimento, foi-lhe dito, automaticamente distorceria sua visão, por mais consciencioso que tentasse ser.

Mas, nas atuais circunstâncias, o desconhecimento era irritante. Harlan suspeitava firmemente que não havia nada a procurar lá, que de alguma forma ele estava jogando o jogo de Finge. Ele estava entre isso e Noÿs.

Encarou furiosamente, meio metro diante de si, sua própria imagem em tamanho natural, gerada com exatidão tridimensional pelo Refletor. A roupa justa do 482, sem costura e em cores vivas, o deixava ridículo, pensou.

Noÿs Lambent veio correndo até Harlan, logo após ele terminar seu solitário café da manhã, servido por um Mekkano.

– Estamos em junho, Técnico Harlan – disse ela, ofegante.

– Não use esse título aqui – ele disse, asperamente. – E daí que estamos em junho?

– Mas era fevereiro quando eu entrei – pausou, em dúvida – *naquele* lugar, e isso foi só um mês atrás.

Harlan franziu o cenho. – Em que ano estamos?

– Ah, o ano está certo.

– Tem certeza?

– Absoluta. Houve algum engano? – Ela tinha o hábito perturbador de ficar bem perto dele quando conversavam, e seu leve ceceio (uma característica do Século, não dela em particular) a fazia soar como uma criança indefesa. Harlan não se deixou levar por aquilo. Afastou-se.

– Engano nenhum. Você foi colocada aqui porque é mais conveniente. Na verdade, no Tempo, você sempre esteve aqui.

– Mas como? – ela parecia ainda mais assustada. – Não me lembro de nada. Existem duas de mim?

Harlan estava muito mais irritado do que a situação justificava. Como poderia explicar a ela a existência de micromudanças, induzidas por cada interferência no Tempo, que poderiam alterar vidas individuais sem efeitos consideráveis no Século como um todo? Até os Eternos, às vezes, esqueciam a diferença entre micromudanças (com "m" minúsculo) e Mudanças ("M" maiúsculo), que alteravam a Realidade significativamente.

– A Eternidade sabe o que faz. Não faça perguntas – disse ele, orgulhosamente, como se ele próprio fosse um Computador Sênior e tivesse decidido pessoalmente que junho era o momento propício no tempo e que a micromudança induzida, saltando três meses adiante, não se transformaria numa Mudança.

– Mas então eu perdi três meses da minha vida – disse ela.

Ele suspirou. – Seus movimentos através do Tempo não têm nada a ver com sua idade fisiológica.

– Bem, perdi ou não perdi?

– Perdeu ou não perdeu o quê?

– Três meses.

– Pelo Tempo, mulher, estou lhe explicando da maneira mais simples possível! Você não perdeu tempo nenhum da sua vida. Você não pode perder!

Ela recuou diante daquele grito e então, repentinamente, soltou uma risadinha.

– Você tem um sotaque muito engraçado. Especialmente quando fica bravo.

Franziu o cenho ao vê-la retirar-se. Que sotaque? Ele falava a língua do quinquagésimo milênio tão bem quanto qualquer um do Setor. Provavelmente melhor.

Que garota estúpida!

Quando deu por si, estava novamente diante do Refletor, encarando a sua imagem, que o encarava de volta com profundos sulcos verticais entre os olhos.

Relaxou o rosto e pensou: não sou bonito. Meus olhos são muito pequenos, minhas orelhas são salientes e meu queixo é muito grande.

Ele nunca havia pensado no assunto antes, mas agora lhe ocorria, de repente, que seria agradável ser bonito.

Tarde da noite, Harlan adicionava suas observações às conversas que havia colhido, enquanto estavam frescas em sua memória.

Como sempre, em tais situações usava um gravador molecular fabricado no Século 55. Seu formato era o de um cilindro fino e liso, com cerca de dez centímetros de comprimento e um centímetro de espessura. Era marrom-escuro e não chamava a atenção. Podia ser facilmente carregado numa bainha, num bolso ou no forro, dependendo do estilo da roupa, ou pendurado no cinto, botão ou punho da camisa.

De qualquer forma que fosse carregado, onde quer que fosse escondido, o aparelho mantinha a capacidade de gravação de cerca de vinte milhões de palavras em cada um de seus três níveis de energia molecular. Com uma das pontas do cilindro conectada a um transliterador ressoando eficientemente com o fone de ouvido de Harlan, e a outra ponta conectada através de um campo a um pequeno microfone em sua boca, Harlan conseguia ouvir e falar simultaneamente.

Cada som produzido durante a "festa" repetia-se em seu ouvido e, à medida que ouvia, ele falava palavras que eram gravadas num segundo nível, diferente do primeiro onde a festa havia sido gravada, mas coordenado com ele. Nesse segundo nível, ele gravava suas próprias impressões, atribuindo importância e significado, apontando correlações. Finalmente, quando utilizava o gravador molecular para escrever o relatório, ele tinha não apenas uma gravação do som, mas uma transcrição anotada.

Noÿs Lambent entrou. Ela *não* anunciou sua entrada de nenhuma maneira.

Irritado, Harlan removeu o microfone e o fone de ouvido, prendeu-os ao gravador molecular, guardou tudo num estojo e o fechou.

– Por que você está sempre bravo comigo? – perguntou Noÿs. Seus braços e ombros estavam nus e suas longas pernas cintilavam em espumite levemente luminescente.

– Não estou bravo – disse ele. – Não tenho absolutamente nenhum sentimento com relação a você. – Naquele momento, achou que sua afirmação era rigorosamente verdadeira.

– Ainda está trabalhando? – ela disse. – Deve estar cansado.

– Não posso trabalhar se você ficar aqui – ele respondeu, com impertinência.

– Você *está* bravo comigo. Não me dirigiu a palavra a noite toda.

– Falei o menos possível com todo mundo. Eu não estava lá para conversar.

Esperou que ela saísse. Mas ela falou: – Eu lhe trouxe mais uma bebida. Você pareceu gostar da dose que tomou na festa, mas uma dose só não basta. Especialmente se você for trabalhar.

Ele notou que o pequeno Mekkano estava atrás dela, deslizando num suave e estável campo de força.

Harlan havia comido frugalmente naquela noite, beliscando levemente os pratos sobre os quais fizera relatórios completos em Observações passadas, mas que (exceto por algumas mordiscadas para pesquisa), até aqui, evitara comer. Contra sua vontade, tinha-os apreciado. Contra sua vontade, tinha gostado da bebida espumante, verde-clara, com sabor de hortelã (não exatamente alcoólica, alguma coisa diferente) que atualmente estava na moda. A bebida não existia no Século dois fisioanos antes, anteriormente à última Mudança de Realidade.

Ele pegou a segunda dose do Mekkano com um gesto austero da cabeça, em agradecimento a Noÿs.

Por que uma Mudança na Realidade que não tivera virtualmente nenhum efeito físico no Século havia provocado a existência de uma nova bebida? Bem, ele não era Computador; portanto, não adiantava fazer essa pergunta a si mesmo. Além disso, mesmo as Computações mais detalhadas possíveis jamais conseguiriam eliminar toda a incerteza, todos os efeitos aleatórios. Se não fosse assim, não haveria a necessidade de Observadores.

Eles estavam a sós na casa, Noÿs e ele. Mekkanos estavam no auge da popularidade nas duas últimas décadas e ainda estariam por mais uma década nessa Realidade; portanto, não havia empregados humanos por perto.

Naturalmente, com as fêmeas da espécie tão independentes economicamente quanto os machos e capazes de ser mães, se assim o desejassem, sem a necessidade de gravidez física, não havia nada de "impróprio" no fato de estarem a sós, pelo menos aos olhos do 482.

No entanto, Harlan sentiu-se comprometido.

A moça estava deitada sobre o cotovelo, num sofá em frente. O tecido estampado do sofá afundou sob seu corpo, como que ávido por abraçá-la. Ela havia tirado os sapatos transparentes e os dedos dos pés mexiam para frente e para trás dentro do espumite flexível, como as patas macias de uma gata luxuriante. Ela sacudiu a cabeça e o que quer que prendesse seu cabelo acima das orelhas, num intrincado penteado, soltou-se subitamente. Os cabelos caíram em seu pescoço e seus ombros nus ficaram ainda mais alvos e adoráveis em contraste com o cabelo preto.

– Quantos anos você tem? – murmurou ela.

Ele não deveria ter respondido. Era uma pergunta pessoal e a resposta não era da conta dela. O que deveria ter respondido àquela altura, com firme educação, seria: "Poderia me deixar trabalhar?". Em vez disso, ouviu sua própria voz dizendo: – Tenho 32. – Ele quis dizer fisioanos, naturalmente.

– Sou mais nova que você. Tenho 27. Mas suponho que não vou parecer sempre mais nova que você. Suponho que você terá a mesma idade quando eu estiver velha. O que fez você decidir ter 32 anos? Pode mudar, se quiser? Não desejaria ser mais jovem?

– Do que você está falando? – Harlan esfregou a testa para clarear as ideias.

– Você vai viver para sempre. Você é um Eterno – ela disse, suavemente.

Era uma pergunta ou uma afirmação?

– Você está louca. Nós envelhecemos e morremos como todo mundo.

– Pode me contar. – Sua voz era sussurrada e sedutora. O idioma do quinquagésimo milênio, que ele sempre achara áspero e desagradável, parecia eufônico, afinal. Ou seria simplesmente que um estômago cheio e o perfume no ar haviam embotado seus ouvidos?

– Você pode ver todos os Tempos, visitar todos os lugares – ela disse. – Eu queria tanto trabalhar na Eternidade. Esperei muito até me deixarem. Pensei que talvez eles me tornassem Eterna, aí descobri que só havia homens lá. Alguns deles nem conversavam comigo, por eu ser mulher. Nem *você* quis conversar comigo.

– Somos todos muito ocupados – murmurou Harlan, lutando para afastar um sentimento que só poderia ser descrito como um contentamento entorpecido. – Eu estava muito ocupado.

– Por que não há mais mulheres Eternas?

Harlan não soube como responder. O que poderia dizer? Que os membros da Eternidade eram selecionados com infinito cuidado, já que duas condições eram necessárias. Primeiro, deviam ser aptos para o serviço; segundo, sua saída do Tempo não poderia causar efeito deletério na Realidade.

Realidade! Essa era a palavra que ele não deveria mencionar sob nenhuma circunstância. A sensação de vertigem em sua cabeça aumentava, e ele fechou os olhos por um instante para recobrar-se.

Quantos excelentes candidatos foram deixados intactos no Tempo porque sua remoção para a Eternidade teria significado o não-nascimento de crianças, a não-morte de mulheres e homens, não-acontecimentos, não-circunstâncias que teriam torcido a Realidade em direções que o Conselho Pan-Temporal não poderia permitir.

Poderia contar alguma dessas coisas a ela? Claro que não. Poderia lhe dizer que quase nenhuma mulher se qualificava para a Eternidade porque, por alguma razão que ele não entendia (Computadores talvez entendessem, mas ele certamente não), sua subtração do Tempo tinha dez vezes mais probabilidade de distorcer a Realidade do que a subtração de um homem?

(Todos esses pensamentos se embaralhavam em sua cabeça, perdidos, rodopiando, ligados um ao outro numa livre associação que produzia resultados estranhos, quase grotescos, mas não inteiramente desagradáveis. Noÿs estava mais perto dele agora, sorrindo.)

Ouviu sua voz como brisa soprando.

– Oh, vocês, Eternos, sempre cheios de segredos. Não contam nada a ninguém. Faça de mim uma Eterna.

A voz dela agora era um som indistinto de palavras, apenas um som delicadamente modulado que se insinuava na mente de Harlan. Ele queria, desejava muito lhe dizer: não há graça nenhuma na Eternidade, moça. Nós trabalhamos! Trabalhamos para planejar todos os detalhes de todos os tempos, desde o início da Eternidade até onde a Terra está vazia, e tentamos planejar todas as infinitas possibilidades de tudo o que-poderia-ter-sido e escolher um poderia-ter-sido melhor do que aquilo que é, e decidimos onde, no Tempo, podemos fazer uma pequena mudança para transformar aquilo que é naquilo que pode-ser, e então temos um novo é e procuramos um novo pode-ser, e assim continuamente, continuamente, e é assim que tem sido desde que Vikkor Mallansohn descobriu o Campo Temporal no 24, lá no longínquo 24 Primitivo, o que tornou possível iniciar a Eternidade no 27, o misterioso Mallansohn que ninguém conhece e que realmente deu início à Eternidade, e o novo pode-ser, continuamente, continuamente...

Ele balançou a cabeça, mas o redemoinho de pensamentos continuava, cada vez mais estranho e mais entrecortado, até que um súbito lampejo de lucidez persistiu por um brilhante segundo e então feneceu.

Aquele instante de lucidez o equilibrou. Tentou agarrar-se nele, mas o instante desapareceu.

A bebida de hortelã?

Noÿs estava ainda mais perto, seu rosto não totalmente nítido ao seu olhar pasmado. Sentiu o cabelo dela em seu rosto, a pressão leve e cálida de sua respiração. Ele deveria afastar-se, mas – estranhamente, estranhamente – não queria.

– Se eu me tornasse Eterna... – ela sussurrou, quase em seu ouvido, embora as palavras mal pudessem ser ouvidas, abafadas pelas batidas de seu coração. Seus lábios estavam úmidos e entreabertos. – Você não iria gostar?

Não entendeu o que ela quis dizer, mas, de repente, não se importava. Ele parecia em chamas. Estendeu os braços, desajeitado, tateando. Ela não resistiu. Uniu-se a ele num abraço carinhoso.

Tudo aconteceu como num sonho, como se estivesse acontecendo a outra pessoa.

Não era nem de longe repulsivo como ele sempre imaginara. Veio-lhe como um choque, uma revelação, que não era repulsivo de modo algum.

Mesmo depois, quando ela se inclinou sobre ele com seus olhos meigos e um leve sorriso, achou que deveria estender a mão e acariciar seus cabelos úmidos, com trêmulo e vagaroso deleite.

Ela estava inteiramente diferente aos seus olhos agora. Não era absolutamente uma mulher ou um indivíduo. Era, de repente, um aspecto de si mesmo. Era, de um modo estranho e inesperado, uma parte de si mesmo.

O mapa espaço-temporal não dizia nada sobre aquilo, mas Harlan não se sentiu culpado. Sentiu uma forte emoção no peito apenas quando pensou em Finge. E não era culpa. Absolutamente.

Era satisfação, até mesmo triunfo!

Na cama, Harlan não conseguia dormir. A vertigem já havia sumido, mas ainda havia o fato incomum de que, pela primeira vez em sua vida adulta, uma mulher compartilhava a sua cama.

Ele podia ouvir a suave respiração de Noÿs e, na penumbra em que a luz interna das paredes e do teto havia se reduzido, podia ver a silhueta do corpo dela junto ao seu.

Tinha apenas de mover a mão para sentir o calor e a maciez de sua pele, mas não ousou fazê-lo, com medo de acordá-la do sonho que pudesse estar tendo. Era como se sonhasse por ambos, sonhando com ela e com ele e com tudo o que havia acontecido, e como se tudo fosse desaparecer se ela acordasse.

Era um pensamento semelhante a um daqueles pensamentos esquisitos e incomuns que tivera pouco antes...

Tinham sido pensamentos estranhos, vindo-lhe num momento entre o senso e o contrassenso. Tentou recuperá-los, mas não conseguiu. No entanto, relembrá-los pareceu-lhe subitamente importante. Pois, apesar de não se recordar dos detalhes, sabia que, por um breve instante, havia compreendido algo.

Ele não tinha certeza do que seria esse algo, mas havia ocorrido aquela clareza sobrenatural dos semiadormecidos, quando alguma coisa além dos olhos e da mente parece surgir repentinamente.

Sua ansiedade aumentou. Por que não conseguia lembrar? Tanta coisa havia estado ao seu alcance.

Por um momento, até a garota dormindo ao seu lado desapareceu no interior dos seus pensamentos.

Pensou: se eu seguir o fio da meada... Eu estava pensando na Realidade e na Eternidade... sim, e em Mallansohn e no Aprendiz!

Parou aí. Por que o Aprendiz? Por que Cooper? *Não tinha* pensado nele.

Mas, se não tinha pensado, por que pensaria em Brinsley Sheridan Cooper agora?

Franziu o cenho. Qual a verdade que conectava tudo isso? O que tentava descobrir? O que o fazia ter certeza de que havia algo a descobrir?

Harlan sentiu um calafrio, pois essas perguntas parecem ter surgido no clarão distante que iluminara o horizonte de sua mente, horas antes, e ele quase soube a resposta.

Segurou a respiração, não pressionou os pensamentos. Deixe que venham naturalmente.

Deixe que venham.

E no silêncio daquela noite, uma noite já tão particularmente significativa em sua vida, vieram à sua mente uma explicação e uma interpretação dos fatos que, em momentos mais sãos e racionais, mais normais, ele jamais acolheria nem por um momento.

Deixou o pensamento brotar e florescer, deixou-o crescer até poder vê-lo explicar uma centena de pontos estranhos que, de outra maneira, simplesmente permaneceriam assim – estranhos. Teria de investigar, verificar aquilo na Eternidade, mas, em seu coração, já estava convencido de que descobrira um terrível segredo que não deveria saber.

Um segredo que envolvia toda a Eternidade!

MAPEADOR DE VIDA

Um mês de fisiotempo havia se passado desde aquela noite no 482, quando ele tomou ciência de muitas coisas. Agora, se calculado pelo tempo comum, ele estava quase dois mil Séculos no futuro de Noÿs Lambent, tentando, através de um misto de suborno e adulação, descobrir o que a esperava na nova Realidade.

Era muito pior do que apenas antiético, mas há muito isso não lhe importava. No último fisiomês tornara-se, aos seus próprios olhos, um criminoso. Não havia como atenuar esse fato. Não se tornaria mais criminoso ao agravar seu crime e teria muito a ganhar com isso.

Agora, como parte de sua manobra delituosa (não fez nenhum esforço para escolher uma frase mais branda), estava na barreira diante do Século 2456. A entrada no Tempo era muito mais complicada do que a mera passagem entre a Eternidade e os túneis de cápsulas. Para se entrar no Tempo, as coordenadas que fixavam a região desejada na superfície da Terra tinham de ser meticulosamente ajustadas, e o ponto desejado no Tempo deveria ser escolhido com exatidão dentro do Século. No entanto, apesar da tensão interna, Harlan manejava os controles com a rápida e fácil segurança de um homem muito experiente e talentoso.

Harlan estava agora na sala de máquinas que havia visto na tela de observação dentro da Eternidade. Nesse fisiomomento, o Sociólogo Voy estaria sentado em segurança diante da tela, observando o Toque do Técnico que viria a seguir. Harlan não tinha pressa. A sala permaneceria vazia pelos próximos 156 minutos. Para ser exato, o mapa espaço-temporal permitia-lhe apenas 110 minutos, deixando os 46 restantes como a costumeira "margem" de 40 por cento.

A margem estava lá em caso de necessidade, mas não se esperava de um Técnico a sua utilização. Um "comedor de margem" não durava muito como Especialista.

Harlan, entretanto, esperava usar pouco menos de 2 minutos dos 110. Usando seu gerador de campo de pulso para ficar envolto por uma aura de fisiotempo (um eflúvio, por assim dizer, da Eternidade) e, portanto, protegido de quaisquer efeitos da Mudança de Realidade, deu um passo em direção à parede, levantou um pequeno recipiente de sua posição na prateleira e o colocou num local cuidadosamente ajustado na prateleira abaixo.

Feito isso, reentrou na Eternidade de um modo que lhe pareceu tão corriqueiro quanto atravessar uma porta. Se um Tempista o estivesse olhando, acharia que Harlan tinha simplesmente desaparecido.

O pequeno recipiente ficou onde Harlan o deixou. Não desempenhou nenhum papel imediato na história do mundo. Horas mais tarde, um homem estendeu a mão para pegá-lo, mas não o encontrou. Uma busca localizou o recipiente meia hora depois, mas, nesse ínterim, um campo de força apagou-se e um homem perdeu a paciência. Uma decisão, que não teria sido tomada na Realidade anterior, foi tomada agora, na hora da raiva. Uma reunião não ocorreu; um homem que teria morrido viveu um ano a mais, sob circunstâncias diferentes; outro homem, que teria vivido, morreu um pouco mais cedo.

As ondas continuaram se espalhando largamente até atingir seu máximo no Século 2481, vinte e cinco Séculos no tempo-acima após o Toque. A intensidade da Mudança de Realidade declinou depois disso. Teóricos salientaram que, em nenhum lugar do infinito tempo-acima, a Mudança estaria zerada, mas após cinquenta Séculos no tempo-acima do Toque, a Mudança tornara-se pequena demais para ser detectada até pela mais precisa Computação, e esse era o limite prático.

É claro que nenhum ser humano no Tempo jamais percebia a ocorrência de uma Mudança de Realidade. A mente mudava tanto quanto a matéria, e somente os Eternos podiam ver a mudança de fora.

O Sociólogo Voy observava a cena azulada no 2481, onde antes havia toda a agitação de uma doca espacial movimentada. Mal levantou os olhos quando Harlan entrou. Mal balbuciou algo que poderia ter sido um cumprimento.

A mudança havia de fato destruído o espaçoporto. Seu resplendor desaparecera; os edifícios não eram grandiosos como antes. Uma nave espacial enferrujava. Não havia gente. Não havia movimento.

Harlan permitiu-se um leve sorriso, que vacilou por um momento e então desapareceu. Era mesmo uma R.M.D., Resposta Máxima Desejada. E acontecera de imediato. A Mudança não ocorria necessariamente no momento exato do Toque do Técnico. Se os cálculos do Toque fossem falhos, horas e dias poderiam transcorrer antes da verdadeira Mudança (contados, obviamente, em fisiotempo). Somente quando todos os graus de liberdade desapareciam é que ocorria a Mudança. Enquanto houvesse sequer uma possibilidade matemática para ações alternativas, a Mudança *não* ocorria.

O orgulho de Harlan era que, quando *ele* calculava a M.M.N., quando era a *sua* mão que executava o Toque, os graus de liberdade desapareciam de imediato, e a Mudança ocorria instantaneamente.

– Era tudo tão bonito – disse Voy, suavemente.

A frase feriu os ouvidos de Harlan, parecendo detratar a beleza de seu próprio desempenho. – Eu não me arrependeria – disse ele – se eliminasse todas as viagens espaciais da Realidade.

– Não? – disse Voy.

– De que servem as viagens espaciais? Nunca duram mais do que um milênio ou dois. As pessoas se cansam. Voltam para casa e as colônias se extinguem. Aí, depois de quatro ou cinco milênios, ou quarenta ou cinquenta, tentam de novo e fracassam de novo. É um desperdício de talento e esforço.

– Você é um filósofo e tanto – disse Voy, secamente.

Harlan enrubesceu e pensou: de que adianta conversar com qualquer um deles? Irritado, mudou de assunto e disse: – E o Mapeador de Vida?

– O que tem ele?

– Poderia contatá-lo? Ele deve ter feito algum progresso a essa altura.

O Sociólogo deixou passar pelo seu rosto um olhar de reprovação, como se dissesse: "Você é o impaciente aqui, não é?". Em voz alta, disse: – Venha comigo e vamos ver.

Na placa da porta do escritório, lia-se o nome Neron Feruque, que chamou a atenção dos olhos e da mente de Harlan pela vaga semelhança com o nome de dois monarcas da região do Mediterrâneo nos tempos Primitivos. (Suas palestras semanais com Cooper haviam aguçado, quase ardorosamente, sua própria preocupação com os Primitivos).

O homem, entretanto, não se parecia em nada com nenhum dos dois monarcas, pelo que Harlan se lembrava. Era quase cadavericamente magro, com a pele firmemente esticada sobre seu nariz protuberante. Seus dedos eram longos e seus pulsos, cheios de calombos. Quando afagou seu pequeno Sumariador, pareceu a Morte pesando uma alma na balança.

Harlan olhou para o Sumariador ansiosamente. Ele era o coração e a mente do Mapeamento de Vida, a pele e os ossos, os tendões, os músculos e tudo o mais. Era só alimentá-lo com os dados solicitados de uma história pessoal e as equações da Mudança de Realidade; feito isso, ele cacarejava em obsceno divertimento por algum tempo, que podia ir de um minuto a um dia, e então cuspia para fora os possíveis parceiros da pessoa em questão (na nova Realidade), cada um deles devidamente acompanhado de um valor probabilístico.

O Sociólogo Voy apresentou Harlan. Feruque, após olhar com evidente contrariedade a insígnia do Técnico, fez um gesto com a cabeça e nada disse.

– O Mapeamento de Vida da jovem já está completo? – perguntou Harlan.

– Ainda não. Aviso quando estiver. – Ele era um dos que desprezavam Técnicos a ponto de ser mal-educado.

– Calma, Mapeador – disse Voy.

As sobrancelhas de Feruque, de tão claras, eram quase invisíveis. Faziam aumentar sua semelhança com uma caveira. Seus olhos viraram no que deveriam ser órbitas vazias, e então disse:

– Exterminaram as naves espaciais?

– Cortamos um Século – confirmou Voy.

Os lábios de Feruque torceram-se levemente e soltaram uma palavra.

Harlan cruzou os braços e encarou o Mapeador de Vida, que desviou o olhar, constrangido.

Harlan pensou: ele *sabe* que tem culpa também.

– Escute, já que você está aqui – disse Feruque a Voy –, o que é que faço com os pedidos de soro anticâncer? Não somos o único Século que tem anticâncer. Por que todos os requerimentos vêm parar aqui?

– Todos os outros Séculos também estão sobrecarregados. Você sabe disso.

– Então devem parar de enviar os pedidos de uma vez.

– Como poderíamos fazer isso?

– Fácil. É só fazer o Conselho Pan-Temporal parar de recebê-los.

– Não tenho nenhuma influência sobre o Conselho Pan-Temporal.

– Mas tem influência com o velho.

Entediado e sem real interesse, Harlan ouvia a conversa. Pelo menos servia para manter sua mente em irrelevâncias e longe do cacarejante Sumariador. Ele sabia que o "velho" era o Computador encarregado do Setor.

– Já falei com o velho – disse o Sociólogo – e ele já falou com o Conselho.

– Besteira! Ele só enviou uma fita de rotina. Ele tem que brigar por isso. É uma questão básica de política interna.

– Atualmente, o Conselho Pan-Temporal não está disposto a fazer nenhuma mudança na política interna. Você sabe dos boatos que correm por aí.

– Ah, claro. Eles estão ocupados com uma questão muito importante. Sempre que querem se esquivar de alguma coisa, surgem boatos de que o Conselho está ocupado com alguma questão importante.

(Se Harlan tivesse tido ânimo, teria sorrido nesse ponto.)

Feruque ficou pensativo por alguns instantes e então explodiu: – O que a maioria das pessoas não entende é que o soro anticâncer não é uma questão como mudas de plantas e motores de campo. Eu sei que cada galho de pinheiro tem que ser observado para não causar efeitos adversos na Realidade, mas anticâncer sempre envolve uma vida humana, e isso é cem vezes mais complicado.

– Pense! Imagine quantas pessoas por ano morrem de câncer em cada Século e que não têm nenhum tipo de soro anticâncer. Dá para imaginar quantos desses pacientes querem morrer. Daí, os governos Tempistas em todos os Séculos não param de enviar requerimentos para a Eternidade para "por favor, enviar setenta e cinco mil ampolas de soro, em nome de homens em estado crítico e que são absolutamente vitais para a cultura; vide dados biográficos anexos".

Voy concordou rapidamente com a cabeça. – Eu sei, eu sei.

Mas Feruque não desistiu de seu amargor. – Aí, você lê os dados biográficos e todo homem é um herói. Todo homem é uma perda irreparável ao seu mundo. Então você trabalha em cima daquilo. Você vê o que aconteceria à Realidade se cada um daqueles homens vivesse, e também – pelo Tempo! – se diferentes *combinações* de homens vivessem!

– No mês passado, fiz 572 requerimentos de anticâncer. Dezessete, veja bem, apenas dezessete Mapeamentos de Vida acabaram mostrando Mudanças de Realidade indesejáveis. E olhe que não houve um caso sequer de Mudança de Realidade *desejável*, mas o Conselho diz que casos neutros devem receber o soro. Sabe como é, por humanidade. Então, exatamente dezessete pessoas, em diversos Séculos, vão se curar esse mês.

– E o que acontece? Os Séculos ficam felizes? De jeito nenhum. Um homem se cura e uma dúzia no mesmo país, no mesmo Tempo, não. Todo mundo diz "por que só *aquele*?". Talvez os sujeitos que não foram tratados tenham melhor caráter, talvez sejam filantropos de bochechas coradas, amados por todos, enquanto o homem que curamos maltrata sua mãe idosa, sempre que tem tempo livre depois de bater nos filhos. Eles não sabem sobre as Mudanças de Realidade e não podemos contar para eles.

– Só estamos arranjando problema, Voy, a não ser que o Conselho Pan-Temporal resolva peneirar todos os requerimentos e só aprovar aqueles que resultarem numa Mudança de Realidade desejável. É isso. Ou a cura deles tem relevância para a humanidade, ou então está fora. Acabem com esse negócio de dizer que "mal não vai fazer".

O Sociólogo ouvia com um olhar de aflição e, então, disse: – Se fosse *você* que tivesse câncer...

– É um comentário tolo, Voy. É nisso que baseamos nossas decisões? Nesse caso, não deveria haver Mudanças de Realidade. Algum pobre diabo sempre se dá mal, não é? E se o pobre diabo fosse você, hein?

– E mais uma coisa. Lembre que toda vez que fazemos uma Mudança de Realidade é mais difícil encontrar uma próxima que seja boa. A cada fisioano, aumenta a probabilidade de uma Mudança aleatória ser para pior. Isso significa que a proporção de homens que podemos curar só diminui, de qualquer jeito. Sempre vai diminuir. Algum dia, nós só poderemos curar um sujeito por fisioano, mesmo contando os casos neutros. Lembre-se disso.

Harlan perdeu completamente o interesse. Era a típica queixa que acompanhava o negócio. Os Psicólogos e Sociólogos, em seus raros estudos internos da Eternidade, chamavam-na de identificação. Os homens se identificavam com o Século aos quais estavam associados profissionalmente. As batalhas dos Séculos, não raro, tornavam-se suas próprias batalhas.

A Eternidade combatia o demônio da identificação da melhor maneira possível. Nenhum homem podia ser designado a um Setor no intervalo de dois Séculos de seu próprio tempo-natal, para tornar a identificação mais difícil. Dava-se preferência a Séculos com culturas marcadamente diferentes daquelas de seu tempo-natal. (Harlan pensou em Finge e no 482.) E mais: sempre que havia atitudes suspeitas, suas missões eram trocadas. (Harlan não apostaria uma moeda do Século 50 na chance de Feruque permanecer naquela missão por mais um fisioano, no máximo.)

Ainda assim, os homens se identificavam por um tolo desejo de um lar no Tempo (o Desejo de Tempo; todos sabiam sobre isso). Por alguma razão, isso acontecia particularmente nos Séculos com viagem espacial. Era algo que deveria ser investigado, e seria, não fosse a crônica relutância da Eternidade em voltar os olhos para si mesma.

Um mês antes, talvez Harlan desprezasse Feruque como um bravateiro sentimentalista, um tolo petulante que aliviava a dor de ver eletrogravíticos perderem a intensidade na nova Realidade vituperando contra aqueles outros Séculos que queriam soro anticâncer.

Poderia tê-lo denunciado. Teria sido seu dever fazê-lo. As reações daquele homem obviamente não eram mais confiáveis. Não podia fazer isso agora. Até solidarizou-se com o homem. Seu próprio crime era muitíssimo mais grave. Como era fácil deslizar os pensamentos de volta a Noÿs.

Finalmente, ele adormeceu naquela noite e despertou com o dia claro, com a luz brilhando através das paredes translúcidas ao redor, como se estivesse acordando sobre uma nuvem num céu enevoado, pela manhã.

Noÿs estava rindo, olhando-o de cima. – Meu Deus, foi difícil acordá-lo.

O primeiro reflexo de Harlan foi tentar agarrar os lençóis para cobrir-se, mas não estavam ali. A lembrança veio e ele a encarou com olhar inexpressivo, seu rosto corado, ardendo. Como deveria agir sobre aquilo tudo?

Mas, então, outra coisa lhe ocorreu e ele sentou-se rapidamente. – Já passou da uma da tarde? Senhor Tempo!

– São onze horas ainda. Você tem um café da manhã à sua espera e bastante tempo.

– Obrigado – ele murmurou.

– Os controles do chuveiro estão todos ajustados e sua roupa está pronta.

O que ele diria? – Obrigado – murmurou novamente.

Evitou os olhos dela durante a refeição. Ela estava sentada à sua frente, sem comer, seu queixo enterrado na palma da mão, seu cabelo escuro penteado de lado e seus cílios extraordinariamente longos.

Ela acompanhava cada gesto dele, enquanto ele mantinha os olhos baixos à procura da vergonha que sabia que devia sentir.

– Aonde você vai à uma da tarde? – ela perguntou.

– Ao jogo de aerobol – murmurou ele. – Tenho o ingresso.

– É a partida decisiva. E eu perdi toda a temporada porque, você sabe, pulei três meses no tempo. Quem vai ganhar o jogo, Andrew?

Ele sentiu-se estranhamente frágil ao ouvir o som de seu primeiro nome. Balançou a cabeça brevemente e tentou parecer austero. (Antes era tão mais fácil.)

– Com certeza você sabe. Você inspecionou esse período todo, não? – insistiu ela.

Propriamente falando, ele deveria manter uma negativa fria e insípida, mas fragilmente explicou: – Havia muito Espaço e Tempo a estudar. Eu não saberia pequenos detalhes como resultados de jogos.

– Ah, você só não quer me contar.

Harlan não disse nada. Espetou o garfo na frutinha suculenta e a levou inteira à boca.

Após um momento, Noÿs disse:

– Você já sabia o que ia acontecer antes de vir para cá?

– Nenhum detalhe, N-Noÿs. (Ele se esforçou para pronunciar o nome dela.)

– Você não nos viu? – perguntou ela, suavemente. – Você não sabia o tempo todo que...

– Não, não – gaguejou Harlan. – Eu não poderia me ver. Não estou na Rea... Eu só estou aqui quando chego. Não posso explicar.

Ele ficou duplamente embaraçado. Primeiro, por ela tocar naquele assunto. Segundo, por quase cair na armadilha de dizer "Realidade", a mais proibida de todas as palavras em conversas com Tempistas.

Ela levantou as sobrancelhas e seus olhos abriram-se, redondos, com certo espanto. – Você está envergonhado?

– O que fizemos foi impróprio.

– Por quê? – No 482, sua pergunta era perfeitamente inocente.
– Isso não é permitido aos Eternos? – Havia quase um toque jocoso na pergunta, como se os Eternos fossem proibidos de comer.

– Não use essa palavra – disse Harlan. – Para falar a verdade, de certa forma não é permitido.

– Bem, então não conte a eles. *Eu* não vou contar.

Ela deu a volta na mesa e sentou-se em seu colo, afastando a mesinha com um movimento leve e delicado do quadril.

Por um instante, ele se empertigou e levantou as mãos, num gesto que poderia ter tido a intenção de afastá-la. Não funcionou. Ela inclinou-se e beijou-o na boca, e nada mais pareceu vergonhoso. Nada que os envolvesse, Noÿs e ele.

Ele não sabia ao certo quando começara a fazer coisas que um Observador, eticamente, não tinha o direito de fazer. Ou seja, começou a especular sobre a natureza do problema que envolvia a Realidade atual e a Mudança de Realidade a ser planejada.

Não era a moralidade liberal do Século, não era a ectogênese, não era o matriarcado que incomodava a Eternidade. Tudo isso era o que sempre fora na Realidade anterior, e o Conselho Pan-Temporal viu tudo isso com tranquilidade, na época. Finge disse que era algo muito sutil.

A Mudança, então, deveria ser muito sutil e teria de envolver o grupo que ele estava Observando. Tanta coisa parecia óbvia.

Teria de envolver a aristocracia, os abastados, as classes superiores, os beneficiários do sistema.

O que o incomodava é que certamente envolveria Noÿs.

Harlan chegou ao fim dos últimos três dias exigidos em seu mapa envolto numa nuvem escura que obscureceu até sua alegria na companhia de Noÿs.

– O que aconteceu? – ela perguntou. – Por um tempo, você ficou totalmente diferente do que era na Etern... naquele lugar. Você não estava tenso. Agora, parece preocupado. É porque tem que voltar?

– Em parte – respondeu Harlan.

– Você tem que voltar?

– Sim.

– Bem, quem se importaria se você chegasse atrasado?

Harlan quase sorriu. – Eles não iriam gostar se eu me atrasasse – disse ele, porém pensando, desejoso, nos dois dias de margem permitidos em seu mapa.

Ela ajustou os controles de um instrumento musical que tocava suaves e complexas melodias, vindas de suas próprias e criativas entranhas ao bater aleatoriamente em notas e acordes; o programa aleatório favorecia as combinações agradáveis por meio de intrincadas fórmulas matemáticas. Assim como os flocos de neve, as melodias nunca se repetiam e nunca deixavam de ser belas.

Hipnotizado pelo som, Harlan contemplou Noÿs, e seus pensamentos a serpentearam. O que ela seria em seu novo destino? Uma megera, uma operária, mãe de seis filhos, gorda, feia, doente? O que quer que fosse, não se lembraria de Harlan. Ele não teria sido parte de sua vida na nova Realidade. E o que quer que ela fosse, não seria Noÿs.

Ele não amava simplesmente uma *garota*. (Estranhamente, usou a palavra "amar" em seus pensamentos pela primeira vez e sequer parou o suficiente para olhar para a coisa e se admirar com ela.) Amava um complexo de fatores: suas roupas, seu andar, seu jeito de falar, seus gestos e expressões. Um quarto de século de vida e experiência se passou, numa determinada Realidade, para que tudo aquilo fosse forjado. Não era a sua Noÿs na Realidade anterior de um fisioano antes. Não seria a sua Noÿs na próxima Realidade.

A nova Noÿs poderia ser, possivelmente, melhor em certos aspectos, mas de uma coisa ele tinha certeza: queria aquela Noÿs ali, aquela que ele via naquele momento, a Noÿs desta Realidade. Se ela tinha defeitos, queria os defeitos também.

O que ele poderia fazer?

Várias coisas lhe ocorreram, todas ilegais. Uma delas era conhecer a natureza da Mudança e descobrir como afetaria Noÿs. Não se podia, afinal, ter certeza...

Um súbito silêncio arrancou Harlan de seus devaneios. Estava novamente no escritório do Mapeador de Vida. O Sociólogo Voy o observava de soslaio. A cabeça cadavérica de Feruque abaixou-se em sua direção.

E o silêncio era penetrante.

Levou um instante para o significado daquele silêncio introduzir-se. Apenas um instante. O Sumariador havia cessado seu cacarejar interno.

Harlan saltou da cadeira. – Já tem a resposta, Mapeador?

Feruque olhou para as folhas delgadas em sua mão. – Sim, claro. Engraçado...

– Posso ver? – Harlan estendeu a mão. Estava visivelmente trêmula.

– Não há nada para ver. Isso é que é engraçado.

– Como assim... nada? – Harlan encarou Feruque com uma pontada nos olhos, até que viu apenas um borrão alto e magro, onde antes estava Feruque.

A voz trivial do Mapeador de Vida pareceu distante. – A mulher não existe na nova Realidade. Nenhuma mudança de personalidade. Ela não existe, é isso. Sumiu. Rodei as alternativas até a Probabilidade 0,0001. Ela não aparece em lugar nenhum. Na verdade – e ele coçou a bochecha com seus longos e finos dedos –, com a combinação de fatores que você me entregou, não consigo ver como ela se ajusta na Realidade anterior.

Harlan mal ouvia. – Mas... mas a Mudança foi tão pequena.

– Eu sei. Uma combinação esquisita de fatores. Tome, quer as folhas?

Harlan fechou a mão em volta das folhas, insensível. Noÿs sumiu? Noÿs inexistente? Como?

Sentiu uma mão em seu ombro, e a voz de Voy soou como um estrondo em seu ouvido: – Está se sentindo mal, Técnico? – A mão se afastou, como se já arrependida daquele desatento contato com o corpo do Técnico.

Harlan engoliu em seco e, com esforço, recompôs suas feições. – Estou muito bem. Poderia me levar até a cápsula?

Ele *não podia* expressar seus sentimentos. Deveria agir como se aquilo fosse o que aparentava ser: uma mera investigação acadêmica. Deveria disfarçar o fato de que a inexistência de Noÿs na nova Realidade o inundava, quase fisicamente, com uma torrente de exultação e insuportável alegria.

PRELÚDIO DO CRIME

Harlan entrou na cápsula no Século 2456 e olhou para trás, para se certificar de que a barreira que separava o túnel da Eternidade estava realmente perfeita, sem falhas, e que o Sociólogo Voy não estava olhando. Nas últimas semanas, havia se tornado um hábito para ele, um movimento automático; sempre dava uma olhava rápida para trás, para ter certeza de que ninguém o seguia nos túneis de cápsulas.

E então, embora já no 2456, foi para o *tempo-acima* que Harlan ajustou os controles da cápsula. Observou os números no temporômetro subirem. Apesar de se moverem em altíssima velocidade, haveria tempo suficiente para pensar.

Como o veredicto do Mapeador de Vida havia mudado as coisas! Como a própria natureza de seu crime havia mudado!

E tudo dependia de Finge. A frase o pegou, e seu compasso girou vertiginosamente em sua cabeça: tudo dependia de Finge. Tudo dependia de Finge...

Harlan evitara qualquer contato pessoal com Finge ao retornar à Eternidade, após aqueles dias com Noÿs no 482. À medida que a Eternidade se fechava sobre ele, sentia-se mais culpado. Um juramento de posse quebrado, que não era nada no 482, era execrável na Eternidade.

Enviara seu relatório pelo impessoal aeroduto e recolhera-se ao seu alojamento. Precisava pensar em tudo aquilo, ganhar tempo para ponderar e acostumar-se à sua nova orientação interior.

Finge não permitiu. Entrou em contato com Harlan menos de uma hora após seu relatório ser codificado e inserido no aeroduto. A imagem do Computador o encarava em sua tela de comunicação. — Esperava encontrá-lo em seu escritório.

— Já enviei o relatório, senhor — disse Harlan. — Não faz diferença onde eu aguarde por uma nova tarefa.

— É? — Finge examinou o rolo da fina folha que segurava na mão, erguendo-a, os olhos semicerrados percorrendo as configurações perfuradas.

— Está incompleto — continuou Finge. — Posso ir até seu alojamento?

Harlan hesitou por um instante. O homem era seu superior, e recusar o autoconvite naquele momento poderia parecer insubordinação. Iria denunciar sua culpa, pensou, e sua consciência inexperiente e atormentada não ousou permiti-lo.

— O senhor será bem-vindo, Computador — disse ele, com firmeza.

A delicadeza polida de Finge introduziu um elemento dissonante de epicurismo no alojamento austero de Harlan. O 95, Século natal de Harlan, tendia para o espartano na mobília doméstica, e ele não perdera totalmente o gosto pelo estilo. As cadeiras de metal tubular tinham sido pintadas com um verniz sem graça que imitava madeira (sem muito sucesso). Num canto da sala, havia um pequeno móvel que representava um desvio ainda maior dos costumes atuais.

Chamou a atenção de Finge imediatamente.

O Computador tocou o móvel com seu dedo gorducho, como se experimentasse sua textura. – Que material é esse?

– Madeira, senhor – respondeu Harlan.

– A coisa real? Madeira de verdade? Impressionante! Vocês usam madeira no seu tempo-natal, suponho?

– Sim.

– Entendo. Não há nada contra isso nos regulamentos, Técnico – limpou, na costura lateral da perna da calça, o dedo que havia tocado no objeto –, mas não sei se é aconselhável deixar-se afetar pela cultura do seu tempo-natal. O verdadeiro Eterno adota a cultura que está à sua volta. Duvido, por exemplo, que eu tenha comido alguma coisa em utensílios feitos de energia mais do que duas vezes, em cinco anos. – Suspirou. – Mas permitir que a comida toque na matéria sempre me pareceu anti-higiênico. Mas não me dou por vencido. Não me dou por vencido.

Voltou a olhar para o objeto de madeira, agora com as mãos para trás. – O que é isso? Para que serve?

– É uma estante de livros – disse Harlan. Teve o impulso de perguntar como Finge se sentia, agora que suas mãos descansavam firmes em suas costas. Não acharia mais higiênico ter suas roupas e o próprio corpo feitos de puros e imaculados campos de força?

Finge arqueou as sobrancelhas. – Uma estante de livros. Então esses objetos nas prateleiras são livros. Certo?

– Sim, senhor.

– Exemplares autênticos?

– Totalmente, Computador. Eu os adquiri no 24. Os poucos livros que tenho aqui datam a partir do Século 20. Se... se quiser dar uma olhada neles, peço que tenha cuidado. As páginas foram restauradas e impregnadas, mas não são folhas como as nossas. Precisam ser manuseadas com cuidado.

– Não vou tocá-las. Não tenho a intenção de tocá-las. Elas têm o pó original do Século 20, imagino. Livros de verdade! – Ele riu. – Páginas de celulose? Você deu a entender que sim.

Harlan confirmou com a cabeça. – Celulose modificada pelo tratamento de impregnação, para que durem mais. Sim. – Abriu a boca para tomar fôlego, esforçando-se para continuar calmo. Era ridículo identificar-se com aqueles livros, tomar uma crítica a eles como se fosse uma crítica a si próprio.

– Atrevo-me a dizer – disse Finge, ainda no assunto – que todo o conteúdo desses livros caberia em dois metros de filme, que poderiam ser armazenados na ponta de um dedo. O que contêm os livros?

– São volumes encadernados de uma revista de notícias do Século 20.

– Você lê isso?

– Esses são apenas alguns volumes da coleção completa que eu tenho – disse Harlan, com orgulho. – Nenhuma biblioteca da Eternidade pode duplicá-la.

– Sim, seu passatempo. Lembro agora que você mencionou uma vez esse seu interesse pelos Primitivos. Fico espantado que seu Educador tenha lhe permitido cultivar o interesse por tal coisa. Um completo desperdício de energia.

Harlan apertou os lábios. O homem, pensou, estava deliberadamente tentando irritá-lo para tirá-lo do sério e comprometer seu raciocínio. Se assim fosse, não deveria permitir que ele tivesse êxito.

– Acredito que tenha vindo até aqui falar sobre o relatório – disse Harlan, sem rodeios.

– Sim. – O Computador olhou em volta, escolheu uma cadeira e sentou-se, cautelosamente. – Está incompleto, conforme lhe disse pela tela de comunicação.

– De que maneira, senhor? (Calma! Calma!)

Finge soltou um sorriso nervoso. – O que aconteceu que você não mencionou, Harlan?

– Nada, senhor. – E embora o tenha afirmado com firmeza, sentiu-se intimamente envergonhado.

– Ora, Técnico. Você passou um bom tempo convivendo com a moça. Isto é, se você seguiu o mapa espaço-temporal. Você seguiu, suponho?

Sua culpa era tamanha que nem conseguiu defender-se daquele franco ataque à sua competência profissional.

– Segui – foi só o que conseguiu dizer.

– E o que aconteceu? Você não incluiu nada sobre os interlúdios particulares com a mulher.

– Nada de importante aconteceu – disse Harlan, com os lábios secos.

– Isso é ridículo. A essa altura da sua vida, e com a sua experiência, não preciso lhe dizer que não cabe ao Observador julgar o que é importante ou não.

Os olhos penetrantes de Finge fitavam Harlan. Estavam muito mais duros e ávidos do que convinha à sua moderada linha de interrogatório.

Harlan percebeu aquilo muito claramente e não se deixou enganar pela voz gentil de Finge, mas o hábito do dever lutava contra ele. Um Observador deveria relatar *tudo*. Um Observador era meramente um pseudópode perceptivo-sensitivo solto no Tempo pela Eternidade. Ele examinava os arredores e era trazido de volta. No cumprimento de sua função, um Observador não possuía nenhuma individualidade própria; não era realmente um homem.

Quase automaticamente, Harlan iniciou a narração dos fatos que havia excluído de seu relatório. Narrou-os com a memória treinada de um Observador, recitando as conversas com precisão de palavras, reconstruindo o tom de voz e as expressões faciais. Narrou-os afetuosamente, pois os reviveu durante a narrativa, quase esquecendo, no processo, que a combinação entre a investigação de Finge e seu próprio senso de dever o estava conduzindo à admissão de culpa.

Somente quando se aproximava do resultado final daquela primeira e longa conversa é que ele vacilou, e a carapaça de objetividade do Observador começou a apresentar trincas.

Foi salvo de maiores detalhes pela mão de Finge, que subitamente se levantou, e pela voz firme e mordaz do Computador:

– Já chega. Obrigado. Você estava prestes a me dizer que fez amor com a mulher.

Harlan irritou-se. O que Finge disse era a pura verdade, mas seu tom de voz fez a coisa parecer indecente, vulgar e, o que é pior, banal. O que quer que fosse ou pudesse ser, não era algo banal.

Harlan tinha uma explicação para a atitude de Finge, para a sua ansiosa investigação, para a sua interrupção do relatório verbal naquele exato momento. Finge estava com ciúme! Harlan jurou que pelo menos isso era óbvio. Harlan conseguiu conquistar a garota que era para ser de Finge.

Harlan sentiu o triunfo desse feito e gostou. Pela primeira vez na vida, conhecia um objetivo que significava mais para ele do que o frio desempenho da Eternidade. Ele iria manter Finge com ciúme, pois Noÿs Lambent seria sua para sempre.

Nesse espírito de súbita euforia, arriscou-se com o pedido que, originalmente, havia planejado fazer somente após uma espera discreta de quatro ou cinco dias.

– Pretendo solicitar permissão para me unir a uma Tempista – disse ele.

Finge pareceu acordar de um devaneio. – Noÿs Lambent, suponho.

– Sim, senhor. Como Computador encarregado do Setor, o pedido terá que passar pelo senhor...

Harlan queria que Finge desse a autorização. Para fazê-lo sofrer. Se ele quisesse a garota, teria de confessá-lo, e Harlan insistiria em deixar Noÿs fazer a escolha. Quase sorriu com a ideia. Esperava que isso acontecesse. Seria seu triunfo final.

Normalmente, um Técnico não poderia levar a cabo um assunto desses em desafio aos desejos do Computador, mas Harlan estava certo de que poderia contar com o apoio de Twissell, e Finge estava longe de poder enfrentar Twissell.

Finge, entretanto, parecia tranquilo. – Parece que você já tomou a posse ilegal da moça – disse ele.

Harlan enrubesceu e tomou uma frágil posição defensiva. – O mapa espaço-temporal insistiu para que ficássemos a sós. Já que nada do que aconteceu era especificamente proibido, não me sinto culpado.

O que era mentira e, pela expressão meio divertida de Finge, ele sabia ser mentira.

– Haverá uma Mudança de Realidade – disse Finge.

– Se for assim, retificarei minha solicitação para pedir uma ligação com a senhorita Lambent na nova Realidade.

– Não acho que seria sensato. Como pode ter certeza com antecedência? Na nova Realidade, ela talvez esteja casada, talvez esteja deformada. Na verdade, posso até dizer o seguinte: na nova Realidade, ela não vai querer você. Ela *não* vai querer você.

Harlan estremeceu. – O senhor não sabe nada sobre isso.

– Ah é? Você acha que esse seu grande amor é uma questão de alma gêmea? Que vai sobreviver a mudanças externas? Andou lendo muitos romances do Tempo?

Harlan sentiu-se incitado à indiscrição. – Para começar, não acredito no senhor.

– Lamento – disse Finge, friamente.

– O senhor está mentindo. – Agora Harlan já não se importava com o que dizia. – O senhor está com ciúme. É disso que se trata. Está com ciúme. O senhor tinha planos para Noÿs, e ela escolheu a mim.

– Você percebe... – começou Finge.

– Percebo muita coisa. Não sou idiota. Posso não ser um Computador, mas não sou ignorante. O senhor diz que ela não vai me querer na nova Realidade. Como sabe? O senhor nem sabe ainda como vai ser a nova Realidade. Nem sabe ainda se vai haver de fato uma nova Realidade. Acabou de receber meu relatório. Ele deve ser analisado antes de uma Mudança de Realidade ser computada, sem falar que ela deve ser submetida à aprovação. Então, quando o senhor alega saber a natureza da Mudança, está mentindo.

Finge poderia ter reagido de muitas maneiras. A cabeça quente de Harlan estava ciente de várias delas. Não tentou escolher nenhuma. Ele poderia sair calado, fingindo despeito; poderia chamar um segurança e colocar Harlan sob custódia, por insubordinação; poderia gritar, tão bravo quanto Harlan; poderia ligar imediatamente para Twissell, apresentando uma queixa formal; poderia... poderia...

Finge não fez nada disso.

Disse, gentilmente: – Sente-se, Harlan. Vamos conversar.

E como essa reação era completamente inesperada, Harlan sentou-se, confuso e boquiaberto. Sua coragem e resolução fraquejaram. O que significava aquilo?

– Você deve lembrar – disse Finge – que eu lhe disse que nosso problema com o 482 envolvia uma atitude indesejável por parte dos Tempistas, da atual Realidade, com relação à Eternidade. Você se lembra disso, não? – Ele falava em tom de branda advertência, como um diretor de escola dirigindo-se a um aluno meio retraído, mas Harlan achou que podia detectar um certo brilho implacável em seus olhos.

– Claro – respondeu Harlan.

– Você também lembra que o Conselho Pan-Temporal relutou em aceitar minha análise da situação sem confirmação específica por meio de Observação. Isso não deixa subentendido que eu já tinha computado a necessária Mudança de Realidade?

– Mas as minhas Observações representam uma confirmação?

– Sim.

– Mas o senhor não precisaria de mais tempo para analisá-las melhor?

– Bobagem. Seu relatório não significa nada. A confirmação veio no que você me contou verbalmente há alguns instantes.

– Não entendo.

– Escute, Harlan, deixe-me explicar qual é o problema com o 482. Entre as classes superiores deste Século, particularmente entre as mulheres, é crescente a ideia de que os Eternos são

mesmo Eternos, literalmente; que eles vivem para sempre...
Grande Tempo, homem, Noÿs Lambent lhe disse exatamente
isso. Você repetiu as palavras dela, aqui na minha frente, não
faz nem 20 minutos.

Harlan encarou Finge com um olhar inexpressivo. Estava se
lembrando da voz suave e carinhosa de Noÿs quando se inclinou
em sua direção e encantou seus olhos com seu próprio adorável
e escuro olhar: *Você vai viver para sempre. Você é Eterno.*

– Uma crença como essa – continuou Finge – é ruim, mas, em
si mesma, não tão ruim. Pode ser inconveniente, pode aumentar
as dificuldades do Setor, mas a Computação mostrou que apenas
em pouquíssimos casos uma Mudança seria necessária. No entanto, se uma Mudança *é* necessária, não lhe parece óbvio que os
habitantes do Século que sofrerão as maiores transformações
com a Mudança, acima de todos, sejam aqueles sujeitos à superstição? Em outras palavras, as mulheres da aristocracia. Noÿs.

– Pode ser, mas vou arriscar – disse Harlan.

– Você não tem nenhuma chance. Você acha que foi a sua
fascinação e seu charme que persuadiram uma indolente aristo-
crata a cair nos braços de um Técnico insignificante? Ora, Harlan, seja realista.

Os lábios de Harlan tornaram-se teimosos. Ele não disse nada.

– Não dá para adivinhar – disse Finge – a superstição adicional
que essas pessoas acrescentaram à sua crença na literal vida eterna
dos Eternos? Senhor Tempo, Harlan! A maioria das mulheres
acredita que a intimidade com um Eterno fará com que uma mulher mortal (como pensam de si mesmas) viva para sempre!

Harlan vacilou. Ouvia a voz de Noÿs de novo, tão claramente:
Se eu me tornasse Eterna...

E então seus beijos.

– Era difícil de acreditar – prosseguiu Finge – na existência
dessa superstição, Harlan. Era inédita. Estava na região dos erros
aleatórios, por isso as Computações para a Mudança anterior
não mostraram nenhuma informação a respeito disso. O Conse-

lho Pan-Temporal queria uma prova incontestável, uma fundamentação direta. Escolhi a senhorita Lambent como um bom exemplar de sua classe. Escolhi você como a outra cobaia...

Harlan esforçou-se para pôr-se de pé.

– Você me *escolheu*? Como *cobaia*?

– Sinto muito – disse Finge, formalmente –, mas era necessário. Você dava uma excelente cobaia.

Harlan o encarou.

Finge teve a dignidade de demonstrar certo embaraço diante daquele olhar silencioso. – Você não entende? – perguntou ele. – Não, ainda não entende. Escute, Harlan, você é um sujeito sem emoção, um produto insensível da Eternidade. Você nem olha para uma mulher. Considera antiético tudo que diz respeito a mulheres. Não, há uma palavra melhor. Você considera as mulheres *pecaminosas*. Essa atitude está estampada em você todo, e para qualquer mulher você teria tanto apelo sexual quanto um peixe morto. Mesmo assim, temos aqui uma mulher, um lindo produto mimado de uma cultura hedonista, que ardentemente seduz você em sua primeira noite juntos, praticamente implorando por seu abraço. Você não entende que isso é ridículo, impossível, a não ser... bem, a não ser que seja a confirmação do que procurávamos.

Harlan lutou para encontrar as palavras. – O senhor está dizendo que ela se vendeu...

– Por que essa expressão? Sexo não é uma coisa vergonhosa nesse Século. A única coisa estranha é que ela tenha escolhido você como parceiro, e *isso* ela fez pela vida eterna. É evidente.

E Harlan, com os braços erguidos, mãos em forma de garras, sem nenhum pensamento racional em sua mente, ou irracional, exceto esganar e asfixiar Finge, partiu para cima dele.

Finge recuou depressa. Sacou um desintegrador com um gesto rápido e trêmulo. – Não me toque! Para trás!

Harlan teve um laivo de sanidade e suspendeu sua investida. Seu cabelo estava desgrenhado. Sua camisa estava manchada de suor. Sua respiração assobiava através das narinas contraídas.

– Conheço você muito bem – disse Finge, tremendo. – Achei mesmo que sua reação poderia ser violenta. Atiro em você, se for preciso.

– Fora daqui – disse Harlan.

– Vou sair. Mas primeiro você vai ouvir. Por atacar um Computador, você poderia ser descomissionado, mas vamos deixar isso para lá. Você vai entender, porém, que eu não menti. A Noÿs Lambent da nova Realidade, aconteça o que acontecer, não vai ter mais essa superstição. O único objetivo da Mudança será eliminar a superstição. E sem ela, Harlan – sua voz era quase um rosnado –, como poderia uma mulher como Noÿs querer um homem como você?

O gorducho Computador caminhou de costas até a porta do alojamento de Harlan, com a arma ainda apontada para ele.

Parou para dizer, com certa satisfação sombria: – Claro que se você a tivesse aqui agora, Harlan, poderia possuí-la. Poderia manter sua ligação e torná-la formal. Isto é, se você a tivesse agora. Mas a Mudança virá em breve, Harlan, e depois disso você não a terá. Que pena, o agora não dura muito, nem na Eternidade, hein, Harlan?

Harlan não olhava mais para ele. Finge vencera, afinal, e ia embora com a clara e maligna posse do campo de batalha. Harlan olhou cegamente para os próprios pés e, quando levantou os olhos, Finge já tinha saído – se há 5 segundos ou 15 minutos, Harlan não saberia dizer.

Horas de pesadelo haviam se passado e Harlan sentia-se aprisionado em sua mente. Tudo o que Finge dissera era tão verdadeiro, de uma verdade tão transparente. A mente de Observador de Harlan reexaminou sua relação com Noÿs, aquela relação curta, incomum, e ela assumiu uma trama diferente.

Não foi um caso de paixão instantânea. Como ele pôde acreditar que tenha sido? Paixão por um homem como ele?

Claro que não. Lágrimas brotaram em seus olhos e ele sentiu vergonha. Como era óbvio que a relação havia sido friamente calculada. A garota tinha certos atributos físicos inegáveis e nenhum princípio moral que a impedisse de usá-los. Ela os usou, e isso não teve nada a ver com Andrew Harlan como pessoa. Ele simplesmente representava sua visão distorcida da Eternidade e de seu significado.

Automaticamente, os dedos longos de Harlan afagaram os volumes de sua pequena estante de livros. Pegou um e o abriu, cegamente.

As letras impressas estavam embaralhadas. As cores esmaecidas das ilustrações eram manchas disformes e sem sentido.

Por que Finge se dera ao trabalho de lhe contar tudo aquilo? No sentido mais estrito, ele não deveria ter lhe contado. Um Observador, ou qualquer um atuando como Observador, nunca deveria saber os fins alcançados com sua Observação. Isso o desviava muito da posição ideal de ferramenta objetiva e não humana.

Era para atingi-lo, claro, numa vingança desprezível e ciumenta!

Harlan passou o dedo pela página aberta da revista. Fixou o olhar na reprodução, em vermelho vivo, de um veículo terrestre, similar aos veículos característicos dos Séculos 45, 182, 590 e 984, assim como da fase final dos tempos Primitivos. Era um negócio muito comum, com um motor de combustão interna. Na era Primitiva, frações de petróleo natural eram a fonte de energia, e borracha natural revestia as rodas. Obviamente, não foi assim em nenhum dos Séculos posteriores.

Harlan tinha mencionado isso a Cooper. Dera muita importância a esse detalhe, e agora sua mente, como se desejando afastar-se do presente infeliz, deixava-se levar de volta àquele momento. Imagens nítidas e irrelevantes preencheram a dor interna de Harlan.

"Esses anúncios", ele dissera, "nos falam mais sobre os tempos Primitivos do que os chamados artigos noticiosos, na mesma revista. Os artigos noticiosos pressupõem um conhecimento básico do mundo sobre o qual estão tratando. Usam termos que não sentem a necessidade de explicar. O que é uma 'bola de golfe', por exemplo?"

Cooper professara sua ignorância prontamente.

Harlan continuou no tom didático que mal podia evitar em ocasiões como aquela. "Podemos deduzir que era algum tipo de bolinha, pela maneira casual com que se referem a ela. Sabemos que era usada num jogo unicamente pelo fato de ser mencionada sob o título 'Esporte'. Podemos até ir além e deduzir que batiam nela com algum tipo de vara comprida, e que o objetivo do jogo era conduzir a bola para dentro de um buraco no chão. Mas para que se dar ao trabalho de deduzir e raciocinar? Observe esse anúncio! Seu objetivo é só induzir os leitores a comprar a bola, mas, com isso, nos apresenta um retrato dela bem de perto, com um corte no meio, para mostrar sua estrutura".

Cooper, vindo de uma época em que a publicidade não era tão largamente proliferada como nos últimos Séculos dos tempos Primitivos, achou difícil apreciar tudo aquilo. "Não é meio desagradável", ele disse, "o jeito como essas pessoas se promoviam e se vangloriavam? Quem seria bobo de acreditar no alarde de uma pessoa sobre seus próprios produtos? Ela admitia os defeitos? Será que evitava os exageros?"

Harlan, cujo tempo-natal era fértil em publicidade, levantou as sobrancelhas, tolerantemente, e disse: "Você vai ter que aceitar isso. É o costume deles, e nós nunca brigamos com os costumes de nenhuma cultura, enquanto não prejudicarem seriamente a humanidade como um todo".

Mas, então, a mente de Harlan voltou à situação atual e ele retornou ao presente, olhando os anúncios extravagantes e descarados da revista de notícias. Pensou consigo mesmo, em repentino entusiasmo: os pensamentos que acabara de experimentar eram mesmo irrelevantes? Ou ele estava tortuosamente encontrando uma saída na escuridão para voltar a Noÿs?

Publicidade! Um artifício para persuadir os relutantes. Importava ao fabricante de veículos terrestres se um determinado indivíduo sentia desejo original ou espontâneo por seu produto? Se o cliente em potencial (era essa a expressão) poderia ser artificialmente induzido ou engambelado a sentir aquele desejo e agir de acordo com ele, não seria bom?

Então, o que importava se Noÿs o amasse por paixão ou por cálculo? Era só ficarem juntos pelo tempo suficiente e ela o amaria de verdade. Ele *faria* com que ela o amasse e, afinal, era o amor que importava, e não sua motivação. Ele então desejou ter lido alguns dos romances do Tempo que Finge mencionara com desdém.

Os punhos de Harlan cerraram-se diante de um súbito pensamento. Se Noÿs tinha vindo a *ele*, a *Harlan*, em busca da imortalidade, só podia significar que ela ainda não preenchera os requisitos para aquele dom. Ela não poderia ter feito amor com nenhum Eterno antes. Isso significava que o relacionamento dela com Finge tinha sido apenas entre secretária e patrão. Senão, por que ela precisaria fazer amor com Harlan?

No entanto, Finge certamente deve ter tentado... deve ter tentado... (Harlan não conseguiu completar o pensamento, mesmo no segredo de sua própria mente.)

Finge poderia ter provado ele mesmo a existência da superstição. Certamente, a ideia lhe ocorreu, com a tentação constante da presença de Noÿs. Então, ela deve tê-lo rejeitado.

Ele teve de usar Harlan, e Harlan foi bem-sucedido. Foi por essa razão que Finge foi levado à vingança ciumenta de torturar Harlan com o conhecimento de que a motivação de Noÿs tinha sido de ordem prática, e que ele nunca poderia tê-la.

No entanto, Noÿs tinha rejeitado Finge, mesmo com a vida eterna em jogo, e *tinha* aceitado Harlan. Diante das opções que tinha, ela escolheu Harlan. Logo, não era inteiramente calculado. A emoção exerceu um papel.

Os pensamentos de Harlan eram tempestuosos e confusos, e cresciam em excitação a cada momento.

Ele *precisava* tê-la, e *agora*. Antes de qualquer Mudança de Realidade. O que é que Finge havia lhe dito, zombando? *O agora dura pouco, mesmo na Eternidade.*

No entanto, não dura? Não dura?

Harlan sabia exatamente o que fazer. Os insultos furiosos de Finge o haviam levado a um estado mental que o deixaram pronto para o crime, e o escárnio final de Finge o havia, pelo menos, inspirado quanto à natureza do ato que deveria cometer.

Não perdeu um minuto sequer depois disso. Foi com excitação e até alegria que saiu de seu alojamento, quase correndo, para cometer um grande crime contra a Eternidade.

CRIME

Ninguém o questionara. Ninguém o detivera. Havia essa vantagem, de qualquer modo, no isolamento social de um Técnico. Através dos canais de cápsulas, ele foi até uma porta para o Tempo e ajustou os controles. Havia a possibilidade, claro, de alguém aparecer numa missão legítima e querer saber por que a porta estava sendo usada. Ele hesitou e, então, decidiu estampar seu selo no marcador. Uma porta selada chamaria pouca atenção. Uma porta não selada em uso causaria certo rebuliço.

Claro que poderia ser Finge a topar com aquela porta selada. Ele teria de arriscar.

Noÿs ainda estava em pé onde ele a deixara. Horas tristes e perversas (fisio-horas) haviam se passado desde que Harlan deixara o 482 para voltar a uma solitária Eternidade, mas ele retornava ao mesmo Tempo, com a exatidão de segundos, de onde havia partido. Nem um fio de cabelo de Noÿs havia saído do lugar.

Ela pareceu surpresa. – Esqueceu alguma coisa, Andrew?

Harlan fitou-a ansiosamente, mas não fez menção de tocá-la. Lembrou-se das palavras de Finge e não ousou arriscar ser rejeitado.

– Você deve fazer o que eu mandar – disse ele, com firmeza.

– Mas, então, tem alguma coisa errada? Você acabou de sair. Neste minuto.

– Não se preocupe – disse Harlan. Foi tudo o que conseguiu fazer para evitar pegar em sua mão e tentar tranquilizá-la. Mas falou asperamente. Era como se um demônio o forçasse a fazer tudo errado. Por que tinha de voltar ao primeiro momento disponível? Estava apenas a perturbando com seu retorno quase instantâneo, depois de partir.

(Na verdade, sabia a resposta. Ele tinha dois dias de margem permitidos pelo mapa espaço-temporal. As primeiras frações desse período eram mais seguras e tinham menos possibilidade de descoberta. Era uma tendência natural comprimi-las o máximo possível no tempo-abaixo. Um risco descabido, entretanto. Poderia facilmente ter calculado mal e entrado no Tempo antes de ter partido, fisio-horas antes. E então? Era uma das primeiras regras que aprendera como Observador: alguém ocupando dois pontos no mesmo Tempo, da mesma Realidade, corre o risco de encontrar a si mesmo.

De alguma forma, era algo a ser evitado. Por quê? Harlan sabia que não desejava encontrar a si mesmo. Não queria olhar nos olhos de outro Harlan, anterior ou posterior. Além disso, seria um paradoxo, e o que é que Twissell gostava de dizer? "Não há paradoxos no Tempo, mas só porque o Tempo deliberadamente evita os paradoxos".)

Durante todo o tempo em que Harlan esteve pensando vertiginosamente em tudo isso, Noÿs olhava para ele com olhos grandes e luminosos.

Então foi até ele, colocou suas mãos frescas nas duas bochechas ardentes de Harlan e disse, suavemente: – Você está em apuros.

Para Harlan, seu olhar parecia terno e amoroso. Mas como podia ser? Ela já tinha o que queria. O que mais havia ali? Ele agarrou os pulsos dela e disse, com voz rouca:

– Você vem comigo? Agora? Sem nenhuma pergunta? Fazendo exatamente o que eu disser?

– Eu preciso fazer isso?

– Precisa, Noÿs. É muito importante.

– Então eu vou – disse ela, de maneira banal, como se tal pedido lhe fosse feito todos os dias e sempre fosse aceito.

Na porta da cápsula, Noÿs hesitou por um momento e então entrou.

– Você vai para o tempo-acima, Noÿs.

– Quer dizer, para o futuro, não é?

A cápsula já estava zunindo levemente quando ela entrou, e mal havia sentado quando Harlan, despercebidamente, acionou o contato com seu cotovelo.

Ela não mostrou sinais de náusea no início daquela indescritível sensação de "movimento" através do tempo. Ele temia que ela se sentisse mal.

Ela permaneceu sentada, em silêncio, tão linda e tão tranquila que ele ansiou por ela, não dando a menor importância ao fato de que, ao trazer uma Tempista à Eternidade sem autorização, cometia um crime.

– Aquele mostrador está contando os anos, Andrew? – ela perguntou.

– Os Séculos.

– Quer dizer que estamos mil anos no futuro? Já?

– Isso mesmo.

– Não parece.

– Eu sei.

Ela olhou em volta. – Mas estamos nos movendo?

– Não sei, Noÿs.

– *Não sabe?*

– Há muita coisa difícil de entender na Eternidade.

Os números no temporômetro *marchavam*. Moviam-se cada vez mais rápido até que se tornaram um borrão. Com seu cotovelo, Harlan havia movido a alavanca de velocidade para o máximo. A carga de energia talvez causasse certa surpresa nas usinas de força, mas ele duvidava disso. Ninguém o aguardava na Eternidade quando retornou com Noÿs, e isso já significava 90 por cento de vitória na batalha. Agora, só precisaria levá-la a um lugar seguro.

Harlan olhou-a novamente. – Os Eternos não sabem de tudo.

– E eu não sou Eterna – ela murmurou. – Sei tão pouco.

O pulso de Harlan acelerou. *Ainda* não é Eterna? Mas Finge disse...

Deixe como está, implorou a si mesmo. Deixe como está. Ela está aqui com você. Está sorrindo para você. O que mais você quer?

Porém, falou assim mesmo. – Você acha que os Eternos vivem para sempre, não é?

– Bem, eles chamam a si mesmos de Eternos e todo mundo acha que sim. – Ela sorriu para ele, radiante. – Mas eles não vivem para sempre, vivem?

– Então você não acredita nisso.

– Depois de ficar algum tempo na Eternidade, não. As pessoas não conversavam como se fossem viver para sempre, e havia velhos também.

– Mesmo assim, você me disse que eu ia viver para sempre... naquela noite.

Ela aproximou-se dele no assento, ainda sorrindo. – Eu pensei: quem sabe?

Sem conseguir conter a tensão na voz, ele perguntou: – Como uma Tempista faz para se tornar Eterna?

O sorriso dela desapareceu, e foi sua imaginação ou havia um súbito traço de cor em suas bochechas?

– Por que está perguntando isso? – ela disse.

– Só para saber.

– É bobagem – ela disse. – Prefiro não falar sobre isso. – Baixou os olhos para seus dedos graciosos, cujas unhas brilhavam sem cor à luz tênue do túnel da cápsula. Harlan pensou distraidamente, a propósito de nada, que numa festa à noite, com um leve toque de ultravioleta na iluminação, aquelas unhas cintilariam um suave verde-maçã ou um vibrante carmim, dependendo do ângulo de suas mãos. Uma garota inteligente como Noÿs poderia produzir meia dúzia de tons nas unhas, como se as cores refletissem seu estado de humor. Azul para inocência, amarelo para alegria, violeta para tristeza e escarlate para paixão.

– Por que você fez amor comigo? – ele perguntou.

Ela jogou o cabelo para trás e olhou para ele com o rosto pálido e sério.

– Se quer saber – disse ela –, em parte foi por causa da teoria de que uma mulher pode se tornar Eterna assim. Não me importaria de viver para sempre.

– Pensei ter ouvido que você não acreditava nisso.

– Não acreditava, mas não ia doer se eu me arriscasse. Especialmente...

Ele a encarava com severidade, encontrando refúgio da mágoa e da decepção num gélido olhar de reprovação, do alto da moralidade de seu tempo-natal. – E então?

– Especialmente porque eu queria, de qualquer jeito.

– Queria fazer amor comigo?

– Sim.

– Por que eu?

– Porque gostei de você. Porque achei você engraçado.

– *Engraçado!*

– Bem, estranho, se você preferir. Você sempre se esforçava tanto para não me olhar, mas sempre me olhava, de qualquer jeito. Você tentou me odiar, mas eu vi que me desejava. Acho que fiquei com um pouco de pena de você.

– Pena de quê? – Ele sentiu suas bochechas arderem.

– De você se sentir tão incomodado por me desejar. É uma coisa tão simples. É só pedir para a garota. É tão fácil ser amável. Para que sofrer?

Harlan balançou a cabeça. A moralidade do 482! – É só pedir para a garota – ele murmurou. – Tão simples. Não precisa de mais nada.

– A garota tem que querer, claro. Quase sempre ela quer, se não estiver comprometida. Por que não? É simples.

Foi a vez de Harlan baixar os olhos. Claro que era simples. E não havia nada de errado nisso. Não no 482. Quem na Eternidade sabia disso melhor do que ele? Ele seria um tolo, um completo e indizível tolo se lhe perguntasse agora sobre seus relacionamentos anteriores. Era como se perguntasse a uma garota de seu tempo-natal se ela já tinha comido na frente de um homem e como tinha se atrevido.

Em vez disso, disse, humildemente: – E o que você acha de mim agora?

– Que você é muito simpático – ela disse, carinhosamente – e que se você relaxasse... Poderia dar um sorriso?

– Não tenho motivo para sorrir, Noÿs.

– *Por favor.* Quero ver se suas bochechas dobram direito. Vamos ver. – Ela colocou os dedos nos cantos da boca de Harlan e os puxou para cima. Surpreso, jogou a cabeça para trás num movimento reflexo e não pôde evitar um sorriso.

– Viu? Suas bochechas quase não enrugaram. Você está quase bonito. Com bastante prática, ficando na frente do espelho, sorrindo e colocando um brilho nos olhos, aposto que vai ficar realmente bonito.

Mas o sorriso dele, que já era frágil, desapareceu.

– Nós *estamos* em apuros, não estamos? – ela perguntou.

– Sim, estamos, Noÿs. Em sérios apuros.

– Por causa do que fizemos? Você e eu? Naquela noite?

– Não exatamente.

– Foi culpa minha. Eu digo isso a eles, se você quiser.

– Nunca – disse Harlan, energicamente. – Não assuma culpa nenhuma nisso. Você não fez nada, *nada*, para se sentir culpada. É outra coisa.

Noÿs olhou para o temporômetro, inquieta. – Onde estamos? Não consigo nem ver os números.

– *Quando* estamos? – Harlan a corrigiu, automaticamente. Diminuiu a velocidade e os Séculos tornaram-se visíveis.

Os lindos olhos de Noÿs arregalaram-se e os cílios encostaram na brancura de sua pele. – Isso está *certo*?

Harlan olhou para o indicador casualmente. Marcava os Séculos 72.000. – Tenho certeza que sim.

– Mas para onde estamos indo?

– Para *quando* estamos indo. Para o longínquo tempo-acima – ele disse, sério. – Bem longe. Onde não irão encontrá-la.

E, em silêncio, observaram os números subirem. Em silêncio, Harlan dizia a si mesmo sem parar que a garota era inocente da acusação de Finge. Ela confessara francamente sua parcial veracidade e havia admitido, com a mesma franqueza, a presença de uma atração pessoal.

Então levantou os olhos enquanto Noÿs mudava de posição. Trocou de lado com ele e, com um gesto resoluto, fez a cápsula parar numa desaceleração temporal muito desconfortável.

Harlan engoliu em seco e fechou os olhos para deixar a náusea passar. – Qual é o problema? – ele perguntou.

Ela ficou lívida por um instante e não respondeu. Então disse: – Não quero ir além disso. Os números estão tão altos!

O temporômetro mostrava: 111.394.

– Longe o bastante – ele disse.

Então estendeu a mão, seriamente. – Venha, Noÿs. Esse vai ser seu lar por algum tempo.

Vagavam pelos corredores como crianças, de mãos dadas. As luzes ao longo das galerias estavam acesas e as salas escuras se iluminavam ao toque de um contato. O ar estava fresco e tinha uma vivacidade que, mesmo sem corrente de ar perceptível, indicava a existência de ventilação.

– Não tem ninguém aqui? – Noÿs sussurrou.

– Ninguém – disse Harlan. Tentou dizê-lo com firmeza e em voz alta. Queria quebrar a magia de estarem num "Século Oculto", mas conseguiu apenas sussurrar. Ele nem sabia como se referir a algo tão longe no tempo-acima. Chamá-lo de um-um-um-três-noventa-e-quatro era ridículo. Deveria usar a simples e indefinida expressão "Os cem mil".

Era um problema tolo com o qual se preocupar, mas agora que a euforia da viagem em si havia passado, viu-se sozinho numa região da Eternidade onde nenhum passo humano havia pisado e não gostou. Estava envergonhado, duplamente envergonhado, já que Noÿs era testemunha, pelo fato de sentir que o leve frio interno era um frio de medo.

– Está tudo tão limpo, não tem pó – disse Noÿs.

– Autolimpeza – disse Harlan. Com um esforço que pareceu dilacerar suas cordas vocais, levantou a voz para um volume quase normal. – Mas não há ninguém, no tempo-acima ou abaixo, por milhares e milhares de Séculos.

Noÿs pareceu aceitar o fato. – Está tudo funcionando, então? Passamos por depósitos de alimentos e uma filmoteca. Você viu?

– Vi. Sim, está tudo totalmente equipado. São todos totalmente equipados. Todos os Setores.

– Mas por quê, se ninguém nunca vem aqui?

– Por lógica – disse Harlan. Falar sobre aquilo dissipava um pouco do mistério. Dizer em voz alta o que ele já sabia em teoria faria com que o assunto fosse rebaixado ao nível do prosaico.

– No início da história da Eternidade – ele disse –, um dos Séculos 300 inventou um duplicador de massa. Entende o que eu quero dizer? Ajustando um campo ressonante, a energia podia ser convertida em matéria, com as partículas subatômicas assumindo precisamente as mesmas posições, dentro dos princípios da incerteza, das partículas do modelo utilizado. O resultado era uma cópia exata.

– Nós, na Eternidade, nos apoderamos do instrumento para nossos próprios objetivos. Naquela época, havia apenas cerca de seiscentos ou setecentos Setores construídos. Tínhamos planos de expansão, claro. "Dez novos Setores por fisioano" era um dos *slogans* da época. O duplicador de massa tornou tudo isso desnecessário. Construímos um novo Setor completo, com comida, fornecimento de energia, de água e todos os melhores dispositivos automáticos. Montamos a máquina e duplicamos esse Setor uma vez em cada Século, por toda a Eternidade. Não sei qual foi a extensão do trabalho – milhões de Séculos, provavelmente.

– Todos como este, Andrew?

– Todos exatamente como este. À medida que a Eternidade se expande, apenas ocupamos o espaço, adaptando a construção ao que quer que esteja na moda no Século corrente. O único problema é quando encontramos um Século centrado em energia. Nós... nós não alcançamos este Setor aqui ainda. (Não era preciso dizer a ela que os Eternos não conseguiram penetrar no Tempo ali, nos Séculos Ocultos. Que diferença faria?)

Ele olhou para Noÿs, e ela parecia preocupada.

– Não há desperdício na construção dos Setores – ele apressou-se em dizer. – Só precisamos de energia, nada mais, e com a energia do Sol Nova...

– Não. Eu simplesmente não me lembro – interrompeu ela.

– Não se lembra do quê?

– Você disse que o duplicador foi inventado nos 300. Nós não temos esse duplicador no 482. Não me lembro de ter visto nada a respeito na história.

Harlan ficou pensativo. Embora ela fosse só um pouco mais baixa do que ele, de repente sentiu-se um gigante perto dela. Ela era uma criança, um bebê, e ele um semideus da Eternidade que devia orientá-la e guiá-la, cuidadosamente, até a verdade.

– Noÿs, querida – ele disse –, vamos encontrar um lugar onde possamos sentar e... e eu vou ter que explicar uma coisa.

* * *

A concepção de uma Realidade variável, uma Realidade que não era fixa, eterna e imutável não era algo que pudesse ser encarado casualmente por ninguém.

No silêncio do período de sono, Harlan às vezes se lembrava de seus primeiros dias de Aprendizagem e da angústia de tentar separar-se de seu próprio Século e do Tempo.

Um Aprendiz levava seis meses, em média, para aprender toda a verdade, para descobrir que jamais poderia voltar para casa, literalmente. Não era uma lei da Eternidade que o impedia, mas o fato implacável de que sua casa, como ele a conhecia, poderia não existir mais, poderia nunca ter existido.

Isso afetava os Aprendizes de diferentes maneiras. Harlan se lembrava do rosto de Bonky Latourette ficando pálido e desolado no dia em que o Instrutor Yarrow finalmente deixou a questão da Realidade inequivocamente clara.

Nenhum dos Aprendizes comeu naquela noite. Reuniram-se, à procura de algum tipo de calor psíquico, todos exceto Latourette, que desaparecera. Houve falsas risadas e brincadeiras tristemente sem graça.

Alguém disse, com voz trêmula e incerta: "Suponho que nunca tive mãe. Se eu voltar ao 95, eles dirão, 'Quem é você? Não o conhecemos. Não temos nenhum registro seu. Você não existe'".

Eles sorriram debilmente e balançaram a cabeça, garotos solitários, que agora não tinham mais nada a não ser a Eternidade.

Encontraram Latourette na hora de dormir, em sono profundo e com a respiração fraca. Havia uma pequena marca vermelha de seringa-spray em seu braço esquerdo e, felizmente, isso foi notado também.

Yarrow foi chamado e, por algum tempo, pareceu que um Aprendiz estava fora do curso, mas, no final, ele retornou. Uma semana depois, estava de volta ao seu banco. No entanto, a marca daquela noite perversa permaneceu em sua personalidade por todo o tempo em que Harlan esteve com ele, desde então.

E agora Harlan tinha de explicar sobre a Realidade a Noÿs Lambent, uma garota não muito mais velha do que aqueles Aprendizes, e explicar tudo de uma vez. Era preciso. Não havia escolha. Ela deveria saber exatamente o que estavam enfrentando e exatamente o que deveria fazer.

Ele lhe contou. Comeram carne enlatada, frutas congeladas e leite, sentados a uma longa mesa de reunião projetada para doze pessoas, e lá ele lhe contou.

Foi o mais gentil possível, mas percebeu que a gentileza não era necessária. Ela captava rapidamente cada conceito e, antes que ele chegasse à metade da explicação, percebeu, para seu espanto, que ela não estava reagindo mal. Não estava com medo. Não mostrava nenhum senso de perda. Apenas parecia zangada.

A raiva alcançou seu rosto e tornou-o rosado, enquanto seus olhos escuros pareceram de alguma forma mais escuros por isso.

– Mas isso é crime – ela disse. – Quem são os Eternos para fazer isso?

– É pelo bem da humanidade – disse Harlan. Claro que ela não poderia realmente entender. Ele sentiu pena do pensamento limitado ao Tempo de um Tempista.

– É? Suponho que foi assim que o duplicador de massa foi eliminado.

– Ainda temos cópias. Não se preocupe. Nós o preservamos.

– *Vocês* o preservaram. Mas e nós? Nós, do 482, poderíamos tê-lo utilizado também. – Ela gesticulava em pequenos movimentos, com os punhos cerrados.

– Não teria sido benéfico a vocês. Olhe, não se exalte, querida, escute. – Com um gesto quase convulsivo (ele teria de aprender a tocá-la naturalmente, sem fazer com que o movimento parecesse um tímido convite à repulsa), ele tomou as mãos dela e as segurou, com firmeza.

Por um momento, ela tentou soltá-las e então relaxou. Ela até riu um pouco. – Ah, continue, seu bobo, e não seja tão solene. Não estou culpando você.

– Não deve culpar ninguém. Não há culpa. Fazemos o que deve ser feito. Aquele duplicador de massa é um caso clássico. Estudei na escola. Quando você duplica massa, pode duplicar pessoas também. Os problemas que isso cria são muito complexos.

– Não cabe à sociedade resolver seus próprios problemas?

– Sim, mas nós estudamos aquela sociedade ao longo do tempo e ela não resolve o problema satisfatoriamente. Lembre que esse fracasso afeta não apenas aquela sociedade, mas todas as sociedades descendentes. Na verdade, não há solução satisfatória para o problema da duplicação de massa. É uma dessas coisas, como guerras atômicas e fábricas de sonhos*, que simplesmente não se pode permitir. Os resultados nunca são satisfatórios.

– Como tem tanta certeza?

– Temos nossas máquinas de Computação, Noÿs; Computaplexes muitíssimo mais precisos do que qualquer um já desenvolvido em qualquer Realidade. Eles Computam as possíveis Realidades e classificam os aspectos desejáveis de cada uma, de acordo com a soma de milhares e milhares de variáveis.

– Máquinas! – disse ela, com escárnio.

Harlan franziu o cenho, mas rapidamente abrandou as feições. – Não fique assim. Naturalmente, você se ressente por saber que a vida não é tão sólida quanto pensava. Você e seu mundo podem ter sido apenas uma sombra de probabilidade um ano atrás, mas qual é a diferença? Você tem todas as suas lembranças, sejam elas sombras de probabilidade ou não. Você se lembra da sua infância e de seus pais, não lembra?

– Claro.

---

* "Dreamies", no original. Aparentemente, trata-se de uma autocitação. O termo foi cunhado pelo próprio autor, num conto chamado "Dreaming is a Private Thing" (Sonhar é Algo Particular), de 1955. No conto, o personagem Jesse Weill administra uma empresa futurística que fabrica "dreamies" – sequências de sonhos gravados para consumo. [N. do T.]

– Então, é como se você as tivesse vivido, não é? Não é? Quer dizer, tenha você vivido ou não.

– Não sei. Tenho que pensar. E se amanhã ele for um mundo de sonho de novo, ou uma sombra, ou seja lá como você o chama?

– Então haveria uma nova Realidade e uma nova Noÿs com novas lembranças. Seria como se nada tivesse acontecido, mas a soma da felicidade humana teria aumentado.

– De alguma forma, não acho isso satisfatório.

– Além disso – disse Harlan, apressadamente –, nada vai acontecer a você agora. *Haverá* uma nova Realidade, mas você está na Eternidade. Você não será mudada.

– Mas você diz que não faz diferença – disse Noÿs, séria. – Por que ter todo esse trabalho?

– Porque eu quero você desse jeito – disse ele, com súbito ardor. – Exatamente como você é. Não quero que você mude. Em nada.

Por um triz não revelou toda a verdade, que, sem a vantagem da superstição sobre os Eternos e a vida eterna, ela não teria se interessado por ele.

Noÿs olhou em volta com certa contrariedade e disse: – Vou ter que ficar aqui para sempre, então? Seria... solitário.

– Não, não. Não pense assim – ele disse, impetuosamente, apertando as mãos dela com tal força que ela recuou. – Vou descobrir como você é na nova Realidade no 482, e você vai voltar disfarçada, por assim dizer. Vou cuidar de você. Vou requerer uma ligação formal e providenciar para que esteja segura nas futuras Mudanças. Sou Técnico, e dos bons, e sei muito sobre Mudanças. – E então acrescentou, sombriamente: – E sei algumas outras coisas também. – E parou aí.

– Isso tudo é permitido? – perguntou Noÿs – Quer dizer, você pode levar as pessoas para a Eternidade e impedir que elas mudem? Não me parece correto, pelo que me contou.

Por um momento, Harlan sentiu-se frio e encolhido no imenso vazio dos milhares de Séculos que o rodeavam no tempo-acima e abaixo. Por um momento, sentiu-se exilado até da Eternidade, seu único lar e a única coisa em que acreditava; duplamente expulso, do Tempo e da Eternidade; e apenas a mulher por quem abandonou tudo havia restado, ali ao seu lado.

– Não, isso é crime – ele disse, com profunda verdade. – É um crime muito sério e estou muito envergonhado. Mas faria tudo de novo, se fosse preciso, e muitas vezes, se fosse preciso.

– Por mim, Andrew? Por mim?

Ele não olhou nos olhos dela. – Não, Noÿs, por mim. Eu não suportaria perdê-la.

– E se formos pegos... – ela disse.

Harlan sabia a resposta. Sabia a resposta desde o momento daquele lampejo na cama, no 482, com Noÿs dormindo ao seu lado. Mas, até mesmo agora, não se atrevia a pensar na absurda verdade.

– Não tenho medo de ninguém – ele disse. – Tenho como me proteger. Eles não imaginam o quanto eu sei.

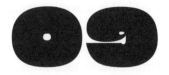

INTERLÚDIO

Foi, olhando para trás, um período idílico que se seguiu. Centenas de coisas ocorreram naquelas fisiossemanas e tudo se confundiu inextricavelmente na memória de Harlan, mais tarde, fazendo o período parecer muito mais longo do que realmente fora. A primeira coisa idílica foi, naturalmente, as horas que pôde passar com Noÿs, e isso conferiu um brilho sobre tudo o mais.

Item Um: no 482, ele lentamente empacotou seus objetos pessoais; suas roupas e filmes e, principalmente, seus adorados e carinhosamente manuseados volumes de revistas do Primitivo. Ansiosamente, supervisionou o retorno da coleção ao seu posto permanente no 575.

Finge estava ao lado de Harlan quando o último pacote foi colocado na cápsula de carga pelos homens da Manutenção.

Escolhendo as palavras com imperturbável trivialidade, Finge disse: – Vejo que está nos deixando. – Seu sorriso era largo, mas seus lábios estavam cuidadosamente unidos, de forma que os dentes mal apareciam. Mantinha as mãos para trás, e seu corpo gorducho balançava para a frente sobre as pontas dos pés.

Harlan não olhou para seu superior. – Sim, senhor – murmurou, em tom monótono.

– Vou relatar ao Computador Sênior Twissell sobre a forma inteiramente satisfatória com que conduziu sua Observação no 482 – disse Finge.

Harlan não conseguiu sequer balbuciar uma palavra mal-humorada de agradecimento. Permaneceu em silêncio.

Finge prosseguiu, numa voz repentinamente muito mais baixa: – Não vou reportar, por enquanto, sua recente tentativa de violência contra mim. – E, embora continuasse sorrindo e seu olhar parecesse brando, havia nele um traço de cruel satisfação.

Harlan lançou-lhe um olhar penetrante e disse: – Como quiser, Computador.

Item Dois: Harlan reinstalou-se no 575.

Encontrou Twissell quase imediatamente. Ficou feliz em ver aquele homenzinho de rosto enrugado e cara de gnomo. Ficou feliz até ao ver aquele cilindro branco e fumacento, aninhado entre dois dedos amarelados, ser levado à boca de Twissell.

– Computador – disse Harlan.

Twissell, emergindo de seu escritório, olhou para Harlan cegamente por um momento, como se não o reconhecesse. Seu rosto estava abatido e seus olhos, semicerrados de fadiga.

– Ah, Técnico Harlan – ele disse. – Já terminou seu serviço no 482?

– Sim, senhor.

O comentário seguinte de Twissell foi estranho. Olhou para seu relógio, que, como qualquer relógio na Eternidade, estava ajustado para fisiotempo, mostrando o dia e a hora, e disse: – Na mosca, rapaz, bem na mosca. Maravilhoso. Maravilhoso.

Harlan sentiu seu coração pulsar ligeiramente mais forte. Quando viu Twissell pela última vez, não teria conseguido compreender o sentido daquela observação. Agora, achava que compreendia. Twissell estava cansado, senão talvez não teria feito um comentário tão próximo ao cerne das coisas. Ou então o Computador poderia ter considerado o comentário tão enigmático que se sentiu seguro em fazê-lo, a despeito de sua proximidade do cerne da questão.

Falando o mais casualmente possível, para evitar que sua pergunta parecesse ter qualquer ligação com o que Twissell acabara de dizer, Harlan perguntou: – Como está meu Aprendiz?

– Bem, bem – disse Twissell, com apenas metade da mente, aparentemente, em suas palavras. Deu uma tragada rápida no cilindro curto de tabaco, concedeu um rápido aceno da cabeça em despedida e retirou-se às pressas.

Item Três: O Aprendiz.

Cooper parecia mais velho. Parecia haver nele um maior sentimento de maturidade quando estendeu a mão e disse: – É uma satisfação vê-lo de volta, Harlan.

Ou era simplesmente porque, onde antes Harlan enxergava apenas um pupilo, agora via mais do que um mero Aprendiz? Agora, ele parecia um gigantesco instrumento nas mãos dos Eternos. Obviamente, ele alcançava agora uma nova estatura aos olhos de Harlan.

Harlan tentou não demonstrá-lo. Estavam no alojamento de Harlan, e o Técnico deleitou-se com as alvas superfícies de porcelana ao seu redor, feliz por estar longe das manchas ornamentais do 482. Por mais que tentasse associar aquele desordenado estilo barroco do 482 a Noÿs, só conseguia associá-lo a Finge. Associava Noÿs à cor rósea e acetinada do crepúsculo e, estranhamente, à austeridade dos Setores vazios dos Séculos Ocultos.

Falou depressa, quase como se estivesse ansioso para esconder seus perigosos pensamentos. – Bem, Cooper, o que andaram fazendo com você enquanto estive fora?

Cooper riu, timidamente, esfregou seu bigode curvado com um dedo e disse: – Mais matemática. Sempre matemática.

– É? Coisas bem avançadas, imagino.

– Bem avançadas.

– E como está se saindo?

– Até agora, está suportável. Sabe, estou achando fácil. Estou gostando. Mas agora eles estão pegando realmente pesado.

Harlan balançou a cabeça e sentiu certa satisfação. – Matriz de Campo Temporal e coisas assim? – ele perguntou.

Mas Cooper, ruborizando e olhando em direção aos volumes empilhados nas estantes, disse: – Vamos voltar aos Primitivos. Tenho algumas perguntas.

– Sobre o quê?

– A vida urbana do 23. Los Angeles, particularmente.

– Por que Los Angeles?

– É uma cidade interessante. Não acha?

– Sim, mas então vamos estudá-la no 21. Ela estava no auge no Século 21.

– Ah, vamos tentar o 23.

– Bem, por que não? – disse Harlan.

Seu rosto estava impassível, mas, se a impassibilidade pudesse ser arrancada, revelaria nele uma expressão de horror. Seu grandioso e intuitivo palpite era mais do que um palpite. Tudo estava se encaixando perfeitamente.

Item Quatro: pesquisa. Pesquisa dupla.

Primeiro, para si próprio. Todos os dias, com olhos investigativos, esquadrinhava os relatórios na mesa de Twissell. Os relatórios eram sobre as diversas Mudanças de Realidade agendadas e sugeridas. Twissell recebia cópias rotineiramente, já que era membro do Conselho Pan-Temporal, e Harlan sabia que o Computador não sentiria a falta de uma delas. Procurou primeiro a Mudança programada para o 482. Depois, procurou por outras Mudanças, quaisquer Mudanças, que pudessem apresentar uma falha, uma imperfeição, um desvio da máxima excelência, visíveis aos seus olhos treinados e talentosos de Técnico.

Estritamente falando, Harlan não deveria estudar esses relatórios, mas Twissell raramente ficava em seu escritório naqueles dias, e ninguém achava apropriado intervir nas ações do Técnico pessoal de Twissell. Esta era uma das partes de sua pesquisa. A outra ocorria na biblioteca do Setor do 575. Pela primeira vez, aventurou-se fora das seções da biblioteca que normalmente monopolizavam sua atenção. No passado, frequentava a seção de História Primitiva (muito pobre, por sinal, tanto que a maior parte de suas referências e fontes de consulta tinham de vir do longínquo terceiro milênio no tempo-abaixo, como, obviamente, seria natural). Explorava mais ainda as prateleiras dedicadas à Mudança de Realidade, sua teoria, técnica e história; uma excelente coleção (a melhor da Eternidade fora da própria biblioteca Central, graças a Twissell), que Harlan conhecia a fundo.

Agora, percorria com curiosidade as outras prateleiras de filmes. Pela primeira vez, Observou (no sentido com "O" maiúsculo) as prateleiras dedicadas ao próprio 575; suas geografias, que variavam pouco de Realidade a Realidade, suas histórias, que variavam mais, e suas sociologias, que variavam ainda mais. Não eram livros ou relatórios escritos por Observadores ou Computadores Eternos sobre o Século (esses ele já conhecia), mas pelos próprios Tempistas.

Havia obras de literatura do 575, e elas trouxeram lembranças de tremendas discussões que ouvira a respeito do valor das Mudanças alternativas. Essa obra-prima seria alterada ou não? Em caso afirmativo, de que maneira? Como as Mudanças passadas afetam obras de arte?

Quanto a isso, poderia haver um dia um acordo geral em relação à arte? Ela poderia ser reduzida a termos quantitativos, sujeitos a avaliações mecânicas pelas máquinas de Computação?

Um Computador chamado August Sennor era o principal oponente de Twissell nesses assuntos. Harlan, instigado pelas réplicas fervorosas de Twissell sobre os pontos de vista daquele homem, tinha lido alguns dos artigos de Sennor e os achou surpreendentes.

Sennor perguntava publicamente e, na opinião de Harlan, de maneira desconcertante, se uma nova Realidade não deveria conter dentro de si uma personalidade análoga à do homem que havia sido trazido à Eternidade, na Realidade anterior. Ele, então, analisava a possibilidade de o Eterno encontrar seu análogo no Tempo, sabendo disso ou não, e especulava sobre os resultados, em cada caso. (Isso chegou perto de um dos maiores temores da Eternidade, e Harlan estremeceu e apressou-se para terminar a leitura, preocupado.) E, naturalmente, ele discutiu exaustivamente sobre o destino da literatura e da arte em vários tipos e classificações de Mudanças de Realidade.

Mas Twissell não aceitava nenhum dos argumentos. – Se os valores da arte não podem ser computados – gritava para Harlan –, então para que discutir sobre eles?

E o ponto de vista de Twissell, Harlan sabia, era compartilhado pela grande maioria do Conselho Pan-Temporal.

No entanto, agora, Harlan estava diante das estantes dedicadas aos romances de Eric Linkollew, geralmente descrito como um extraordinário escritor do Século 575, e ponderou. Contou quinze diferentes coleções de suas "Obras Completas", cada uma, sem dúvida, tirada de uma Realidade diferente. Tinha certeza de que cada uma delas era, de alguma forma, diferente das outras. Um volume era visivelmente menor do que os outros, por exemplo. Uns cem Sociólogos, imaginou ele, devem ter redigido análises das diferenças entre os volumes, em termos dos antecedentes sociológicos de cada Realidade, e conquistado prestígio com isso.

Harlan passou para a ala da biblioteca dedicada aos inventos e instrumentos dos diversos Séculos 575. Harlan sabia que muitos deles haviam sido eliminados do Tempo e permaneciam intactos, como produtos da engenhosidade humana, somente na Eternidade. O homem deveria ser protegido de sua própria mente fértil e técnica demais. Isso era o mais importante. Não passava um fisioano sem que, em algum lugar no Tempo, a tecnologia nuclear se aproximasse demais do perigo e tivesse de ser redirecionada.

Retornou à biblioteca propriamente dita, às prateleiras sobre matemática e histórias da matemática. Seus dedos deslizaram sobre os títulos e, depois de pensar por um momento, pegou meia dúzia deles das prateleiras e os retirou da biblioteca.

Item Cinco: Noÿs.

Essa foi a parte realmente importante do interlúdio e toda a parte idílica.

Nas horas de folga, quando Cooper não estava lá, quando normalmente talvez estivesse comendo em solidão, lendo em solidão, dormindo em solidão, esperando em solidão o dia seguinte, ele ia para as cápsulas.

De todo coração, agradecia pela posição de Técnico na sociedade. Ficou grato, como nunca sonhou que ficaria, pela maneira com que era evitado.

Ninguém questionava seu direito de estar numa cápsula, nem se importava se ele ia ao tempo-abaixo ou acima. Nenhum olho curioso o seguia, nenhuma mão se oferecia voluntariamente para ajudá-lo, nenhuma boca tagarela discutia com ele.

Poderia ir para onde e quando quisesse.

Noÿs disse: – Você está mudado, Andrew. Céus, você está mudado.

Ele olhou para ela e sorriu. – Em que sentido, Noÿs?

– Está sorrindo, não está? Isso é uma das coisas. Você nunca se olha no espelho e se vê sorrindo?

– Tenho medo. Eu diria, "não posso estar tão feliz. Estou doente. Estou delirando. Estou confinado num hospício, sonhando acordado, sem perceber".

Noÿs inclinou-se sobre ele para beliscá-lo. – Está sentindo alguma coisa?

Ele puxou a cabeça dela em sua direção e sentiu-se banhar por seus cabelos pretos e macios.

Quando se separaram, ela disse, ofegante: – Você mudou aí também. Ficou muito bom nisso.

– Tenho uma boa professora – começou Harlan e parou abruptamente, temendo que isso fosse interpretado como reprovação, pela ideia dos muitos homens que poderiam ter formado tal professora.

Mas o riso dela parecia não se incomodar com tal ideia. Já tinham comido, e ela estava macia como seda na roupa que ele havia lhe trazido.

Ela seguiu os olhos dele e tocou gentilmente a saia com o dedo, levantando-a e depois soltando-a suavemente sobre a coxa.

– Preferia que você não fizesse isso, Andrew – ela disse. – De verdade, não quero que faça isso.

– Não há perigo – disse ele, despreocupadamente.

– *Há* perigo, sim. Não seja tolo. Eu me arranjo com o que tenho aqui, até... até você tomar as providências.

– Por que não pode usar suas próprias roupas e acessórios?

– Porque não vale a pena você ir até a minha casa no Tempo e correr o risco de ser pego. E se fizerem a Mudança enquanto você estiver lá?

Ele esquivou-se da pergunta, inquieto. – A Mudança não vai me pegar. – E então, mais alegre: – Além disso, meu gerador de pulso me mantém em fisiotempo, para que uma Mudança não me afete, entende?

Noÿs suspirou. – Não, não entendo. Acho que nunca vou entender.

– Não é nada de mais. – E Harlan explicou e explicou, com grande animação, e Noÿs escutou com olhos faiscantes que nunca revelavam completamente se ela realmente estava interessada ou apenas entretida, ou talvez um pouco de ambas as coisas.

Era um grande acréscimo à vida de Harlan. Ter alguém com quem conversar, com quem falar sobre sua vida, seus feitos e pensamentos. Era como se ela fosse uma parte dele, mas uma parte suficientemente separada para exigir a fala como comunicação, em vez do pensamento. Era uma parte suficientemente separada para ser capaz de responder de maneira imprevista, por meio de processos racionais independentes. Estranho, pensou Harlan, como se podia Observar um fenômeno social como o matrimônio e, no entanto, deixar passar uma verdade tão vital sobre ele. Poderia ter previsto com antecedência, por exemplo, que seriam os interlúdios apaixonados que ele, mais tarde, raramente associaria ao idílio?

Ela se aconchegou no braço de Harlan e disse: – Como está se saindo em matemática?

– Quer dar uma olhada? – ele perguntou.

– Não me diga que você anda por aí com isso?

– Por que não? As viagens na cápsula levam tempo. Para que perder esse tempo?

Desprendeu-se dela, pegou um pequeno visor de seu bolso, inseriu o filme e sorriu ternamente, enquanto ela o colocava diante dos olhos.

Ela devolveu-lhe o visor, balançando a cabeça. – Nunca vi tantos rabiscos. Gostaria de entender a sua Língua Intertemporal Padrão.

– Na verdade – disse Harlan –, a maioria dos rabiscos que você viu não é Intertemporal, são só anotações matemáticas.

– Mas você entende, não entende?

Harlan não queria fazer nada que desiludisse a franca admiração em seus olhos, mas foi forçado a dizer: – Não tanto quanto eu gostaria. Mas tenho aprendido matemática suficiente para conseguir o que quero. Não tenho que entender tudo para ser capaz de ver que um buraco na parede é grande o suficiente para atravessar uma cápsula de carga.

Jogou o visor para cima, apanhou-o no ar com um movimento rápido da mão e o colocou sobre uma mesinha de canto.

Os olhos de Noÿs acompanharam o visor avidamente e, de repente, Harlan teve um lampejo.

– Senhor Tempo! – ele disse. – Além de tudo, você não sabe ler Intertemporal.

– Não. Claro que não.

– Então a biblioteca deste Setor é inútil para você. Não pensei nisso. Você precisa ter seus próprios filmes do 482.

– Não – ela disse rapidamente. – Não, não quero filme nenhum.

– Você vai tê-los – ele disse.

– Sinceramente, não quero os filmes. É tolice se arriscar...

– Você vai tê-los! – ele insistiu.

Pela última vez, ele estava diante da fronteira imaterial que separava a Eternidade da casa de Noÿs, no 482. Achava que a vez anterior tinha sido a última. A Mudança estava próxima agora, fato que ocultara de Noÿs, por respeito que teria tido aos sentimentos de qualquer pessoa, quanto mais aos de sua amada.

No entanto, não era uma decisão difícil, essa última viagem adicional. Em parte, era apenas para impressionar Noÿs, trazendo-lhe os livrofilmes tirados da boca do leão; em parte, era pelo forte desejo (qual era a frase Primitiva?) de "chamuscar a barba do Rei da Espanha", se é que poderia se referir assim ao imberbe Finge.*

Teria também a chance de mais uma vez sentir o sabor da atmosfera estranhamente atraente de uma casa condenada.

Já sentira o mesmo sabor antes, quando entrara ali, cuidadosamente, durante a margem permitida pelo mapa espaço-temporal. Sentira enquanto vagava pelos cômodos, recolhendo roupas, objetos de arte e estranhos recipientes e instrumentos da penteadeira de Noÿs.

Havia o silêncio sombrio de uma Realidade condenada, que estava além da mera ausência física de ruídos. Não havia como Harlan prever como seria aquela casa numa nova Realidade. Poderia ser

---

* Referência ao poema "A Dutch Picture" (*Um Quadro Holandês*), do poeta americano Henry Wadsworth Longfellow (1807-1882). [N. do T.]

uma pequena cabana suburbana ou uma residência na cidade. Poderia não haver casa nenhuma, com um matagal no lugar do terreno ajardinado onde hoje ela estava construída. Poderia, até, permanecer quase inalterada. E (Harlan pensou nisso escrupulosamente) poderia ser habitada pela outra Noÿs, ou talvez não.

Para Harlan, a casa já era um fantasma, um espectro prematuro que começara a assombrar antes mesmo de morrer. E como a casa, do jeito que estava, significava tanto para ele, lamentou seu falecimento e sentiu como se estivesse de luto por ela.

Apenas uma vez, nas cinco viagens, houve algum som para quebrar o silêncio durante suas rondas. Estava na copa, grato pela tecnologia daquela Realidade e Século ter tornado os criados fora de moda e, assim, eliminado um problema. Havia escolhido, ele se lembrava, algumas latas e comidas prontas e estava quase decidindo que já pegara o suficiente para aquela viagem, que Noÿs ia ficar muito satisfeita em intercalar a dieta básica fornecida pelo Setor vazio, que era saudável mas sem gosto, com sua própria dieta. Ele até riu alto quando pensou que, pouco tempo antes, achara a dieta dela decadente.

Estava no meio da risada quando ouviu um barulho. Ficou paralisado!

O som viera de algum lugar atrás dele e, no momento assustador em que ficou imóvel, ocorreu-lhe primeiro que poderia ser um perigo menor, um ladrão; depois, ocorreu-lhe que poderia ser um perigo maior: um investigador Eterno.

Não poderia ser um ladrão. O período inteiro do mapa espaço-temporal, com margem e tudo, fora meticulosamente escolhido, em detrimento de outros períodos similares do Tempo, justamente pela ausência de fatores complicadores. Por outro lado, ele havia introduzido uma micromudança (talvez não tão micro assim) ao tirar Noÿs de lá.

Com o coração aos pulos, virou-se devagar. Pareceu-lhe que a porta atrás de si acabara de se fechar, movendo-se no último milímetro que faltava para ficar rente à parede.

Reprimiu o impulso de abrir aquela porta e vasculhar a casa. Carregando as guloseimas de Noÿs, retornou à Eternidade e aguardou dois dias inteiros por repercussões, antes de se aventurar ao longínquo tempo-acima. Nada aconteceu, e ele acabou se esquecendo do incidente.

Mas agora, enquanto ajustava os controles para entrar no Tempo pela última vez, pensou naquilo de novo. Ou talvez fosse a ideia da Mudança, prestes a ocorrer, que caía sobre ele como uma ave de rapina. Mais tarde, quando voltou a pensar naquele momento, sentiu que foi uma coisa ou outra que o fez ajustar os controles incorretamente. Não conseguia encontrar outra explicação.

O erro no ajuste não se revelou imediatamente. Harlan localizou a sala adequada e foi direto à biblioteca de Noÿs.

Tornara-se, ele próprio, decadente o bastante para não sentir completo repúdio pela arte nas caixas de filmes. As letras dos títulos se misturavam em intrincadas filigranas, atraentes mas quase ilegíveis. Era o triunfo da estética sobre a funcionalidade.

Harlan pegou, ao acaso, alguns filmes das prateleiras e ficou surpreso. O título de um deles era *História Social e Econômica de Nossos Tempos*.

De alguma forma, dera pouca importância a esse lado de Noÿs. Ela certamente não era estúpida e, no entanto, nunca lhe ocorrera que ela poderia interessar-se por coisas densas e sérias. Teve o impulso de dar uma olhada na *História Social e Econômica*, mas desistiu. Ele a encontraria na biblioteca do Setor do 482, se um dia quisesse. Finge, sem dúvida, já havia pilhado há meses as bibliotecas dessa Realidade, para os registros da Eternidade.

Colocou aquele filme de lado, percorreu os outros títulos e selecionou os de ficção e mais alguns que pareciam ser não-ficção leve. E mais dois visores de bolso. Arrumou-os cuidadosamente dentro de uma mochila.

Foi nesse ponto que, mais uma vez, ouviu um barulho na casa. Não havia dúvida dessa vez. Foi um som curto, de origem indeterminada. Foi uma risada. Uma risada de homem. Ele *não* estava sozinho na casa.

Não percebeu que havia deixado cair a mochila. Por um vertiginoso segundo, só conseguiu pensar que estava encurralado!

10

ENCURRALADO!

Repentinamente, tudo pareceu inevitável. Era a mais dramática e grosseira ironia. Ele havia entrado no Tempo uma última vez, beliscado o nariz de Finge uma última vez, trazido o jarro ao poço uma última vez. Tinha de ser pego justo na última vez.

Foi Finge quem riu?

Quem mais seguiria a sua pista, ficaria à espreita no cômodo ao lado e explodiria numa gargalhada?

Bem, então estava tudo perdido? E por ter certeza, naquele repugnante momento, de que estava tudo perdido, não lhe ocorreu tentar fugir de volta à Eternidade. Enfrentaria Finge.

Mataria Finge, se fosse preciso.

Harlan caminhou até a porta de onde viera a risada, caminhou com o passo firme e macio do assassino premeditado. Desativou o sinal automático da porta e abriu-a com a mão. Cinco centímetros. Oito. Ela se moveu sem fazer barulho.

O homem do cômodo ao lado estava de costas. A figura parecia muito alta para ser Finge, e esse fato penetrou na mente inflamada de Harlan, impedindo-o de prosseguir.

Então, como se a paralisia que parecia segurar ambos os homens começasse lentamente a ceder, o outro virou-se, centímetro a centímetro.

Harlan não testemunhou a virada completa. O perfil do outro ainda não se tornara visível quando Harlan, suprimindo um grito de terror com um último fragmento de força psicológica, saltou para trás. O mecanismo da porta, não Harlan, fechou-a silenciosamente.

Harlan retirou-se às cegas. Só conseguiu respirar lutando violentamente com a atmosfera, forçando o ar para dentro e o empurrando para fora, enquanto seu coração batia loucamente como se quisesse sair do corpo.

Finge, Twissell e todo o Conselho, juntos, não poderiam tê-lo desconcertado tanto. Não era o medo de nada físico que o acovardara. Era, sim, uma aversão quase instintiva pela natureza do acidente que lhe sucedera.

Pegou a mochila de livrofilmes de qualquer jeito, colou-a junto ao corpo num bolo disforme e conseguiu, após duas tentativas frustradas, restabelecer a porta para a Eternidade. Atravessou-a, suas pernas operando mecanicamente. De alguma forma, conseguiu chegar ao 575 e ao seu alojamento. Sua Tecnicidade, recentemente valorizada, recentemente apreciada, salvou-o mais uma vez. Os poucos Eternos que encontrou sequer olharam para ele, virando-se automaticamente para o outro lado.

Isso foi sorte, pois faltou-lhe a habilidade de tirar do rosto a máscara de terror, ou pelo menos devolver-lhe o sangue. Mas ninguém olhou para ele, e ele agradeceu ao Tempo e à Eternidade e a qualquer coisa oculta que movia o Destino por isso.

Ele não reconhecera o outro homem na casa de Noÿs realmente por sua aparência, mas sabia sua identidade com terrível certeza.

Da primeira vez que Harlan ouviu barulho na casa, ele, Harlan, estava rindo, e o som que interrompeu a risada era de algo pesado caindo no cômodo ao lado. Da segunda vez, alguém riu no cômodo ao lado e ele, Harlan, deixou cair a mochila de livro-filmes. Da primeira vez, ele, Harlan, virou-se e pegou a porta se fechando. Da segunda vez, ele, Harlan, fechou uma porta quando o estranho se virou.

Ele havia encontrado a si mesmo!

No mesmo Tempo e quase no mesmo lugar, ele e o outro Harlan, de vários fisiodias antes, quase estiveram cara a cara. Ele errou no ajuste dos controles, fixando-os num instante do Tempo que já utilizara, e ele, Harlan, tinha visto a si próprio, Harlan.

Ele continuara seu trabalho com a sombra do terror sobre si por vários dias, desde o incidente. Praguejou contra si mesmo, chamando-se de covarde, mas não adiantou.

De fato, desde aquele momento, tudo começou a dar errado. Ele poderia pôr o dedo no Grande Divisor. O momento-chave foi o instante em que ajustou os controles da porta para sua entrada no 482 pela última vez e, de alguma forma, fez o ajuste errado. Desde então, as coisas começaram a ir de mal a pior.

A Mudança de Realidade no 482 deu-se durante esse período de desânimo e o acentuou. Nas últimas duas semanas, ele pegara três Mudanças de Realidade propostas que continham pequenas falhas, e agora escolhera uma delas. No entanto, não conseguia reunir forças para entrar em ação.

Escolheu a Mudança de Realidade 2456-2781, V-5 por várias razões. Das três, era a mais distante tempo-acima. O erro era diminuto, mas significativo em termos de vidas humanas. Precisava, então, fazer apenas uma rápida viagem ao 2456 para descobrir a natureza da análoga de Noÿs na nova Realidade, exercendo uma pequena pressão pela chantagem.

Mas a covardia em sua recente experiência o traiu. Não lhe parecia mais uma coisa simples, a gentil aplicação de uma ameaça de denúncia. E, uma vez descoberta a natureza da análoga de Noÿs, o que faria? Colocar Noÿs em seu lugar, como empregada doméstica, costureira, operária ou o que fosse. Certamente. Mas, então, o que fazer com a análoga? Com seu eventual marido? Família? Filhos?

Não havia pensado em nada disso antes. Havia evitado pensar nisso. "Basta a cada dia o seu mal..".*

Mas agora não conseguia pensar em mais nada.

Assim, refugiou-se em seu quarto. Estava deitado, esquivando-se, odiando-se, quando Twissell o chamou, sua voz cansada interrogando com alguma surpresa.

– Harlan, está doente? Cooper me disse que você cancelou vários períodos de discussão.

Harlan tentou atenuar a expressão de preocupação em seu rosto. – Não, Computador Twissell. Estou só um pouco cansado.

– Bem, isso é perdoável, de qualquer forma, rapaz. – Então o sorriso em seu rosto nunca esteve tão próximo de desaparecer por completo. – Você ficou sabendo que o 482 foi Mudado?

– Sim – respondeu Harlan, laconicamente.

– Finge me ligou – disse Twissell – e pediu para eu lhe dizer que a Mudança foi um sucesso total.

Harlan deu de ombros e percebeu os olhos de Twissell encarando-o através da tela de comunicação. Ficou inquieto e perguntou: – Mais alguma coisa, Computador?

– Nada – disse Twissell, e talvez fosse o manto da idade pesando sobre seus ombros, mas sua voz estava inexplicavelmente triste. – Pensei que fosse falar alguma coisa.

– Não – disse Harlan. – Não tenho nada para falar.

– Bem, então vejo você amanhã na inauguração da Sala de Computação, rapaz. Tenho muito a dizer.

– Sim, senhor – disse Harlan. Continuou olhando a tela por longos minutos, depois que ela escureceu.

Aquilo soara quase como uma ameaça. Então Finge ligara para Twissell? O que ele teria dito que Twissell não relatou?

---

* Citação bíblica (Mateus, 6:34). [N. do T.]

Mas uma ameaça exterior era o que ele precisava. Lutar contra uma doença do espírito era como debater-se em areia movediça. Lutar contra Finge era coisa completamente diferente. Harlan lembrou-se da arma à sua disposição e, pela primeira vez em muitos dias, sentiu o retorno de uma fração de autoconfiança.

Era como se uma porta tivesse se fechado e outra se aberto. Harlan agia tão febrilmente quanto antes de ficar catatônico. Viajou ao 2456 e ameaçou o Sociólogo Voy a seu bel-prazer. Agiu com perfeição. Conseguiu a informação que procurava. E muito mais do que procurava. Muito mais.

A confiança é recompensada, aparentemente. Havia um provérbio em seu tempo-natal que dizia: "Agarre a urtiga com firmeza e ela se tornará uma vara para golpear seu inimigo".

Em resumo, Noÿs não tinha análoga na nova Realidade. Análoga nenhuma. Ela poderia tomar sua posição na nova sociedade da maneira mais discreta e conveniente possível, ou poderia permanecer na Eternidade. Não haveria razão para lhe negarem a ligação com ela, exceto pelo fato altamente teórico de que ele havia infringido a lei – e ele sabia muito bem como contra-argumentar essa alegação.

Então, correu ao tempo-acima para dar a boa notícia a Noÿs, para banhar-se no sucesso inesperado, após dias horríveis de aparente fracasso.

E nesse momento, a cápsula parou.

Ela não diminuiu a velocidade; simplesmente parou. Se tivesse ocorrido em qualquer das três dimensões do espaço, uma parada tão brusca teria esmagado a cápsula, derretido seu metal e transformado Harlan num monte de ossos e carne triturada.

Da forma como ocorreu, ela meramente o fez vergar de náusea e gemer de dor interna.

Quando conseguiu enxergar, tateou até o temporômetro e olhou para ele com a vista nublada. Ele marcava 100.000.

De alguma forma, aquilo o assustou. Era um número muito redondo.

Virou-se febrilmente para os controles. O que estava errado? Aquilo também o assustou, pois não via nada de errado. Nada havia encostado na alavanca de impulso. Ela permanecia firmemente engatada em direção ao tempo-acima. Não havia curto-circuito. Todos os indicadores estavam na escala de segurança. Não houve corte de energia. A pequenina agulha que marcava o consumo estável de megamegacoulombs de energia calmamente insistia que a energia estava sendo consumida em sua taxa usual.

O que, então, havia parado a cápsula?

Lentamente, e com considerável relutância, Harlan tocou na alavanca de impulso e curvou sua mão sobre ela. Empurrou-a para neutro, e a agulha no mostrador de energia declinou para zero.

Girou a alavanca de impulso na outra direção. O mostrador de energia subiu de novo, e desta vez o temporômetro moveu-se rapidamente para o tempo-abaixo ao longo da linha dos Séculos.

Tempo-abaixo, tempo-abaixo... 99.983... 99.972...99.959...

Harlan mais uma vez mudou a alavanca de posição. Tempo-acima de novo. Lentamente. Bem lentamente.

Então, 99.985... 99.993... 99.997... 99.998... 99.999... 100.000...

Parada total! Nada além de 100.000. A energia do Sol Nova estava silenciosamente sendo consumida a uma incrível taxa, em vão.

Ele foi ao tempo-abaixo novamente, mais adiante. Retornou em alta velocidade ao tempo-acima. Parada total!

Seus dentes travaram, seus lábios se apertaram, sua respiração era nervosa. Sentiu-se como um prisioneiro atirando-se sangrentamente contra as barras de ferro de uma cela.

Quando parou, uma dúzia de tentativas depois, a cápsula estava firmemente estacionada no 100.000. Até este ponto, não mais.

Ele usaria outra cápsula! (Mas não havia muita esperança nessa ideia.)

No silêncio vazio do Século 100.000, Andrew Harlan saiu da cápsula e escolheu, aleatoriamente, outro túnel de cápsula.

Um minuto depois, com a alavanca de impulso em sua mão, encarou a marca do 100.000 e sabia que ali, também, não passaria desse ponto.

Enfureceu-se! Bem agora! Quando as coisas estavam tão inesperadamente a seu favor, acontecer esse desastre tão repentino. A maldição daquele ajuste errado, ao entrar no 482, ainda o perseguia.

Violentamente, girou a alavanca para o tempo-abaixo, pressionando-a até o fim. Pelo menos num sentido estava livre agora, livre para fazer qualquer coisa que desejasse. Com Noÿs isolada atrás de uma barreira e fora do seu alcance, o que mais poderiam lhe fazer? O que mais tinha a temer?

Rumou ao 575 e lançou-se para fora da cápsula com afoito menosprezo pelo que havia ao seu redor, de uma forma como nunca sentira antes. Seguiu para a biblioteca do Setor sem falar com ninguém, sem prestar atenção em ninguém. Pegou o que queria sem verificar se estava sendo observado. Que lhe importava isso?

De volta à cápsula, ao tempo-abaixo novamente. Sabia exatamente o que faria. Olhou para o grande relógio enquanto passava, marcando o Fisiotempo Padrão, contando os dias e marcando os três turnos iguais de trabalho do fisiodia. Finge estaria em seus aposentos àquela hora, o que seria melhor.

Harlan sentiu-se febril quando chegou ao 482. Sua boca estava seca e rachada. Seu peito doía. Mas sentia o rígido contorno da arma sob sua camisa, enquanto a segurava firmemente contra o corpo, com o cotovelo, e essa era a única sensação que interessava.

O Computador Assistente Hobbe Finge olhou para Harlan, e a surpresa em seus olhos lentamente cedeu lugar à preocupação.

Harlan o observou silenciosamente por alguns instantes, deixando a preocupação aumentar e esperando que ela se transformasse em medo. Circulou devagar, postando-se entre Finge e sua tela de comunicação. Finge estava parcialmente despido, sem roupa da cintura para cima. Havia poucos e esparsos pelos em seu peito, suas mamas eram inchadas, quase femininas. Seu abdome gorducho recobria parcialmente o cinto da calça.

Sua aparência é vil, pensou Harlan, com satisfação, vil e repugnante. Tanto melhor.

Colocou a mão direita dentro da camisa e a fechou firmemente no cabo da arma.

– Ninguém me viu, Finge, então não adianta olhar para a porta – disse Harlan. – Ninguém está vindo para cá. Tem que perceber, Finge, que você está lidando com um Técnico. Sabe o que isso significa?

Sua voz era cavernosa. Sentiu raiva por não ver medo nos olhos de Finge, apenas preocupação. Finge até pegou uma camisa e, sem uma palavra, a vestiu.

Harlan continuou: – Você sabe qual é o privilégio de ser Técnico, Finge? Você nunca foi Técnico, então não é capaz de avaliar. Significa que ninguém fica olhando aonde você vai ou o que você faz. Todos olham para o outro lado e se esforçam tanto para não vê-lo que realmente acabam conseguindo. Eu posso, por exemplo, ir até a biblioteca do Setor, Finge, e me servir de qualquer coisa curiosa, enquanto o bibliotecário está ocupado com seus registros e não vê nada. Posso passar pelos corredores residenciais do 482 e ninguém que passou por mim irá jurar depois que me viu. É automático assim. Como vê, posso fazer o que quiser, posso ir aonde quiser. Posso entrar no apartamento particular do Computador Assistente do Setor e forçá-lo a dizer a verdade, sob a mira de uma arma, e não haverá ninguém para me deter.

Finge falou pela primeira vez. – O que você tem aí?

– Uma arma – disse Harlan, e tirou-a para fora. – Está reconhecendo? – A boca da arma reluzia levemente e terminava num bojo liso e metálico.

– Se você me matar... – começou Finge.

– Não vou matá-lo – disse Harlan. – Num encontro recente, você tinha um desintegrador. Isto não é um desintegrador. É uma invenção de uma das Realidades passadas do 575. Talvez não esteja familiarizado com ela. Foi eliminada da Realidade. Muito cruel. Ela pode matar, mas, em baixa potência, ativa os centros da dor do sistema nervoso e também paralisa. É chamada, ou era chamada, de chicote neurônico. Funciona. Esta aqui está carregada. Eu a testei num dedo. – Estendeu a mão esquerda com o dedinho entorpecido. – Foi bem desagradável.

Finge agitou-se, inquieto. – O que significa tudo isso, pelo amor do Tempo?

– Há algum tipo de bloqueio nos túneis de cápsulas no Século 100.000. Quero que o remova.

– Um bloqueio nos túneis?

– Pare de fingir surpresa. Ontem você falou com Twissell. Hoje aparece esse bloqueio. Quero saber o que você disse ao Twissell. Quero saber o que foi feito e o que será feito. Pelo Tempo, Computador, se não me disser, usarei o chicote. Experimente, se duvida da minha palavra.

– Escute... – Finge gaguejou um pouco, e o primeiro sinal de medo surgiu, assim como uma espécie de raiva desesperada. – Se quer saber a verdade, nós sabemos sobre você e Noÿs.

Os olhos de Harlan estremeceram. – O que tem eu e Noÿs?

– Você achou que iria se safar de qualquer coisa? – disse Finge. O Computador mantinha os olhos fixos no chicote neurônico, e sua testa começava a brilhar. – Pelo Tempo, com a emoção que você demonstrou depois do período de Observação, depois do que você fez no período de Observação, achou que não iríamos observar *você*? Eu mereceria perder o posto de Computador se deixasse isso passar. Sabemos que você trouxe Noÿs para a Eternidade. Sabíamos desde o início. Você queria a verdade. Aí está ela.

Naquele momento, Harlan sentiu desprezo pela própria estupidez. – Vocês sabiam?

– Sim. Sabíamos que você a tinha levado aos Séculos Ocultos. Sabíamos todas as vezes que entrava no 482 para buscar luxos adequados a ela; bancando o bobo, esquecendo completamente seu Juramento de Eterno.

– Então, por que não fui detido? – Harlan sentia o gosto residual de sua própria humilhação.

– Ainda quer a verdade? – Finge irrompeu e parecia ganhar coragem na mesma proporção em que Harlan afundava em frustração.

– Continue.

– Então, eu lhe digo: considerei você um Eterno inadequado desde o início. Um Observador vistoso, talvez, e um Técnico dissimulado. Mas Eterno, não. Quando eu trouxe você aqui para essa última missão, foi para provar isso a Twissell, que valoriza você por alguma razão obscura. Eu não estava testando apenas a sociedade personificada na garota, Noÿs. Estava testando você também, e você fracassou, como eu já imaginava. Agora, abaixe essa arma, esse chicote, seja lá o que for, e saia daqui.

– E você veio ao meu alojamento uma vez – disse Harlan, ofegante, esforçando-se para manter a dignidade, sentindo-a escapar de si como se sua mente e seu espírito estivessem tão tensos e anestesiados quanto o dedinho chicoteado de sua mão esquerda – para me incitar a fazer o que eu fiz.

– Sim, claro. Se quiser a frase exata, eu tentei você. Eu lhe falei a pura verdade, que você poderia ter Noÿs somente naquela Realidade. Você escolheu agir não como um Eterno, mas como um criança. Eu já esperava isso de você.

– E eu faria tudo de novo – disse Harlan, bruscamente. – E já que você sabe de tudo, sabe também que não tenho nada a perder. – Empunhou o chicote, apontou-o para a barriga gorducha de Finge e falou, através dos lábios pálidos e dentes cerrados. – O que aconteceu com Noÿs?

– Não faço ideia.

– Não me venha com essa. O que aconteceu com Noÿs?

– Estou lhe dizendo, eu não sei.

O punho de Harlan apertou o chicote; falou em voz baixa: – Sua perna primeiro. Isso vai doer.

– Pelo amor do Tempo, escute. Espere!

– Muito bem. O que aconteceu com ela?

– Não, ouça. Por enquanto, é apenas uma quebra de disciplina. A Realidade não foi afetada. Verifiquei isso. Você só vai perder um pouco na sua avaliação. Mas, se você me matar, ou me ferir sem intenção de matar, estará atacando um superior. Isso pode dar pena de morte.

Harlan riu da futilidade da ameaça. Em face do que já havia acontecido, a morte seria uma escapatória, em finalidade e simplicidade, sem igual.

Finge obviamente interpretou mal as razões daquele sorriso. Apressou-se em dizer: – Não pense que não existe pena de morte na Eternidade, só porque você nunca deparou com uma. Nós sabemos. Nós, Computadores. E tem mais: já houve algumas execuções. É simples. Em qualquer Realidade, há vários acidentes fatais em que corpos não são resgatados. Foguetes explodem no ar, aeronavios afundam no oceano ou se espatifam em montanhas. Um assassino pode ser colocado numa dessas naves, minutos ou segundos antes dos resultados fatais. Tudo isso vale tanto a pena para você?

Harlan agitou-se. – Se está tentando ganhar tempo até alguém vir socorrê-lo, não vai adiantar. Deixe-me dizer uma coisa: não tenho medo de punição. Além do mais, tenho a intenção de ficar com Noÿs. E a quero agora. Ela não existe na atual Realidade. Ela não tem análoga. Não há razão para não estabelecermos uma ligação formal.

– É contra o regulamento um Técnico...

– Vamos deixar o Conselho Pan-Temporal decidir – disse Harlan, e seu orgulho se manifestou, enfim. – Não tenho medo de uma decisão adversa, assim como não tenho medo de matá-lo. Não sou um Técnico qualquer.

– Só porque é o Técnico de Twissell? – E um estranho olhar surgiu no rosto redondo e suado de Finge. Talvez fosse ódio ou triunfo, ou um pouco dos dois.

– Por motivos muito mais importantes que esse – disse Harlan. – E agora...

Com cruel determinação, tocou o dedo no ativador da arma. Finge gritou: – Então vá ao Conselho. O Conselho Pan-Temporal. *Eles* sabem. Se você é tão importante assim... – terminou, arfando.

Por um instante, o dedo de Harlan pairou, indeciso. – O quê?

– Você acha que eu agiria unilateralmente num caso como esse? Relatei todo o incidente ao Conselho, ao mesmo tempo em que fazia a Mudança de Realidade. Aqui! Aqui estão as cópias.

– Espere, não se mexa.

Mas Finge ignorou a ordem. Freneticamente, como que possuído por um demônio, Finge foi para seus arquivos. O dedo de uma mão localizou a combinação do código do registro que procurava, os dedos da outra mão o perfuraram no arquivo. Uma língua de fita prateada escorregou para fora da mesa, com sua configuração de pontos mal visível a olho nu.

– Quer ouvir o som? – perguntou Finge e, sem esperar pela resposta, enfiou a fita no sonorizador.

Harlan ouviu, paralisado. Era bem claro. Finge havia feito um relatório completo. Havia detalhado cada passo de Harlan nos túneis de cápsulas. Não havia deixado passar nenhum movimento de que Harlan se lembrasse, até o ponto em que fora feito o relatório.

Finge gritou de novo quando o relatório terminou. – Então, vá ao Conselho. Não coloquei bloqueio nenhum no Tempo. Nem saberia como fazer isso. E não pense que eles não estão se importando com o assunto. Você disse que eu falei com Twissell ontem. Tem razão. Mas não fui eu que liguei para ele; ele me ligou. Então vá; pergunte ao Twissell. Diga a eles que Técnico importante você é. E se quiser atirar em mim primeiro, atire logo e vá para o Tempo!

Harlan percebeu verdadeira exultação na voz do Computador. Naquele instante, ele obviamente sentiu-se vitorioso o bastante para acreditar que até um chicoteamento neurônico o deixaria em vantagem.

Por quê? A destruição de Harlan lhe era assim tão cara? Seu ciúme de Noÿs era uma paixão assim tão avassaladora?

Harlan mal conseguiu formular essas perguntas a si mesmo e então a questão toda, Finge e tudo mais, pareceu-lhe repentinamente sem sentido.

Guardou a arma, atirou-se porta afora e saiu em disparada para o túnel de cápsula mais próximo.

Era o Conselho, então, ou, no mínimo, Twissell. Não tinha medo de nenhum deles, nem de todos eles juntos.

Com o passar de cada dia do último e inacreditável mês, Harlan foi se convencendo cada vez mais de que ele próprio era indispensável. Nem mesmo o Conselho Pan-Temporal teria outra escolha senão chegar a um acordo, quando se tratasse de trocar uma garota pela existência de toda a Eternidade.

CÍRCULO COMPLETO

Foi com desanimada surpresa que o Técnico Andrew Harlan, ao irromper no 575, viu que chegara no turno da noite. As fisiohoras haviam se passado despercebidamente durante seu frenético vaivém nos túneis de cápsulas. Olhou em vão para os corredores semi-iluminados, indícios ocasionais do reduzido pessoal da noite trabalhando.

Mas, em sua contínua fúria, Harlan não ficou naquela inútil observação por muito tempo. Rumou para os alojamentos. Encontraria o quarto de Twissell no Nível dos Computadores, assim como encontrara os aposentos de Finge, e mais uma vez não teve medo de ser notado ou detido.

O chicote neurônico ainda estava firme junto ao seu cotovelo quando parou diante da porta de Twissell (o nome na placa anunciava o fato em letras claras e cravadas).

Harlan ativou o sinal da porta atrevidamente, no nível de campainha sonora. Apertou o contato com a palma da mão suada e deixou a campainha soar continuamente. Podia ouvi-la vagamente.

Um passo soou levemente atrás dele e ele o ignorou, na certeza de que o homem, seja lá quem fosse, iria ignorá-lo. (Oh, insígnia vermelha de Técnico!)

Mas o som dos passos cessou e uma voz disse: – Técnico Harlan? Harlan virou-se. Era um Computador Júnior, relativamente novo no Setor. Harlan enfureceu-se internamente. Ali não era bem o 482. Ali ele não era meramente um Técnico, era o Técnico de Twissell, e os Computadores mais jovens, na sua ansiedade em cair nas graças do grande Twissell, estenderiam a seu Técnico o mínimo de civilidade.

– Deseja ver o Computador Twissell? – perguntou o Computador.

Harlan impacientou-se e respondeu: – Sim, senhor (Idiota! Por que alguém estaria tocando a campainha na porta de um homem? Para pegar uma cápsula?)

– Receio que não possa – disse o Computador.

– É importante o bastante para acordá-lo – disse Harlan.

– Pode ser – disse o outro –, mas ele está fora. Não está no 575.

– Exatamente quando ele está? – perguntou Harlan, impaciente.

O olhar casual do Computador tornou-se arrogante. – Não sei.

– Mas tenho uma reunião importante logo cedo – disse Harlan.

– O *senhor* tem? – disse o Computador, e Harlan não percebeu seu óbvio divertimento diante da ideia.

O Computador continuou, até sorrindo agora: – O senhor está um pouco adiantado, não?

– Mas preciso vê-lo.

– Tenho certeza de que ele estará aqui de manhã. – O sorriso alargou-se.

– Mas...

O Computador passou por Harlan evitando cuidadosamente qualquer contato, mesmo das roupas.

Os punhos de Harlan se fecharam e se abriram. Olhou impotentemente para o Computador e, então, por não ter mais nada a fazer, caminhou lentamente, alheio a quase tudo ao seu redor, de volta a seu quarto.

O sono de Harlan foi irregular. Dizia a si mesmo que precisava dormir. Tentou relaxar à força, mas, obviamente, não conseguiu. O período de sono transformou-se numa sucessão de pensamentos inúteis.

Primeiro de tudo, havia Noÿs.

Não ousariam fazer mal a ela, pensou febrilmente. Não poderiam devolvê-la ao Tempo sem antes calcular o efeito na Realidade, e isso levaria dias, provavelmente semanas. Como alternativa, poderiam fazer com ela o que Finge ameaçara fazer com ele: colocá-la no caminho de um acidente inexplicável.

Não considerou essa alternativa seriamente. Não havia necessidade de uma ação tão drástica. Não arriscariam desagradar Harlan com isso. (No silêncio do quarto escuro e na fase de semissonolência, quando as coisas se tornam estranhamente desproporcionais em pensamento, Harlan não viu nada de grotesco em sua certeza de que o Conselho Pan-Temporal não ousaria correr o risco de desagradar a um Técnico.)

Naturalmente, havia outros usos para uma mulher em cativeiro. Uma linda mulher de uma Realidade hedonista...

Resolutamente, Harlan repeliu o pensamento todas as vezes em que retornou. Era, ao mesmo tempo, mais provável e mais impensável que a morte, e ele não suportaria nenhuma das opções.

Pensou em Twissell.

O velho estava fora do 575. Onde estaria nas horas em que deveria estar dormindo? Um idoso precisa dormir. Harlan tinha certeza da resposta. Estava dando consultas ao Conselho. Sobre Harlan. Sobre Noÿs. Sobre o que fazer com um Técnico indispensável, em quem ninguém ousaria tocar.

Harlan repuxou os lábios para trás. Se Finge denunciasse o ataque de Harlan daquela noite, isso não afetaria minimamente as considerações do Conselho. Seus crimes seriam pouco agravados por esse fato. Sua indispensabilidade certamente não diminuiria.

E Harlan, de maneira alguma, tinha certeza de que Finge *iria* denunciá-lo. Admitir que fora forçado a aviltar-se diante de um Técnico colocaria o Computador Assistente Finge numa posição ridícula, e Finge talvez não optasse por isso.

Harlan pensou nos Técnicos como um grupo do qual, nos últimos tempos, ele raramente fazia parte. Sua própria posição, de certa forma anômala, como homem de Twissell e como semi-Educador, o mantivera afastado dos outros Técnicos. Mas faltava solidariedade aos Técnicos, de qualquer maneira. Por que deveria ser assim?

Ele tinha de passar pelo 575 e pelo 482 raramente encontrando ou falando com outro Técnico? Tinham de se evitar até mutuamente? Tinham de agir como se aceitassem a condição social na qual a superstição alheia havia lhes colocado à força?

Em sua mente, já havia forçado a capitulação do Conselho com relação a Noÿs e agora fazia outras exigências. Os Técnicos seriam autorizados a formar sua própria organização, com encontros regulares – mais amizade e melhor tratamento por parte dos outros.

Seu pensamento final sobre si próprio era o de um heroico revolucionário social, com Noÿs ao seu lado, quando finalmente mergulhou num sono sem sonhos...

O sinal da porta o acordou. Sussurrou para ele com rouca impaciência. Ordenou as ideias até conseguir ver as horas no pequeno relógio ao lado da cama e gemeu por dentro.

Senhor Tempo! Depois de tudo aquilo, havia dormido demais.

Da cama, conseguiu alcançar o botão certo e o visor superior da porta tornou-se transparente. Não reconheceu o rosto, mas aparentava autoridade, quem quer que fosse.

Abriu a porta e o homem, usando a divisa laranja da Administração, entrou.

– Técnico Andrew Harlan?

– Sim, Administrador? Quer alguma coisa comigo?

O Administrador não pareceu de forma alguma incomodado com a nítida agressividade da pergunta. – O senhor tem um compromisso com o Computador Sênior Twissell? – perguntou ele.

– Sim. O que tem isso?

– Estou aqui para informá-lo que está atrasado.

Harlan o encarou. – O que significa isso? Você não é do 575, é?

– Meu posto é no 222 – disse o outro, friamente. – Administrador Assistente Arbut Lemm. Sou o encarregado dos preparativos e estou tentando evitar demasiada agitação ao passar notificação oficial pela tela de comunicação.

– Que preparativos? Que agitação? Do que você está falando? Ouça, já tive várias reuniões com Twissell. Ele é meu superior. Não existe agitação nenhuma.

Um olhar de surpresa passou momentaneamente pela estudada falta de expressão que o Administrador mantivera em seu rosto até então. – O Senhor não foi informado?

– Sobre o quê?

– Ora, que um subcomitê do Conselho Pan-Temporal está reunido em sessão aqui no 575. Disseram-me que o lugar está alvoroçado com a notícia há horas.

– E eles querem me ver? – Assim que fez a pergunta, Harlan pensou: "Claro que querem me ver. Sobre o que mais seria a sessão a não ser sobre mim?".

Então entendeu a expressão de divertimento do Computador Júnior na noite anterior, diante dos aposentos de Twissell. O Computador sabia da reunião do comitê e achou divertido um Técnico ter a pretensão de falar com Twissell numa hora como aquela. Muito divertido, pensou Harlan, com amargura.

– Tenho minhas ordens – disse o Administrador. – Não sei de mais nada. – Então, ainda surpreso: – Não ficou sabendo de nada?

– Técnicos – disse Harlan, sarcasticamente – levam a vida em reclusão.

Cinco além de Twissell! Todos Computadores Seniores, Eternos há pelo menos trinta e cinco anos.

Seis semanas antes, Harlan teria ficado extremamente honrado em sentar-se à mesa com tal grupo de homens, emudecido diante da combinação de responsabilidade e poder que representavam. Teriam parecido gigantes, com o dobro de seu tamanho natural.

Mas, agora, eram seus antagonistas ou, pior ainda, seus juízes. Ele não tinha tempo de se impressionar. Precisava planejar sua estratégia.

Talvez não soubessem que ele estava ciente de que tinham Noÿs. Não deveriam saber, a menos que Finge lhes tivesse contado sobre seu último encontro com Harlan. À clara luz do dia, entretanto, estava absolutamente convencido de que Finge não divulgaria publicamente o fato de que havia sido intimidado e insultado por um Técnico.

Parecia aconselhável a Harlan, então, resguardar essa possível vantagem por enquanto, deixando que *eles* dessem o primeiro passo, que eles proferissem a primeira frase que daria início ao combate.

Pareciam não ter pressa. Encaravam-no placidamente, diante de uma refeição abstêmia, como se ele fosse um espécime interessante, preso, com braços e pernas estendidos sobre uma superfície plana de força gerada por repulsores. Desesperado, Harlan encarou-os de volta.

Conhecia todos eles por reputação e pela reprodução tridimensional nos filmes fisiomensais de orientação. Os filmes coordenavam a marcha dos acontecimentos por todos os Setores da Eternidade, e todos os Eternos, com grau de Observador para cima, eram obrigados a vê-los.

August Sennor, o careca (não tinha nem sobrancelhas ou cílios), naturalmente foi o que mais atraiu a atenção de Harlan. Primeiro, pela aparência estranha daqueles olhos escuros e penetrantes atrás de pálpebras despeladas, e pela testa ser consideravelmente maior pessoalmente do que no tridimensional. Segundo, por saber dos antigos embates de ideias entre Sennor e Twissell. E, finalmente, porque ele não ficou apenas observando

Harlan. Lançou-lhe perguntas com voz vigorosa.

A maioria de suas perguntas era irrespondível: "Como você começou a se interessar pelos tempos Primitivos, jovem?" ou "Você acha o estudo gratificante, jovem?"

Finalmente, Sennor pareceu acomodar-se em sua cadeira. Empurrou seu prato casualmente para o duto de recolhimento e entrelaçou os dedos grossos despreocupadamente sobre a mesa. (Não havia pelos nas costas das mãos, Harlan notou.)

– Há uma coisa que eu sempre quis saber – disse ele. – Talvez você possa me ajudar.

Harlan pensou: "Pronto, é agora".

Em voz alta, disse: – Se eu puder, senhor.

– Alguns aqui na Eternidade... Não direi todos, ou mesmo muitos (e deu uma olhada no rosto cansado de Twissell, enquanto os outros se aproximavam para ouvir), mas alguns, de qualquer forma, se interessam pela filosofia do Tempo. Talvez você saiba o que quero dizer.

– Os paradoxos das viagens no Tempo, senhor?

– Bem, se quiser ser melodramático, sim. Mas isso, obviamente, não é tudo. Há a questão da verdadeira natureza da Realidade, a questão da conservação de massa-energia durante a Mudança de Realidade e assim por diante. Nós, na Eternidade, somos influenciados em nossas considerações sobre tais coisas pelo conhecimento dos fatos das viagens no Tempo. Suas criaturas da era Primitiva, entretanto, não sabiam nada de viagens no Tempo. Quais eram as opiniões *deles* sobre o assunto?

O sussurro de Twissell espalhou-se por toda a mesa. – Teias de aranha!

Mas Sennor ignorou aquilo e disse: – Poderia responder à minha pergunta, Técnico?

– Os Primitivos praticamente não pensavam em viagens no Tempo, Computador – respondeu Harlan.

– Não consideravam possível, então?

– Creio que não.

– Nem sequer especulavam?

– Bem, quanto a isso – disse Harlan, em dúvida –, acredito que havia especulações em alguns tipos de literatura ficcional. Não conheço bem essas obras, mas creio que um tema recorrente era o homem que voltava no Tempo para matar seu próprio avô quando criança.

Sennor pareceu encantado. – Maravilhoso! Maravilhoso! Afinal, isso é pelo menos a expressão do paradoxo básico das viagens no Tempo, se tomarmos por base uma Realidade imutável, certo? Agora, seus Primitivos, me aventuro a afirmar, nunca presumiram nada *a não ser* uma Realidade imutável. Estou certo?

Harlan esperou para responder. Não via o propósito daquela conversa nem as intenções ocultas de Sennor, mas aquilo o deixou receoso. – Não tenho conhecimento suficiente para responder com certeza, senhor – disse Harlan. – Creio que deve ter havido especulações sobre caminhos alternativos no tempo e outros planos de existência. Não sei.

Sennor pôs o lábio inferior para fora, com certa petulância. – Tenho certeza de que está enganado. Você pode ter sido induzido a ler seu próprio conhecimento nas várias ambiguidades com que deparou. Não, sem a experiência real de uma viagem no Tempo, as complexidades filosóficas da Realidade estariam muito além da mente humana. Por exemplo, por que a Realidade possui inércia? Todos sabemos que possui. Qualquer alteração em seu fluxo deve alcançar uma certa magnitude antes que uma Mudança, uma verdadeira Mudança, seja efetivada. Mesmo assim, a Realidade tem a tendência de fluir de volta à sua posição original.

– Por exemplo, suponha uma Mudança aqui, no 575. A Realidade mudará com efeitos crescentes até talvez o Século 600. Mudará, mas com efeitos continuamente menores, até talvez o 650. Depois disso, a Realidade não muda. Todos sabemos que é assim, mas alguém aqui sabe por quê? O raciocínio intuitivo sugere que qualquer Mudança de Realidade aumentaria seus efeitos sem limites com o passar dos Séculos, mas não é assim.

– Vejam outro ponto. O Técnico Harlan, segundo me disseram, é excelente na seleção da exata Mudança Mínima Necessária para qualquer situação. Aposto que ele não consegue explicar como chega à sua própria escolha.

– Considerem como esses Primitivos devem ser impotentes. Eles se preocupam com um homem matando seu próprio avô porque não entendem a verdade sobre a Realidade. Vejamos um caso mais provável e mais fácil de analisar: um homem que, em suas viagens pelo Tempo, encontra a si mesmo...

– Qual é o problema de um homem encontrar a si mesmo?

– perguntou Harlan, abruptamente.

O fato de Harlan interromper um Computador já era, em si, uma quebra de protocolo. Seu tom de voz piorou a gafe de maneira escandalosa, e todos os olhos voltaram-se para o Técnico, em repreensão.

Sennor pigarreou e falou no tom constrangido de alguém determinado a ser educado, apesar das dificuldades quase insuperáveis. Continuando sua frase interrompida, mas evitando parecer estar respondendo diretamente à pergunta que lhe fora dirigida de maneira tão descortês, disse:

– E as quatro subdivisões nas quais tal ato pode cair. Chamemos de A o homem anterior no fisiotempo, e de B o outro, posterior. Subdivisão um: A e B talvez não se vejam, nem façam nada que vá afetar um ou outro de maneira significativa. Nesse caso, eles não se encontraram realmente; então, podemos desprezar esse caso como trivial.

– Ou o B, o indivíduo posterior, pode ver o A, mas não ser visto por ele. Aqui, também, não há por que esperar sérias consequências. B, vendo A, o vê numa posição e ocupado em alguma atividade que ele já conhece. Não há nada de novo envolvido.

– A terceira e a quarta possibilidades são A vê B, mas B não vê A; e A e B se veem. Em cada possibilidade, a questão séria é que A viu B; o homem, num estágio anterior em sua existência fisiológica, se vê num estágio posterior. Observem que ele ficou sabendo que estará vivo na idade aparente de B. Ele sabe que viverá o bastante para praticar aquela ação que testemunhou. Um homem que conhece seu próprio futuro, em qualquer mínimo detalhe, poderá agir com base nesse conhecimento e, portanto, mudar seu futuro. O resultado é que a Realidade deve ser mudada o suficiente para não permitir que A e B se encontrem ou, pelo menos, para evitar que A veja B. Então, como nada que se tornou não-Real numa Realidade pode ser detectado, A nunca encontrou B. Da mesma forma, em cada aparente paradoxo da viagem no Tempo, a Realidade sempre muda para evitar o paradoxo, e chegamos à conclusão de que não há paradoxos nas viagens no Tempo e não pode haver.

Sennor parecia satisfeito consigo mesmo e com sua exposição, mas Twissell levantou-se.

– Senhores, creio que nosso tempo esteja esgotado.

Muito mais repentinamente do que Harlan pensaria, o café da manhã terminou. Cinco dos membros do subcomitê enfileiraram-se e o cumprimentaram com um gesto da cabeça, com ar de quem havia satisfeito uma curiosidade. Apenas Sennor estendeu a mão e acrescentou um áspero "Bom dia, jovem" ao gesto da cabeça.

Sem saber o que pensar, Harlan observou-os sair. Qual fora o propósito daquela reunião? E, principalmente, por que a referência a homens encontrando a si mesmos? Não haviam mencionado Noÿs. Estavam ali, então, apenas para estudá-lo? Pesquisá-lo de cima a baixo e deixá-lo para o julgamento de Twissell?

Twissell retornou à mesa, agora vazia, sem comida nem talheres. Estava a sós com Harlan, e, quase como para simbolizar isso, brandia um novo cigarro entre os dedos.

– Ao trabalho, Harlan – ele disse. – Temos muito a fazer.

Mas Harlan não esperou, não poderia esperar mais. Disse, sem rodeios: – Antes de fazermos qualquer coisa, tenho algo a dizer.

Twissell pareceu surpreso. A pele do seu rosto franziu em volta de seus olhos desbotados e ele bateu as cinzas da ponta do cigarro, pensativamente.

– Claro – disse ele –, fale, se desejar. Mas antes, sente-se, sente-se, rapaz.

O Técnico Andrew Harlan não se sentou. Ficou andando de lá para cá ao longo da mesa, reprimindo as frases para evitar que saíssem borbulhando incoerências. A cabeça em forma de maçã do Computador Sênior Laban Twissell, amarelada pela idade, movia-se para a frente e para trás, acompanhando os passos nervosos do outro.

– Há várias semanas – disse Harlan – tenho visto filmes sobre a história da matemática. Livros das várias Realidades do 575. As Realidades não importam muito. A Matemática não muda. A ordem de seu desenvolvimento também não. Não importa como as Realidades tenham sido alteradas, a história da matemática permaneceu praticamente a mesma. Os matemáticos mudaram; alguns deles trocaram de descobertas, mas os resultados finais... De qualquer maneira, tudo isso ficou martelando na minha cabeça. O que o senhor acha disso?

Twissell franziu o cenho e disse: – Uma ocupação esquisita para um Técnico?

– Mas eu não sou apenas um Técnico – disse Harlan. – O senhor sabe disso.

– Continue – disse Twissell e olhou para o relógio que usava. Os dedos que seguravam o cigarro brincavam com ele com inusitado nervosismo.

– Havia um homem chamado Vikkor Mallansohn – disse Harlan – que viveu no Século 24. Esse Século faz parte da era Primitiva, o senhor sabe. Mallansohn é mais conhecido pelo fato de ter criado o primeiro Campo Temporal bem-sucedido. Isso significa que ele inventou a Eternidade, já que a Eternidade nada mais é do que um tremendo Campo Temporal que cria atalhos para o Tempo comum, sem as limitações do Tempo comum.

– Isso você aprendeu quando era Aprendiz, rapaz.

– Mas não aprendi que Vikkor Mallansohn jamais poderia

ter inventado o Campo Temporal no Século 24. Nem ele, nem ninguém. A base matemática para isso não existia. As equações fundamentais de Lefebvre não existiam; e só poderiam existir depois das pesquisas de Jan Verdeer, no Século 27.

Se havia um sinal pelo qual o Computador Sênior Twissell poderia demonstrar total espanto, seria deixar cair o cigarro. Ele deixou cair o cigarro. Até seu sorriso desapareceu.

– Você aprendeu as equações de Lefrebvre, rapaz? – perguntou.

– Não. E não vou dizer que as compreendo. Mas elas são necessárias para o Campo Temporal. Isso eu aprendi. E elas só foram descobertas no Século 27. Sei disso também.

Twissell inclinou-se para pegar o cigarro e o observou, com ar de dúvida. – E se Mallansohn descobriu o Campo Temporal por acaso, sem ter conhecimento da base matemática? E se foi simplesmente uma descoberta empírica? Já houve várias assim.

– Pensei nessa hipótese. Mas depois que o Campo foi inventado, levou três séculos para que suas implicações fossem reveladas e, no fim desse tempo, não houve como aperfeiçoar o Campo de Mallansohn. Isso não pode ter sido coincidência. Em mais de uma centena de aspectos, o projeto de Mallansohn mostrou que ele deve ter usado as equações de Lefebvre. Se ele as conhecia ou as desenvolveu ele próprio sem a ajuda do trabalho de Verdeer, o que é impossível, por que não disse nada sobre isso?

– Você insiste em falar como matemático – disse Twissell. – Onde aprendeu tudo isso?

– Tenho visto filmes.

– Só isso?

– E tenho pensado.

– Sem treinamento matemático avançado? Eu o observo atentamente há anos, rapaz, e nunca imaginei que tivesse esse talento. Continue.

– A Eternidade nunca poderia ter existido sem a descoberta de Mallansohn do Campo Temporal. Mallansohn nunca poderia ter conseguido isso sem um conhecimento de matemática que só veio a existir no futuro dele. Esse é o ponto número um. Enquanto isso, aqui na Eternidade, neste momento, existe um Aprendiz que foi selecionado como Eterno contra todas as regras de recrutamento, já que ele era casado e tinha passado da idade. O senhor está lhe ensinando matemática e sociologia Primitiva. Esse é o ponto número dois.

– E então?

– Eu afirmo que o senhor, de alguma maneira, pretende enviá-lo de volta ao Tempo, de volta ao tempo-abaixo, no ponto de partida da Eternidade, de volta ao Século 24. Sua intenção é que o Aprendiz Cooper ensine as equações de Lefebvre a Mallansohn. O senhor pode ver, então – acrescentou Harlan, com tensa excitação – que minha posição como perito no Primitivo e meu conhecimento dessa posição me dão o direito de ter tratamento especial. Muito especial.

– Senhor Tempo! – murmurou Twissell.

– É verdade, não é? Faremos o círculo completo, *com minha ajuda*. Sem ela... – Deixou a frase no ar.

– Você chegou tão perto da verdade – disse Twissell. – Mas eu podia jurar que não havia nada que indicasse... – Ele mergulhou num estudo no qual nem Harlan nem o mundo exterior poderiam tomar parte.

– Só perto da verdade? – disse Harlan. – Essa *é* a verdade. – Ele não sabia dizer por que tinha tanta certeza dos fundamentos de suas afirmações, mesmo tirando o fato de que queria desesperadamente que fossem verdade.

– Não, não a verdade exata – disse Twissell. – O Aprendiz, Cooper, não vai voltar ao 24 para ensinar nada a Mallansohn.

– Não acredito no senhor.

– Mas deve acreditar. Deve entender a importância disso. Quero sua cooperação até o final do projeto. Entenda, Harlan, que a situação é mais circular do que você imagina. Muito mais, rapaz. O Aprendiz Brinsley Sheridan Cooper *é* Vikkor Mallansohn.

O INÍCIO DA ETERNIDADE

Harlan não pensou que Twissell pudesse dizer qualquer coisa que o surpreendesse naquele momento. Estava enganado.
— Mallansohn, ele...
Twissell, tendo acabado de fumar o cigarro até o fim, acendeu outro e disse: — Sim, Mallansohn. Quer um resumo rápido da vida de Mallansohn? Pois bem. Ele nasceu no 78, passou algum tempo na Eternidade e morreu no 24.
A pequena mão de Twissell pousou levemente no ombro de Harlan e seu rosto de gnomo enrugou-se em seu sorriso habitual. — Ora, rapaz, o fisiotempo passa até para nós e não somos completamente senhores de nós mesmos. Você vem comigo ao meu escritório?
Ele foi na frente e Harlan o acompanhou distraído, absorto em seus pensamentos, passando sem perceber pelas portas automáticas e rampas rolantes.
Estava relacionando as novas informações ao seu próprio problema e plano de ação. Após os momentos iniciais de desorientação, sua resolução retornou. Afinal, como isso mudava as coisas, senão para tornar sua própria importância à Eternidade ainda mais crucial, seu valor ainda mais alto, suas exigências

mais prováveis de serem aceitas e Noÿs mais perto de voltar para ele?

Noÿs!

Senhor Tempo, eles não podem fazer mal a ela! Ela parecia a única parte real de sua vida. Toda a Eternidade era uma fantasia diáfana, que, além de tudo, não valia a pena.

Quando se viu no escritório do Computador Twissell, não conseguia se lembrar claramente de como havia passado pela sala de jantar ali. Embora tenha olhado ao redor e tentado fazer o escritório parecer real pela mera força da existência física de seus objetos, ele ainda parecia somente mais uma parte de um sonho que havia sobrevivido à sua inutilidade.

O escritório de Twissell era uma longa e limpa sala de asséptica porcelana. Uma das paredes estava repleta, de fora a fora, do teto ao piso, de microunidades de computação que, juntas, formavam o maior Computaplex particular e, na verdade, um dos maiores em operação na Eternidade. A parede oposta estava lotada de filmes de referência. Entre as duas paredes, o que restava da sala era pouco mais que um corredor, dividido por uma mesa, duas cadeiras, equipamento de gravação e projeção e um objeto incomum, com o qual Harlan não estava familiarizado, e que só revelou sua utilidade quando Twissell apagou nele a ponta de seu cigarro.

Com um clarão silencioso, Twissell, em sua usual prestidigitação, já tinha outro cigarro nas mãos.

Agora, vamos direto ao assunto, pensou Harlan.

– Há uma garota no 482... – começou ele, num tom de voz um tanto alto e truculento.

Twissell franziu o cenho e agitou rapidamente a mão, como se varresse um assunto desagradável para o lado. – Eu sei, eu sei. Ela não será incomodada, nem você. Tudo vai ficar bem. Vou tratar disso pessoalmente.

– Quer dizer...

– Já conheço a história. Se a questão o deixou preocupado, não precisa mais se preocupar.

Harlan encarou o velho, estupefato. Era só isso? Embora tivesse pensado muito na imensidão de seu poder, não esperava uma demonstração tão clara.

Twissell voltou a falar.

– Deixe-me contar uma história – começou ele, quase com o tom que usaria com um Aprendiz novato. – Eu achava que isso não seria necessário, e talvez ainda não seja, mas você merece, por sua intuição e suas pesquisas.

Encarou Harlan comicamente e disse: – Sabe, ainda não acredito que você descobriu tudo isso sozinho – e então continuou:

– O homem conhecido na Eternidade com o nome de Vikkor Mallansohn deixou, quando morreu, o registro de sua vida para a posteridade. Não era bem um diário, nem uma biografia. Era mais um guia, deixado em herança aos Eternos que ele sabia que um dia existiriam. Estava num volume em estase temporal que só poderia ser aberto pelos Computadores da Eternidade e que, portanto, permaneceu intocado por três Séculos após a sua morte, até que a Eternidade foi estabelecida e o Computador Sênior Henry Wadsman, o primeiro dos grandes Eternos, o abriu. Desde então, o documento tem sido passado adiante, em máxima segurança, a vários Computadores Seniores, até que chegou até mim. O documento foi chamado de memórias de Mallansohn.

– As memórias contam a história de um homem chamado Brinsley Sheridan Cooper, nascido no 78 e recrutado como Aprendiz pela Eternidade aos 23 anos de idade, quando já era casado há pouco mais de um ano e, até então, sem filhos.

– Ao ingressar na Eternidade, Cooper foi treinado em matemática por um Computador chamado Laban Twissell, e em história Primitiva por um Técnico chamado Andrew Harlan. Após adquirir sólido conhecimento nas duas disciplinas, além de outros assuntos, como engenharia temporal, foi enviado de volta ao

24 para ensinar certas técnicas necessárias a um cientista Primitivo chamado Vikkor Mallansohn.

– Tendo alcançado o 24, primeiro embarcou num lento processo de adaptação à sociedade. Nisso foi grandemente beneficiado pelo treinamento do Técnico Harlan e pelo aconselhamento detalhado do Computador Twissell, que parecia ter uma excepcional capacidade de antecipar os problemas que ele enfrentaria.

– Após dois anos, Cooper localizou um tal de Vikkor Mallansohn, um eremita excêntrico de uma região remota da Califórnia, solitário e sem amigos, mas dotado de uma mente prodigiosa e ousada. Devagar, Cooper fez amizade com ele, acostumando o homem, mais devagar ainda, à ideia de ele ter encontrado um viajante do futuro, e pôs-se a ensinar ao homem a matemática que ele deveria saber.

– Com o passar do tempo, Cooper adotou os hábitos do outro, aprendeu a se virar com a ajuda de um desajeitado gerador elétrico a óleo diesel e de aparelhos ligados por fios elétricos, que os libertavam da dependências de feixes de energia.

– Mas o progresso era lento, e Cooper descobriu que não era um professor tão maravilhoso assim. Mallansohn ficava cada vez mais moroso e não cooperava, e um dia morreu, de repente, quando caiu de um precipício naquele interior selvagem e montanhoso onde viviam. Cooper, após semanas de desespero, tendo diante de si a ruína de uma vida de trabalho e, presumivelmente, a ruína de toda a Eternidade, decidiu lançar mão de um expediente desesperado. Não comunicou a morte de Mallansohn. Em vez disso, ele próprio começou a construir, com o material que tinha à mão, um Campo Temporal.

– Os detalhes não interessam. Ele teve êxito, depois de muita labuta e improvisação, e levou o gerador ao Instituto Tecnológico da Califórnia, muitos anos antes do que, segundo suas previsões, o Mallansohn de verdade teria feito.

– Você conhece a história através de seus próprios estudos. Sabe do descrédito e das recusas que ele enfrentou a princípio, seu período sob observação, sua fuga e a quase perda de seu gerador, da ajuda que ele recebeu do homem no restaurante, cujo nome ele nunca soube, mas que é hoje um dos heróis da Eternidade, e da demonstração final do Professor Zimbalist, na qual um camundongo se moveu para a frente e para trás no tempo. Não vou aborrecê-lo com isso.

– Cooper usou o nome de Vikkor Mallansohn porque isso lhe deu uma identidade e o transformou num autêntico produto do 24. O corpo do Mallansohn real nunca foi encontrado.

– Pelo resto da vida, cuidou de seu gerador e cooperou com os cientistas do Instituto, na tentativa de duplicá-lo. Não se atreveu a ir além disso. Não podia ensinar a eles as equações de Lefebvre sem delinear três Séculos do desenvolvimento matemático que estava por vir. Não pôde, não ousou dar uma pista de sua verdadeira origem. Não ousou fazer nada mais do que o Vikkor Mallansohn real, segundo seu conhecimento, havia feito.

– Os homens que trabalhavam com ele ficaram frustrados ao encontrar um homem que conseguia executar tão brilhantemente, mas sem explicar os porquês de sua execução. E ele próprio ficou frustrado também, porque anteviu, sem ser capaz de apressar o processo, o trabalho que conduziria, passo a passo, aos clássicos experimentos de Jan Verdeer e como, a partir daí, o grande Antoine Lefebvre iria elaborar as equações básicas da Eternidade. E como, com base nisso, a Eternidade seria construída.

– Foi só quase no fim de sua longa vida que Cooper, apreciando um pôr-do-sol no Pacífico (ele descreve a cena com detalhes em suas memórias), percebeu que Vikkor Mallansohn era ele! Ele não era um substituto, mas o próprio homem. O nome pode não ser o dele, mas o homem que a História chama de Mallansohn era, na verdade, Brinsley Sheridan Cooper.

– Inflamado com esse pensamento e todas as suas implicações, ansioso com a ideia de que o processo do estabelecimento da Eternidade pudesse de alguma forma ser acelerado, aperfeiçoado e tornado mais seguro, escreveu suas memórias e as colocou num cubo de estase temporal, na sala de estar de sua casa.

– E então o círculo se fechou. Cooper não sabe, naturalmente, sobre as intenções de Cooper-Mallansohn ao escrever as memórias. Ele deve seguir com sua vida exatamente como fez antes. A Realidade Primitiva não admite mudanças. Neste momento no fisiotempo, o Cooper que você conhece não tem ciência do que o espera. Ele acredita que sua missão é apenas instruir Mallansohn e retornar. Ele continuará a acreditar nisso até que os anos lhe mostrem a verdade e ele resolva sentar e escrever suas memórias.

– A intenção do círculo no Tempo é estabelecer o conhecimento da viagem no Tempo, da natureza da Realidade e construir a Eternidade antes de seu Tempo natural. Se deixarmos a humanidade seguir seu curso sozinha, ela não saberá a verdade sobre o Tempo antes que seus avanços tecnológicos a levem para outras direções e tornem inevitável o suicídio da raça humana.

Harlan ouvia atentamente, preso à imagem de um imenso círculo no Tempo, fechado em si mesmo, atravessando a Eternidade em parte de seu curso. Aquele momento foi o mais próximo que chegou de esquecer Noÿs.

– Então – ele perguntou –, o senhor sabia o tempo todo tudo o que ia fazer, tudo o que eu ia fazer, tudo o que eu *fiz*?

Twissell, que parecia absorto em sua própria narração da história, seus olhos examinando através de uma nuvem azulada de fumaça de tabaco, voltou à vida lentamente. Seus olhos velhos e sábios fixaram-se nos olhos de Harlan e ele disse, em tom de reprovação: – Não, claro que não. Existiu um lapso de décadas de fisiotempo entre a permanência de Cooper na Eternidade e o momento em que ele escreveu as memórias. Ele só se lembrava até certo ponto, até onde ele próprio testemunhou. Você deveria perceber isso.

Twissell suspirou e passou um dedo retorcido através de uma linha ascendente de fumaça, quebrando-a em pequenos redemoinhos turbulentos. – Tudo foi sendo resolvido. Primeiro, eu fui encontrado e trazido à Eternidade. Quando, no devido fisiotempo, me tornei Computador Sênior, recebi as memórias e fiquei encarregado da missão. Nas memórias, fui descrito como encarregado, então me colocaram como encarregado. Novamente, no devido fisiotempo, você apareceu na mudança de uma Realidade (já tínhamos observado cuidadosamente seus análogos anteriores), e depois Cooper.

– Preenchi os detalhes usando o meu bom senso e os serviços do Computaplex. Foi com muito cuidado, por exemplo, que instruímos o Educador Yarrow sobre o papel dele, sem deixar escapar nenhuma parte significativa da verdade. Foi com muito cuidado, por sua vez, que ele estimulou seu interesse pelo Primitivo.

– Foi com muito cuidado que impedimos Cooper de aprender qualquer coisa que ele não provara já saber, através de suas memórias. – Twissell sorriu tristemente. – Sennor se diverte com questões como essa. Ele chama de reversão de causa e efeito. Sabendo-se o efeito, ajusta-se a causa. Felizmente, não fico tecendo teias, como Sennor.

– Fiquei satisfeito, rapaz, ao descobrir que você era excelente Observador e Técnico. As memórias não mencionavam isso, já que Cooper não teve oportunidade de observar e avaliar seu trabalho. Isso foi conveniente para mim. Pude usá-lo em tarefas mais comuns, o que tornaria seu papel essencial menos notório. Até sua recente permanência com o Computador Finge foi conveniente. Cooper mencionou um período de sua ausência, durante o qual seus estudos de matemática se tornaram tão difíceis que ele não via a hora de você voltar. Uma vez, no entanto, você me assustou.

– Foi quando levei Cooper comigo na cápsula – disse Harlan, imediatamente.

– Como adivinhou? – exigiu Twissell.

– Foi a única vez que o senhor ficou realmente bravo comigo. Suponho que isso tenha ido contra alguma coisa das memórias de Mallansohn.

– Não exatamente. Só que as memórias não diziam nada sobre as cápsulas. Pareceu-me que evitar mencionar um aspecto tão importante da Eternidade significava que ele teve pouca experiência com elas. Portanto, minha intenção era mantê-lo o mais longe possível das cápsulas. O fato de você tê-lo levado ao tempo-acima me incomodou imensamente, mas nada aconteceu depois. As coisas continuaram como deveriam, então está tudo bem.

O velho Computador esfregou uma mão vagarosamente sobre a outra, encarando o jovem Técnico com um misto de surpresa e curiosidade.

– E o tempo todo você esteve adivinhando tudo. Isso simplesmente me assombra. Eu juraria que nem um Computador completamente treinado faria as deduções corretas, tendo só as informações que você tinha. Um Técnico ter feito isso é excepcional. – Inclinou-se para a frente e bateu de leve no joelho de Harlan. – As memórias de Mallansohn não mencionam nada sobre sua vida após a partida de Cooper, é claro.

– Entendo, senhor – disse Harlan.

– Estaremos livres então, por assim dizer, para fazer o que quisermos. Você demonstra um talento surpreendente, que não deve ser desperdiçado. Acho que deveria ser mais que um Técnico. Não prometo nada agora, mas presumo que perceba que existe a distinta possibilidade de você se tornar Computador.

Era fácil para Harlan manter sua face secreta sem expressão. Tinha anos de prática nisso.

Pensou: um suborno adicional.

Mas nada deve permanecer como conjectura. Seus palpites, desvairados e sem base no início, chegando através de um inesperado lampejo no curso de uma noite muito incomum e estimulante, haviam se tornado sensatos como resultado de pesquisa direcionada na biblioteca. Haviam se tornado certezas, agora que Twissell lhe contara a história. No entanto, pelo menos de uma forma houve um desvio. Cooper era Mallansohn.

Isso havia apenas melhorado sua posição, mas, se ele estava enganado num aspecto, poderia estar enganado em outro. Portanto, não deveria deixar nada ao acaso. Confirme! Tenha certeza! Disse com equilíbrio, quase casualmente: – Minha responsabilidade também é grande, agora que sei a verdade.

– Sim, claro.

– Qual é a fragilidade dessa situação? Suponha que algo inesperado acontecesse e eu perdesse um dia em que deveria estar ensinando algo vital a Cooper.

– Não estou entendendo.

(Era imaginação de Harlan ou uma faísca de preocupação passou por aqueles velhos olhos cansados?)

– Quer dizer, o círculo pode se quebrar? Deixe-me colocar de outro modo. Se alguém golpear minha cabeça e me tirar de circulação num período em que as memórias afirmem claramente que estou bem e ativo, o esquema todo é rompido? Ou suponha que, por alguma razão, eu deliberadamente escolha não seguir as memórias. E aí?

– Mas por que está pensando nessas coisas?

– Parece um pensamento lógico. Parece que, por meio de uma ação negligente ou intencional, eu poderia quebrar o círculo e, bem... destruir a Eternidade? Parece que sim. E se *for* assim – Harlan acrescentou, calmamente –, devem me avisar, para que eu seja cuidadoso e não faça nada de inconveniente. Embora eu imagine que só mesmo uma circunstância muito incomum para me levar a fazer uma coisa dessas.

Twissell riu, mas sua risada soou falsa e vazia aos ouvidos de Harlan. – Isso tudo é puramente acadêmico, meu rapaz. Nada disso vai acontecer, já que não aconteceu. O círculo completo não será rompido.

– Pode ser – disse Harlan. – A garota do 482...

– Está segura – disse Twissell. Levantou-se, impaciente. – Esse tipo de conversa não tem fim, e já chegam as discussões sobre lógica que tenho com os outros membros do subcomitê encarregado do projeto. Enquanto isso, preciso falar outras coisas com *você*. Foi para isso que o chamei aqui, e o fisiotempo continua passando. Você me acompanha?

Harlan estava satisfeito. A situação estava clara e seu poder era inequívoco. Twissell sabia que Harlan poderia dizer, à vontade: "Não quero mais nenhum contato com Cooper". Twissell sabia que a qualquer momento Harlan poderia destruir a Eternidade, dando a Cooper informações significativas sobre as memórias.

Harlan já sabia o bastante para fazer isso ontem. Twissell pensou em desarmá-lo com o conhecimento da importância de sua tarefa, mas se o Computador pensou que com isso conseguiria obrigar Harlan a participar do negócio à força, estava enganado.

Harlan deixara sua ameaça muito clara com relação à segurança de Noÿs, e a expressão de Twissell quando disparou "Está segura" mostrou que ele entendeu a natureza da ameaça.

Harlan levantou-se e o acompanhou.

Harlan nunca estivera na sala onde agora entravam. Era grande, como se tivessem derrubado as paredes para ampliá-la. O acesso a ela tinha sido através de um corredor estreito, bloqueado por uma cortina de força que só foi desativada após o rosto de Twissell ser completamente esquadrinhado por mecanismos automáticos.

A parte maior da sala estava toda ocupada por uma esfera que quase alcançava o teto. Uma porta foi aberta, mostrando quatro pequenos degraus que levavam a uma bem iluminada plataforma em seu interior.

Havia vozes lá dentro e, enquanto Harlan observava, pernas apareceram na abertura e desceram os degraus. Um homem saiu e outro par de pernas apareceu atrás deles. Era Sennor, do Conselho Pan-Temporal, e atrás dele estava outro do grupo que estivera à mesa no café da manhã.

Twissell não pareceu satisfeito com isso. Sua voz, no entanto, soou contida. – O subcomitê ainda está aqui?

– Só nós dois – disse Sennor, casualmente. – Eu e Rice. Um lindo instrumento o que temos aqui. Tem o nível de complexidade de uma nave espacial.

Rice era um homem barrigudo, com o olhar perplexo de quem estava acostumado a ter razão e, no entanto, sempre perdia as discussões. Esfregou seu nariz redondo e disse: – A mente de Sennor só pensa em viagens espaciais ultimamente.

A cabeça calva de Sennor brilhou sob a luz. – É um ponto delicado, Twissell – ele disse. – Eu lhe submeto esta questão: as viagens espaciais são um fator positivo ou negativo no cálculo da Realidade?

– É uma questão sem sentido – disse Twissell, com impaciência. – Que tipo de viagem espacial, em qual sociedade e em que circunstâncias?

– Ora, vamos. Com certeza é possível dizer alguma coisa sobre viagens espaciais na teoria.

– Apenas que são autolimitadas, se esgotam e desaparecem.

– Então são inúteis – disse Sennor, com satisfação –, e, portanto, um fator negativo. Meu ponto de vista, inteiramente.

– Se você não se importa – disse Twissell –, Cooper estará aqui em breve. Precisaremos liberar essa área.

– Certamente. – Sennor enganchou seu braço no de Rice e o conduziu para fora. Sua voz discorreu claramente enquanto partiam. – Periodicamente, meu caro Rice, todo o esforço mental da humanidade se concentra nas viagens espaciais, que estão condenadas a um fim frustrado, pela natureza das coisas. Eu elaboraria matrizes, mas tenho certeza de que isso é óbvio a você. Com as mentes concentradas no espaço, há negligência no desenvolvimento adequado das coisas terrenas. Estou preparando uma tese para submeter ao Conselho, recomendando que as Realidades sejam alteradas para eliminar todas as eras de viagens espaciais, como uma questão de lógica.

A voz aguda de Rice ressoou: – Mas você não pode ser tão drástico. As viagens espaciais são uma válvula de escape segura em algumas civilizações. Veja a Realidade 54 do 290, que acaba de me ocorrer. Lá...

As vozes sumiram, e Twissell disse: – Um homem estranho, Sennor. Intelectualmente, ele vale o dobro do que qualquer um de nós, mas seu valor se perde em entusiasmos passageiros.

– O senhor acha que ele pode estar certo? – perguntou Harlan. – A respeito das viagens espaciais, quero dizer.

– Duvido. Teríamos uma oportunidade melhor de julgar o assunto se Sennor realmente submetesse a tese que ele mencionou. Mas ele não vai submeter. Vai encontrar um novo entusiasmo e abandonar o velho inacabado. Mas deixe para lá... – Bateu a palma da mão na esfera e ela soltou um som retumbante. Então, trouxe a mão de volta, para que pudesse tirar o cigarro da boca. – Pode adivinhar o que é isso, Técnico? – perguntou.

– Parece uma cápsula gigante com uma cobertura em cima – disse Harlan.

– Exatamente. Está certo. Adivinhou. Vamos entrar.

Harlan seguiu Twissell para dentro da esfera. Era grande o suficiente para levar quatro ou cinco homens, mas seu interior era praticamente vazio. O piso era liso, e na parede curva havia duas janelas. Só isso.

– Sem controles? – perguntou Harlan.

– Controles remotos – disse Twissell. Passou a mão pela parede lisa e disse: – Paredes duplas. Todo o espaço interno entre as paredes é controlado por um Campo Temporal autossuficiente. Este instrumento é uma cápsula que não fica restrita aos túneis de cápsulas e pode ir além do ponto de partida da Eternidade, no tempoabaixo. Seu desenho e sua construção foram possíveis graças a sugestões valiosas nas memórias de Mallansohn. Venha comigo.

A sala de controle ficava num canto isolado da grande sala. Harlan entrou e fitou sombriamente imensos barramentos.

– Pode me ouvir, rapaz? – perguntou Twissell.

Harlan assustou-se e olhou em volta. Não tinha percebido que Twissell não o seguira para dentro da sala de controle.

Caminhou automaticamente até a janela e Twissell acenou para ele.

– Posso ouvi-lo, senhor – disse Harlan. – Quer que eu saia?

– De jeito nenhum. Você está trancado aí.

Harlan correu até a porta e forçou a fechadura. Seu estômago esfriou e começou a revirar, como se estivesse dando uma série de nós. Twissell estava certo. O que diabos estava acontecendo?

– Ficará aliviado ao saber, rapaz, que sua responsabilidade acabou – disse Twissell. – Você estava preocupado com sua responsabilidade; fez perguntas minuciosas sobre ela; e acho que sei o que quis dizer. Isso não deve ser responsabilidade sua. Deve ser só minha. Infelizmente, temos que deixar você na sala de controle, já que as memórias de Mallansohn dizem que você estava aí e operou os controles. Cooper verá você pela janela, e então cuidaremos do resto.

– Além disso, pedirei que faça o contato final, segundo instruções que lhe darei. Se achar que isso também é uma responsabilidade muito grande, pode ficar tranquilo. Outro homem está encarregado de fazer um contato paralelo ao seu. Se, por qualquer motivo, você não for capaz de operar o contato, ele irá operá-lo. Além disso, cortarei a transmissão de rádio de dentro da sala de controle. Você poderá nos ouvir, mas não poderá falar conosco. Portanto, não precisa ficar com medo de que alguma exclamação involuntária de sua parte venha a quebrar o círculo.

Impotente, Harlan o encarou pela janela.

– Cooper estará aqui em instantes – continuou Twissell – e sua viagem ao Primitivo ocorrerá dentro de duas fisio-horas. Depois disso, rapaz, o projeto estará encerrado, e você e eu estaremos livres.

Harlan estava afundando, sufocado, no vórtice de um pesadelo. Twissell o enganara? Tudo o que fez teve o único propósito de trancar Harlan calmamente na sala de controle? Sabendo que Harlan tinha conhecimento de sua própria importância, ele improvisou, com diabólica esperteza, mantendo-o distraído com conversas, entorpecendo suas emoções com palavras, levando-o aqui e ali, até chegar a hora de trancá-lo?

Aquela rendição tão rápida sobre Noÿs. Ela está segura, disse Twissell. Tudo acabará bem.

Como pôde acreditar nisso! Se não iam fazer mal a ela, se não iam tocá-la, por que a barreira temporal no 100.000, nos túneis de cápsulas? Só isso já deveria ter denunciado Twissell.

Mas porque ele (idiota!) queria acreditar, deixou-se conduzir cegamente nas últimas fisio-horas, deixou-se trancar numa sala onde não precisavam mais dele nem para operar o contato final.

Num só golpe, roubaram-lhe toda a sua essencialidade. Os trunfos que tinha nas mãos foram habilmente manipulados, transformando-se em cartas inúteis, e Noÿs estava perdida para sempre. A punição que o aguardava não o preocupava. Noÿs estava fora de seu alcance, para sempre.

Nunca lhe ocorreu que o projeto estava tão próximo do fim. Foi isso, claro, o que possibilitou sua derrota.

A voz de Twissell soou distante: – O rádio será cortado agora, rapaz.

Harlan estava sozinho, impotente, inútil...

ALÉM DO PONTO DE PARTIDA NO TEMPO-ABAIXO

Brinsley Sheridan Cooper entrou. A excitação enrubescia seu rosto magro, tornando-o quase juvenil, apesar do espesso bigode de Mallansohn que cobria seu lábio superior.

(Harlan podia vê-lo pela janela e ouvi-lo claramente pelo rádio da sala. Pensou amargamente: o bigode de Mallansohn! Claro!)

Cooper caminhou rapidamente na direção de Twissell. – Só me deixaram entrar agora, Computador.

– Tudo bem – disse Twissell. – Eles estavam seguindo instruções.

– Chegou a hora, então? Vou partir?

– Está quase na hora.

– E eu vou voltar? Vou ver a Eternidade novamente? – Apesar de Cooper estar com a coluna ereta, existia uma ponta de incerteza em sua voz.

(Dentro da sala de controle, Harlan amargamente colocou seus punhos cerrados contra o vidro reforçado da janela, desejando de alguma forma quebrá-lo, para gritar: "Parem! Aceitem minhas condições, ou eu..". De que adiantava?)

Cooper olhou em volta da sala, aparentemente alheio ao fato de que Twissell não respondera à sua pergunta. Seu olhar recaiu sobre Harlan, na janela da sala de controle.

Acenou com a mão, entusiasmado. – Técnico Harlan! Venha aqui! Quero me despedir do senhor antes de partir!

Twissell interveio: – Agora não, rapaz, agora não. Ele está nos controles.

– Ah! Mas parece que ele não está bem – disse Cooper.

– Contei a ele sobre a verdadeira natureza do projeto – disse Twissell. – Acho que isso deixaria qualquer um nervoso.

– Grande Tempo, é verdade! – disse Cooper. – Já sei a verdade há semanas e ainda não me acostumei à ideia. – Havia um tom quase histérico em sua risada. – Ainda não enfiei na minha cabeça dura que agora é comigo. Eu... estou com um pouco de medo.

– Não posso culpá-lo por isso.

– É mais meu estômago, sabe. É a parte menos feliz de mim.

– Bem, é natural e vai passar – disse Twissell. – Enquanto isso, sua hora de partida em Intertemporal Padrão já foi ajustada e você vai receber mais algumas orientações. Você, por exemplo, ainda não viu a cápsula que vai usar.

Nas duas horas que se passaram, Harlan ouviu tudo, estivessem eles à vista ou não. Twissell instruiu Cooper de maneira estranhamente afetada, e Harlan sabia o motivo. Cooper estava sendo informado somente das coisas que ele próprio mencionaria nas memórias de Mallansohn.

(Círculo completo. Círculo completo. E não havia como Harlan quebrar aquele círculo, num último e desafiador golpe, como Sansão destruindo o templo. E o círculo gira e gira. Ele gira e gira.)

– Cápsulas comuns – ouviu Twissell dizer – são, ao mesmo tempo, empurradas e puxadas, se é que podemos usar esses termos no caso de forças Intertemporais. Ao viajar do Século x ao Século y, dentro da Eternidade, há um ponto inicial totalmente energizado e um ponto final totalmente energizado.

– O que temos aqui é uma cápsula com um ponto inicial energizado, mas um ponto final desenergizado. Ela só pode ser empurrada, não puxada. Por essa razão, ela deve utilizar energias num nível de magnitude muitíssimo mais alta do que a utilizada por cápsulas comuns. Unidades especiais de transferência de energia tiveram que ser instaladas ao longo das vias de cápsulas para canalizar concentrações suficientes de energia extraídas do Sol Nova.

– Esta cápsula especial, seus controles e suprimento de energia são uma estrutura complexa. Durante fisiodécadas, as diversas Realidades foram pesquisadas em busca de ligas e técnicas especiais. A 13ª Realidade do 222 foi a chave. Ela desenvolveu um Pressor Temporal e, sem ele, não poderíamos ter construído esta cápsula. A 13ª Realidade do 222.

Pronunciou essa informação com elaborada clareza.

(Harlan pensou: "Lembre-se disso, Cooper! Lembre-se da 13ª Realidade do 222, para que você possa colocar isso nas memórias de Mallansohn, para que os Eternos possam saber onde procurar, para que saibam o que dizer a você, para que você possa... E o círculo gira e gira...")

– A cápsula não foi testada além do ponto de partida no tempo-abaixo, claro – disse Twissell –, mas fez inúmeras viagens dentro da Eternidade. Estamos convencidos de que não haverá contratempos.

– Nem pode haver, pode? – disse Cooper. – Eu realmente cheguei lá, senão Mallansohn não teria conseguido construir o campo, e ele *conseguiu*.

– Exatamente – disse Twissell. – Você vai chegar a um ponto protegido e isolado, numa área pouco habitada no sudoeste dos Estados Unidos da Améllika...

– América – corrigiu Cooper.

– Certo, América. O Século será o 24; ou, para ser mais exato, o Século 23,17. Acho que até podemos chamá-lo de ano 2317, se quisermos. A cápsula, como você viu, é grande, muito maior do que você precisaria. Está sendo carregada agora com comida, água e os meios necessários para você se abrigar e se defender. Você receberá instruções detalhadas que, obviamente, farão sentido só a você. Devo insistir que sua primeira tarefa será certificar-se de que nenhum habitante nativo o descubra antes de você estar pronto para eles. Você terá escavadeiras de força com as quais poderá abrir uma toca numa montanha, para servir de esconderijo. Terá que remover o conteúdo da cápsula rapidamente. Ele estará todo empilhado, para facilitar o trabalho.

(Harlan pensou: "Repita! Repita! Já devem ter dito todas essas coisas a ele antes, mas repita o que deve ser incluído nas memórias. Gira e gira...")

– Você terá que descarregar tudo em 15 minutos – disse Twissell. – Depois disso, a cápsula vai retornar para cá automaticamente, trazendo todas as ferramentas que forem avançadas demais para o Século. Você vai receber uma lista delas. Depois do retorno da cápsula, você estará sozinho.

– A cápsula tem que voltar tão rápido? – perguntou Cooper.

– Um rápido retorno aumenta as probabilidades de êxito – respondeu Twissell.

(Harlan pensou: "A cápsula *tem* que voltar em 15 minutos porque ela *voltou* em 15 minutos. Gira e gira...")

Twissell apressou-se. – Não podemos falsificar o meio de troca deles, seu papel moeda negociável. Você terá ouro em pepitas. Poderá explicar a posse desse ouro de acordo com suas instruções detalhadas. Você terá roupa nativa para vestir, ou pelo menos roupa que irá passar por nativa.

– Certo – disse Cooper.

– Agora, lembre-se. Vá devagar. Leve semanas, se necessário. Supere os obstáculos da época, espiritualmente. As instruções do Técnico Harlan são uma boa base, mas não são suficientes. Você terá um receptor sem fio, construído segundo os princípios do 24, que vai lhe permitir ficar a par dos fatos correntes e, mais importante, aprender a pronúncia e a entonação corretas da língua da época. Estude minuciosamente. Tenho certeza de que o conhecimento de inglês de Harlan é excelente, mas nada substitui a pronúncia nativa no próprio local.

– E se eu não chegar ao ponto correto? – perguntou Cooper.

– Quer dizer, não ao 23,17?

– Verifique isso com cuidado, é claro. Mas vai dar tudo certo. Vai dar certo.

(Harlan pensou: "Vai dar certo porque deu certo. Gira...")

Cooper não deve ter ficado muito convencido, no entanto, pois Twissell acrescentou: – A precisão do foco foi meticulosamente ajustada. Pretendia mesmo explicar nossos métodos, e agora é uma boa hora. Primeiro, porque vai ajudar Harlan a entender os controles.

(Subitamente, Harlan deu as costas para as janelas e seu olhar fixou-se nos controles. Um canto da cortina de desespero levantou-se. E se...)

Twissell ainda instruía Cooper no ansioso tom professoral, e com parte de sua mente Harlan ainda escutava.

– Obviamente – disse Twissell –, um sério problema foi determinar quão distante dentro do Primitivo um objeto é lançado, após a aplicação de um dado impulso de energia. O método mais direto seria enviar um homem ao tempo-abaixo, através desta cápsula, utilizando níveis de impulso cuidadosamente graduados. Isso, entretanto, significaria um certo lapso de tempo em cada caso, enquanto o homem determinasse o Século à sua década mais exata, por meio de observação astronômica, ou obtendo informações pelo rádio. Isso seria vagaroso e também perigoso, já que o homem poderia ser descoberto pelos habitantes nativos, com prováveis efeitos catastróficos em nosso projeto.

– Então, em vez disso, o que fizemos foi o seguinte: enviamos uma determinada massa de isótopo radioativo, nióbio-94, que decai para isótopo estável, molibdênio-94, através da emissão de partículas beta. O processo tem meia-vida de quase 500 Séculos.

A intensidade de radiação original da massa era conhecida. Essa intensidade diminui com o tempo, segundo a simples relação envolvida em cinética de primeira ordem e, claro, a intensidade pode ser medida com grande precisão.

– Quando a cápsula alcança seu destino nos tempos Primitivos, uma ampola contendo o isótopo é descarregada na encosta de uma montanha, e então a cápsula retorna à Eternidade. No momento no fisiotempo em que a ampola é descarregada, ela simultaneamente aparece em todos os Tempos Futuros, ficando cada vez mais velha. No local da descarga, no 575 (em Tempo real, não na Eternidade), um Técnico detecta a ampola por meio de sua radiação e a recolhe.

– A intensidade da radiação é medida, o tempo que a ampola permaneceu na encosta é, então, descoberto e o Século ao qual a cápsula viajou também é descoberto, com a precisão de dois décimos. Dúzias de ampolas foram, então, enviadas, em vários níveis de impulso, e uma curva de calibragem foi ajustada. A curva era uma verificação das ampolas enviadas não apenas ao Primitivo, mas também aos primeiros Séculos da Eternidade, onde observações diretas também puderam ser feitas.

– Obviamente, houve falhas. As primeiras ampolas se perderam, até que aprendemos a evitar grandes mudanças geológicas entre o final do Primitivo e o 575. Três das ampolas enviadas mais tarde nunca apareceram no 575. Presumivelmente, algo deu errado com o mecanismo de descarga e elas foram enterradas muito fundo na montanha para serem detectadas. Encerramos nossos testes quando o nível de radiação aumentou tanto que tivemos medo de que alguns habitantes do Primitivo pudessem detectá-la e investigar por que artefatos radioativos estariam naquela região. Mas os testes foram suficientes para nossos objetivos, e temos certeza de que podemos enviar um homem a qualquer década do Século desejado no Primitivo.

– Está me acompanhando, Cooper, não está?

– Perfeitamente, Computador Twissell – disse Cooper. – Eu

vi a curva de calibragem, mas não entendi qual era seu objetivo. Está muito claro agora.

Harlan estava extremamente interessado agora. Olhou atentamente para o arco marcado com séculos. O arco brilhante era feito de porcelana sobre metal, e finas linhas dividiam os Séculos, Decisséculos e Centisséculos. O metal prateado do fundo cintilava levemente através dos sulcos na porcelana, marcando-os claramente. Os números eram feitos com a mesma perfeição e, inclinando-se mais perto, Harlan pôde ver entre os Séculos 17 e 27. Um ponteiro indicador estava fixado na marca do Século 23,17.

Ele já vira marcadores de tempo similares e, quase automaticamente, acionou a alavanca de controle de pressão. Ela não respondeu ao seu comando. O ponteiro permaneceu no lugar.

Ele quase deu um pulo quando a voz de Twissell subitamente se dirigiu a ele. – Técnico Harlan!

– Sim, Computador? – ele gritou, e então lembrou que não podia ser ouvido. Caminhou até a janela e acenou com a cabeça.

Twissell disse, quase que adivinhando os pensamentos de Harlan. – O marcador de tempo está ajustado para um impulso ao 23,17. Isso não requer nenhum ajuste. Sua única tarefa é lançar energia no momento adequado no fisiotempo. Há um cronômetro à direita do marcador. Confirme com a cabeça se o estiver vendo.

Harlan confirmou com a cabeça.

– Ele vai alcançar o ponto zero, regressivamente. No ponto -15 segundos, alinhe os pontos de contato. É simples. Está entendendo como se faz?

Harlan confirmou com a cabeça novamente.

Twissell prosseguiu: – A sincronização não é vital. Você pode alinhar em -14 ou -13, ou até -5 segundos, mas, por favor, tente alinhar antes de -10, por questão de segurança. Uma vez fechado o contato, um mecanismo de força sincronizado fará o resto e ajustará o impulso final de energia, para que ocorra exatamente no instante zero. Entendeu?

Harlan confirmou com a cabeça mais uma vez. Entendeu mais do que Twissell dissera. Se ele próprio não alinhasse os pontos em -10, alguém de fora o faria.

Harlan pensou sombriamente: "Não haverá necessidade de alguém de fora".

– Temos trinta fisiominutos – disse Twissell. – Cooper e eu vamos sair para conferir os suprimentos.

Saíram. A porta fechou-se atrás deles, e Harlan foi deixado sozinho com o controle de impulso de tempo (já movendo-se lentamente para trás em direção ao zero) – e um resoluto conhecimento do que deveria ser feito.

Harlan deu as costas para a janela. Enfiou a mão no bolso e tirou para fora metade do chicote neurônico que ainda estava lá. Por todo o tempo, ele guardara o chicote. Sua mão tremia um pouco.

Um pensamento voltou-lhe à mente: Sansão destruindo o templo!

Uma parte de sua mente imaginou, de forma doentia: quantos Eternos já ouviram falar de Sansão? Quantos sabem como ele morreu?

Só restavam 25 minutos. Ele não sabia ao certo quanto tempo levaria a operação. Nem sabia ao certo se funcionaria realmente.

Mas que escolha ele tinha? Seus dedos suados quase deixaram a arma cair antes de conseguir desencaixar o cabo.

Trabalhou rapidamente, completamente absorto. De todos os aspectos de seu plano, a possibilidade de sua própria passagem para a não-existência era o que menos ocupava sua mente, e de maneira alguma o incomodava.

* * *

A menos um minuto, Harlan estava diante dos controles.

Sem emoção, pensou: o último minuto da vida?

Nada mais lhe importava na sala, exceto o ponteiro vermelho

dos segundos girando para trás.

Menos 30 segundos.

Pensou: não vai doer. Não vou morrer.

Tentou pensar somente em Noÿs.

Menos 15 segundos.

Noÿs!

A mão esquerda de Harlan moveu um botão para baixo, em direção ao contato. Devagar!

Menos doze segundos.

Contato!

O mecanismo de força assumiria agora. O impulso alcançaria o instante zero. E isso deixava a Harlan uma última manobra. O golpe de Sansão!

Sua mão direita se moveu. Não olhou para ela.

Menos cinco segundos.

Noÿs!

Sua mão direita se moveu – ZERO – de novo, espasmodicamente. Não olhou para ela.

Seria isso a não-existência?

Não ainda. Não ainda a não-existência.

Harlan olhou pela janela. Não se moveu. O tempo passou e ele não teve consciência de sua passagem.

A sala estava vazia. Onde antes havia a enorme cápsula, não havia nada. Os blocos de metal que lhe serviram de base estavam vazios, erguendo sua imensa força contra o ar.

Twissell, estranhamente apequenado na sala, que se tornara uma caverna de espera, era a única coisa que se movia, enquanto caminhava, impaciente, de um lado para o outro.

Os olhos de Harlan o seguiram por um instante e depois o ignoraram.

Então, sem nenhum ruído ou movimento, a cápsula estava de volta ao mesmo ponto de onde partira. Sua passagem através da linha entre o tempo passado e o tempo presente não perturbou sequer uma molécula de ar.

Twissell estava oculto aos olhos de Harlan pelo corpo da cápsula, mas então ele a circundou e apareceu. Estava correndo.

Uma pancada de leve com a mão foi suficiente para ativar o mecanismo que abriu a porta da sala de controle. Entrou esbaforido, gritando com uma excitação quase lírica: – Conseguimos! Conseguimos! Fechamos o círculo! – Não teve fôlego para dizer mais nada.

Harlan não respondeu.

Twissell olhou pela janela, suas mãos espalmadas no vidro. Harlan notou as manchas da idade naquelas mãos, e como elas tremiam. Era como se sua mente não tivesse mais capacidade ou força para filtrar o importante do irrelevante e estivesse selecionando o material de observação de maneira puramente aleatória.

Fatigado, pensou: "O que importa? O que importa qualquer coisa agora?".

Twissell disse (Harlan o ouviu vagamente): – Agora posso lhe contar que estava mais ansioso do que queria admitir. Sennor dizia que a coisa toda era impossível. Insistia que algo tinha que acontecer para detê-la... Algum problema?

Virou-se ao ouvir o estranho grunhido de Harlan.

Harlan balançou a cabeça e conseguiu balbuciar um abafado "Nada".

Twissell não insistiu e deu as costas. Estava em dúvida se falara com Harlan ou com as paredes. Era como se estivesse deixando anos de ansiedades enclausuradas escapar em palavras.

– Sennor duvidava – disse ele. – Nós argumentamos e debatemos com ele. Usamos matemática e apresentamos os resultados de gerações de pesquisa que nos antecederam, no fisiotempo na Eternidade. Ele descartou tudo e apresentou suas razões, citando o paradoxo do homem que encontra a si mesmo. Você o ouviu falar sobre isso. É o argumento preferido dele.

– Conhecíamos nosso próprio futuro, disse Sennor. Eu, Twissell, sabia, por exemplo, que sobreviveria, apesar do fato de estar bem velho, até Cooper fazer sua viagem ao ponto de partida no tempo-abaixo. Conhecia outros detalhes do meu futuro, as coisas que eu faria.

– Impossível, ele disse. A Realidade iria mudar para corrigir meu conhecimento, mesmo que isso significasse nunca fechar o círculo e a Eternidade nunca existir.

– Por que ele discutiu tanto, não sei. Talvez acreditasse sinceramente nisso, talvez fosse um jogo intelectual para ele, talvez fosse apenas o desejo de nos chocar com um ponto de vista impopular. De qualquer forma, o projeto continuou e algumas partes das memórias começaram a ser cumpridas. Localizamos Cooper, por exemplo, no Século e na Realidade que as memórias nos deram. O argumento de Sennor implodiu só com isso, mas ele não se abalou. Àquela altura, já tinha se interessado por outra coisa.

– E, no entanto, no entanto – ele riu delicadamente, com certo constrangimento, deixando seu cigarro queimar sozinho quase até a ponta dos dedos –, sabe, nunca fiquei completamente tranquilo, na minha mente. Algo *poderia* acontecer. A Realidade na qual a Eternidade foi estabelecida *poderia* mudar de alguma forma, a fim de evitar o que Sennor chama de paradoxo. Teria que mudar de modo que a Eternidade não existisse. Às vezes, no silêncio da noite, quando não conseguia dormir, quase convencia a mim mesmo de que realmente seria assim... e agora está tudo encerrado, e estou rindo de mim mesmo como um idiota senil.

Harlan disse em voz baixa: – O Computador Sennor estava certo.

Twissell virou-se rapidamente. – O quê?

– O projeto fracassou. – A mente de Harlan saía das sombras (por que e para onde, ele não tinha certeza). – O círculo não está completo.

– Do que está falando? – As mãos velhas de Twissell caíram sobre os ombros de Harlan com surpreendente força. – Está doente, rapaz. É a tensão.

– Doente, não. Enjoado de tudo. Do senhor. De mim. Não doente. O marcador. Veja o senhor mesmo.

– O marcador? – O ponteiro estava no Século 27, cravado na extrema direita do marcador. – O que aconteceu? – A alegria de seu rosto dissipou-se. O horror tomou seu lugar.

Harlan falava de maneira cada vez mais trivial. – Derreti o mecanismo de travamento e liberei o controle de impulso.

– Como conseguiu...

– Eu tinha um chicote neurônico. Eu o desmontei e usei sua microfonte de energia como uma maçarico. Aqui está o que sobrou dele. – Chutou um pequeno monte de fragmentos de metal num canto.

Twissell não estava assimilando a informação. – No 27? Quer dizer que Cooper está no 27...

– Não sei onde ele está – disse Harlan, insensivelmente. – Acionei o controle de impulso para o tempo-abaixo, bem abaixo do 24. Não sei para onde. Não olhei. Então, puxei de volta. Também não olhei.

Twissell o encarou, seu rosto pálido, com uma cor amarelada, mórbida, seu lábio inferior tremendo.

– Não sei onde ele está agora – disse Harlan. – Está perdido no Primitivo. O círculo se quebrou. Pensei que tudo acabaria quando dei o golpe. No instante zero. Tolice. Temos que esperar. Haverá um momento no fisiotempo quando Cooper vai perceber que está no Século errado, quando vai fazer alguma coisa contra as memórias, quando ele... – Interrompeu a frase e caiu numa risada forçada e desconjuntada. – Qual a diferença? É apenas um intervalo, enquanto Cooper não quebra o círculo de uma vez. Não há como detê-lo. Minutos, horas, dias. Qual é a diferença? Quando terminar o intervalo, não haverá mais Eternidade. O senhor está me ouvindo? Não haverá mais Eternidade.

O CRIME ANTERIOR

– Por quê? Por quê?
Twissell olhava, impotente, do marcador para o Técnico, seus olhos espelhando a frustração perplexa em sua voz.
Harlan levantou a cabeça. Tinha apenas uma palavra a dizer.
– Noÿs!
– A mulher que você trouxe à Eternidade? – perguntou Twissell.
Harlan sorriu com amargura e nada disse.
– O que ela tem a ver com tudo isso? – perguntou Twissell.
– Grande Tempo! Não entendo você, rapaz.
– O que há para entender? – Harlan ardia de tristeza. – Por que finge ignorar? Eu tinha uma mulher. Estava feliz e ela também. Não fizemos mal a ninguém. Ela não existia na nova Realidade. Que diferença faria a alguém?
Twissell tentou em vão interrompê-lo.
Harlan gritou: – Mas existem regras na Eternidade, não é? Conheço todas elas. Ligações exigem permissão; ligações exigem computações; ligações exigem prestígio; ligações são complicadas. O que o senhor estava planejando fazer com Noÿs quando tudo isso terminasse? Um assento num foguete prestes a

explodir? Ou uma posição mais confortável como amante comunitária para Computadores ilustres? Acho que não fará nenhum plano *agora*.

Terminou numa espécie de desespero e Twissell dirigiu-se rapidamente à tela de comunicação. Sua função de transmissor obviamente havia sido restaurada.

O Computador gritou até obter uma resposta. Então disse: – Aqui é Twissell. Ninguém tem permissão de entrar aqui. Ninguém. Ninguém. Entendeu?... Então, cuide disso. Isso vale para membros do Conselho Pan-Temporal. Vale especialmente para eles.

Voltou-se para Harlan dizendo, distraidamente: – Vão me obedecer porque sou velho, porque sou membro sênior do Conselho e porque acham que sou excêntrico e esquisito. – Por um momento, caiu num silêncio contemplativo. Então disse: – Você me acha esquisito? – E olhou para Harlan, levantando rapidamente seu rosto vincado de rugas, como o de um macaco.

"Grande Tempo, o homem está louco", pensou Harlan. "O choque o enlouqueceu".

Deu um passo para trás, automaticamente aterrorizado por estar preso numa sala com um louco. Então acalmou-se. O homem, por mais louco que estivesse, era frágil e até a loucura terminaria em breve.

Em breve? Por que não imediatamente? O que atrasava o fim da Eternidade?

Twissell disse (não segurava nenhum cigarro em seus dedos; sua mão não fez nenhum gesto para pegar um), numa voz calma e insinuante: – Você não me respondeu. Você me *acha* esquisito? Suponho que sim. Esquisito demais para conversar comigo. Se tivesse pensado em mim como um amigo, em vez de um velho extravagante, estranho e imprevisível, teria falado francamente sobre suas dúvidas. Não teria agido como agiu.

Harlan franziu o cenho. O homem pensava que *Harlan* estava louco. Era isso!

– Agi corretamente – disse ele, irritado. – Estou completamente são.

– Mas eu lhe disse que a garota não estava em perigo – Twissell respondeu.

– Fui um idiota em acreditar nisso sequer por um instante. Fui um idiota em acreditar que o Conselho seria justo com um Técnico.

– Quem falou que o Conselho sabia sobre isso?

– Finge sabia e enviou um relatório ao Conselho.

– E como você sabe disso?

– Arranquei essa informação dele sob a mira de um chicote neurônico. A ponta de um chicote acaba com a hierarquia e as diferenças sociais.

– O mesmo chicote que fez isso? – Twissell apontou para o marcador com sua bolha de metal derretido e retorcido.

– Sim.

– Um chicote atarefado. – Então, com severidade: – Você sabe por que Finge levou o assunto ao Conselho em vez cuidar dele pessoalmente?

– Porque ele me odiava e queria ter certeza de que eu perderia minha posição. Porque ele queria Noÿs.

– Como você é ingênuo! – disse Twissell. – Se ele quisesse a garota, poderia facilmente ter conseguido uma ligação. Não deixaria um Técnico atrapalhar. Era a *mim* que o homem odiava, rapaz. (Ainda nenhum cigarro. Ele ficava estranho sem um, e o dedo manchado, pousado em seu peito quando pronunciou a última palavra, parecia quase indecentemente nu.)

– O senhor?

– Existe uma coisa, rapaz, chamada política do Conselho. Nem todo Computador é nomeado para o Conselho. Finge queria uma nomeação. Finge é ambicioso e queria muito ser nomeado. Eu vetei a nomeação dele porque o considero instável emocionalmente. Pelo Tempo! Nunca imaginei que estivesse tão certo... Veja, rapaz, ele sabia que você era meu protegido. Ele me viu tirá-lo do serviço de

Observador para promovê-lo a Técnico. Viu você trabalhar para mim de maneira estável. Qual é a melhor forma de me atingir e destruir minha influência? Se ele pudesse provar que meu Técnico queridinho era culpado de um crime terrível contra a Eternidade, isso afetaria a mim. Talvez forçasse minha exoneração do Conselho Pan-Temporal, e quem você acha que seria meu sucessor natural?

Sua mão vazia moveu-se até sua boca e, quando nada aconteceu, olhou inexpressivamente para o espaço vazio entre o indicador e o polegar.

"Ele não está tão calmo como tenta aparentar", pensou Harlan. "Não pode estar. Mas por que está falando toda essa bobagem *agora*? Com a Eternidade acabando?".

Então pensou, em agonia: "Por que a Eternidade não *acaba*? Agora!".

– Quando recentemente dei permissão para você ir trabalhar com Finge – disse Twissell –, eu meio que suspeitei do perigo. Mas as memórias de Mallansohn *diziam* que você tinha ficado fora no último mês e não havia outra razão natural para a sua ausência. Felizmente, Finge jogou mal sua cartada.

– Como assim? – perguntou Harlan, cansado. Ele não se importava realmente, mas Twissell não parava de falar e era mais fácil participar da conversa do que tentar tapar os ouvidos.

– Finge colocou o seguinte título no relatório: "Conduta antiprofissional do Técnico Andrew Harlan" – disse Twissell. – Ele estava sendo o Eterno fiel, entende? Sendo frio, imparcial, sem emoção. Estava deixando a ira para o Conselho, quando caísse em cima de mim. Infelizmente para Finge, ele não sabia que você era tão importante, Harlan. Ele não sabia que qualquer relatório sobre você seria instantaneamente encaminhado para mim, a menos que a suprema importância do assunto estivesse perfeitamente clara já no título.

– O senhor nunca me falou sobre isso.

– Como poderia? Tinha receio de fazer qualquer coisa que o perturbasse, por causa do projeto. Eu lhe dei a oportunidade de me trazer o problema.

Oportunidade? A boca de Harlan contorceu-se em descrença, mas então pensou no rosto cansado de Twissell na tela de comunicação, perguntando se ele não tinha nada a lhe dizer. Isso tinha sido ontem. Só ontem.

Harlan balançou a cabeça, mas virou o rosto.

– Percebi na hora – disse Twissell, suavemente – que ele tinha deliberadamente induzido você à sua... atitude irrefletida.

Harlan olhou para ele. – O senhor sabia disso?

– Ficou surpreso? Eu sabia que Finge estava querendo cortar a minha cabeça. Já sabia há muito tempo. Sou velho, rapaz. Conheço essas coisas. Mas existem maneiras de se investigar um Computador suspeito. Existem dispositivos de proteção selecionados no Tempo que não são expostos em museus. Existem alguns que só o Conselho conhece.

Harlan pensou com amargura no bloqueio temporal no Século 100.000.

– Pelo relatório e pelo que eu sabia de forma independente, foi fácil deduzir o que teria acontecido.

– Acha que Finge suspeitava de que o senhor o estivesse espionando? – perguntou Harlan subitamente.

– Talvez. Eu não ficaria surpreso.

Harlan relembrou seus primeiros dias com Finge, quando Twissell demonstrou seu incomum interesse pelo jovem Observador. Finge não sabia nada sobre o projeto Mallansohn e se interessou pela interferência de Twissell. "Já conhece o Computador Sênior Twissell?", ele perguntou uma vez e, pensando bem, Harlan lembrou-se do tom exato de inquietação na voz do homem. Já naquela época, Finge deve ter suspeitado de que Harlan era informante de Twissell. Seu ódio e inimizade devem ter começado naquela época.

– Então, se você tivesse vindo falar comigo... – Twissell estava dizendo.

– Falar com *o senhor*? – exclamou Harlan. – E o Conselho?

– Dos membros do Conselho, só eu sei sobre isso.

– O senhor não contou nada a eles? – Harlan tentou um tom de escárnio.

– Não.

Harlan sentiu-se febril. Suas roupas o sufocavam. O pesadelo parecia não ter fim. Conversa tola e irrelevante! *Para quê? Por quê?* Por que a Eternidade não terminava? Por que a paz harmoniosa da não-Realidade não os alcançava? *Grande Tempo! O que havia de errado?*

– Você não acredita em mim? – Twissell perguntou.

– Por que eu deveria? – gritou Harlan. – Eles vieram me observar, não vieram? No café da manhã? Por que fariam isso, se não sabiam nada sobre o relatório? Vieram ver o estranho fenômeno que havia infringido as leis da Eternidade, mas que não podia ser tocado por mais um dia. Mais um dia, e o projeto estaria encerrado. Vieram tripudiar, pelo amanhã que estavam esperando.

– Meu rapaz, não foi nada disso. Eles queriam vê-lo só porque são humanos. Os homens do Conselho também são humanos. Não podiam assistir à partida final da cápsula, pois as memórias de Mallansohn não os incluíam na cena. Não podiam entrevistar Cooper, já que as memórias também não mencionavam nada sobre isso. Mas eles queriam alguma coisa. Senhor Tempo, rapaz, você não entende que eles queriam alguma coisa? Você era o mais perto que eles podiam chegar, então trouxeram você para observá-lo.

– Não acredito no senhor.

– É a verdade.

– Ah, é? – disse Harlan. – Enquanto comíamos, o Conselheiro Sennor falou sobre o encontro de um homem consigo mesmo. Ele obviamente sabia sobre minhas viagens ilegais ao 482 e o meu quase encontro comigo mesmo. Foi a maneira de ele me cutucar, se divertindo à minha custa.

– Sennor? – disse Twissell. – Ficou preocupado com Sennor? Sabe a figura patética que ele é? Seu tempo-natal é o 803, uma das poucas culturas em que o corpo humano é deliberadamente desfigurado para satisfazer as exigências estéticas da época. Todos os pelos são removidos na adolescência.

– Sabe o que isso significa na continuidade do homem? Claro que sabe. Uma desfiguração separa os homens de seus antepassados e descendentes. Homens do 803 são riscos inúteis como Eternos; são muito diferentes de nós. Poucos são escolhidos. Sennor foi o único do seu Século a ter assento no Conselho.

– Não vê como isso afeta Sennor? Com certeza, você sabe o que significa insegurança. Já lhe ocorreu que um Conselheiro pode se sentir inseguro? Sennor tem que ouvir discussões que envolvem a erradicação de sua Realidade, justamente pelas características que o tornam tão visível entre nós. E erradicar aquela Realidade significa que ele seria um dos poucos desfigurados em toda a geração. Um dia isso vai acontecer.

– Ele encontra refúgio na filosofia. Compensa a insegurança tomando a frente nas conversas, deliberadamente emitindo pontos de vista impopulares e não aceitos. O paradoxo do homem que encontra a si mesmo é um exemplo. Falei a você que ele utilizou esse argumento para prever um desastre no projeto, e era a nós, os Conselheiros, que ele queria aborrecer, não você. Não tinha nada a ver com você. Nada!

Twissell ficara cada vez mais inflamado. Na longa emoção de suas palavras, pareceu esquecer-se de onde estava e da crise que enfrentavam, pois voltou a ser o gnomo de gestos rápidos e inquietos que Harlan conhecia tão bem. Até tirou um cigarro do bolso e quase o acendeu.

Mas então parou, virou-se e olhou novamente para Harlan, recordando-se, por todas as suas próprias palavras, do que Harlan havia dito por último, como se até aquele momento não o tivesse ouvido adequadamente.

– O que quer dizer, quase encontrou consigo mesmo? – perguntou Twissell.

Harlan contou-lhe rapidamente o incidente e prosseguiu: – O senhor não sabia?

– Não.

Houve alguns instantes de silêncio, bem-vindos como água ao febril Harlan.

– É mesmo? – perguntou Twissell. – E se você *realmente* tivesse encontrado a si mesmo?

– Não encontrei.

Twissell ignorou a resposta. – Há sempre espaço para variação aleatória. Com um número infinito de Realidades, não pode haver determinismo. Suponha que, na Realidade de Mallansohn, na volta anterior do círculo...

– O círculo gira continuamente? – perguntou Harlan, com o resquício de assombro que ainda conseguia encontrar dentro de si.

– Você acha que são só duas vezes? Acha que dois é um número mágico? É uma questão de infinitas voltas do círculo, num fisiotempo finito. Como se você desenhasse um círculo com um lápis, girando diversas vezes sobre a mesma circunferência de um círculo infinito sobre uma área finita. Em voltas anteriores do ciclo, você não se encontrou consigo mesmo. Desta vez, a incerteza estatística das coisas tornou possível seu encontro consigo mesmo. A Realidade tinha que mudar, para evitar o encontro, e numa nova Realidade você não enviou Cooper de volta ao 24, mas...

– Do que o senhor está falando? – exclamou Harlan. – Aonde quer chegar? Está tudo acabado. Tudo. Me deixe em paz agora! *Me deixe em paz!*

– Quero que saiba que agiu errado. Quero que perceba que fez a coisa errada.

– Não fiz. E mesmo que tenha feito, *está feito*.

– Mas *não* está feito. Escute só mais um pouco. – Twissell estava tentando persuadi-lo, quase cantarolando em voz baixa, com uma delicadeza agoniada. – Você vai ter a sua garota. Eu prometi. Ainda prometo. Ninguém vai fazer mal a ela, nem a você. Prometo. Dou minha palavra.

Harlan o encarou com os olhos arregalados. – Mas é tarde demais. De que adianta?

– *Não* é tarde demais. As coisas *não* são irreparáveis. Com sua ajuda, ainda podemos conseguir. Preciso de sua ajuda. Deve perceber que agiu errado. Estou tentando lhe explicar isso. Deve querer desfazer o que fez.

Harlan lambeu seus lábios secos com a língua seca e pensou: "Ele está louco. Sua mente não consegue aceitar a verdade... ou o Conselho sabe de mais coisas?".

Sabiam? Sabiam? Poderiam reverter o veredicto das Mudanças? Poderiam deter o Tempo ou revertê-lo?

– O senhor me trancou na sala de controle – disse Harlan – para me deixar impotente até que o projeto estivesse encerrado.

– Você disse que tinha medo de que algo errado pudesse acontecer; que não pudesse cumprir sua parte.

– Aquilo foi uma ameaça.

– Eu entendi literalmente. Me perdoe. Preciso de sua ajuda.

Chegou a isso. A ajuda de Harlan era necessária. Twissell estava louco? Harlan estava louco? A loucura fazia sentido? Alguma coisa fazia sentido?

O Conselho precisava de sua ajuda. Por essa ajuda, prometeriam qualquer coisa. Noÿs. Promovê-lo a Computador. O que não lhe prometeriam? E quando sua ajuda terminasse, o que fariam com ele? Não seria enganado uma segunda vez.

– Não! – disse ele.

– Você terá Noÿs.

– Quer dizer que o Conselho estará disposto a infringir as leis da Eternidade depois que o perigo passar? Não acredito nisso. – Um fragmento de sanidade em sua mente exigia saber *como* o perigo poderia passar. O que significava tudo isso?

– O Conselho nunca saberá.

– O *senhor* estaria disposto a infringir as leis? O senhor é o Eterno ideal. Depois que o perigo passar, vai obedecer à lei. Não poderia agir de outro modo.

As faces manchadas de Twissell enrubesceram. Toda a perspicácia e vigor desapareceram de seu velho rosto. Restou apenas uma estranha tristeza.

– Vou manter minha palavra e infringir a lei – disse Twissell – por uma razão que você nem imagina. Não sei quanto tempo temos antes que a Eternidade desapareça. Podem ser horas; podem ser meses. Mas já perdi tanto tempo tentando trazê-lo à razão que não me custa perder mais um pouco. Quer me ouvir? Por favor?

Harlan hesitou. Então, tanto pela convicção da inutilidade de tudo, quanto por qualquer outra coisa, disse, cansado: – Vá em frente.

Já ouvi dizer (começou Twissell) que nasci velho, que meus dentes nasceram num Microcomputaplex, que guardo meu computador de mão num bolso especial do pijama quando durmo, que meu cérebro é feito de pequenos relés de força em infinitos circuitos paralelos e que cada glóbulo do meu sangue é um mapa espaço-temporal microscópico flutuando em óleo de computador.

Todas essas histórias acabam chegando até mim e acho que devo até me orgulhar delas. Talvez eu até acredite um pouco nelas. É uma bobagem um velho agir assim, mas torna a minha vida mais fácil.

Isso o surpreende? Que eu precise achar um jeito de tornar a minha vida mais fácil? Eu, Computador Sênior Twissell, membro sênior do Conselho Pan-Temporal?

Talvez seja por isso que eu fumo. Já pensou nisso? Preciso ter uma razão, sabe? A Eternidade é, essencialmente, uma sociedade não-fumante, e a maioria das sociedades do Tempo também. Pensava nisso com frequência. Às vezes acho que é uma rebeldia contra a Eternidade. Algo para substituir uma rebeldia maior que fracassou...

Não, está tudo bem. Algumas lágrimas não vão me machucar e não é fingimento, acredite. É só que faz tempo que não penso no assunto. Não é agradável.

Envolvia uma mulher, claro, como no seu caso. Não é coincidência. É quase inevitável, se você parar para pensar. Um Eterno, que deve trocar as alegrias da vida em família por um punhado de perfurações numa folha, está pronto para ser contagiado. Esse é um dos motivos por que a Eternidade deve tomar as devidas precauções. E, aparentemente, é por isso também que os Eternos são tão engenhosos em burlar essas precauções, de vez em quando.

Eu me lembro claramente da minha mulher. É bobagem minha fazer isso, talvez. Não me lembro de mais nada daquele fisiotempo. Meus antigos colegas são apenas nomes nos livros de registros; as Mudanças que supervisionei – todas, menos uma – são apenas itens na memória do Computaplex. Mas dela eu me lembro muito bem. Talvez você consiga entender.

Eu tinha registrado um pedido de ligação há muito tempo; depois que me tornei Computador Júnior, ela me foi designada. Era uma garota deste Século, o 575. Eu só a vi depois da designação, claro. Ela era inteligente e gentil. Não linda, nem mesmo bonita, mas eu também, mesmo sendo jovem (sim, já fui jovem, apesar das lendas), nunca chamei a atenção pela minha aparência. Combinávamos bem pelo temperamento, ela e eu, e se eu fosse Tempista, ficaria orgulhoso de tê-la como esposa. Disse isso a ela muitas vezes. Acredito que ela gostava. Só sei que era verdade. Nem todos os Eternos, que só podem ter mulheres quando e como a Computação permite, têm essa sorte.

Naquela Realidade em particular, ela morreria jovem e nenhuma de suas análogas estava disponível para ligação. No começo, encarei isso filosoficamente. Afinal, foi sua vida curta que possibilitou vivermos juntos sem afetar negativamente a Realidade.

Tenho vergonha disso hoje, do fato de eu ter ficado feliz por ela ter pouco tempo de vida. Mas isso foi só no começo. Só no começo.

Eu a visitava sempre que o mapeamento espaço-temporal permitia. Aproveitava cada minuto, ficando sem refeições e horas de sono, quando necessário, livrando-me sem remorso da minha carga de trabalho sempre que podia. A amabilidade dela superou as minhas expectativas, e eu estava apaixonado. Digo francamente. Minha experiência com o amor é muito pequena, e compreender o amor através de Observação no Tempo é uma questão duvidosa. Mas até onde eu compreendia, estava apaixonado.

O que começou como a satisfação de uma necessidade emocional e física tornou-se algo muito maior. Sua morte iminente deixou de ser uma conveniência e se tornou uma calamidade. Mapeei a vida dela. Não fui aos departamentos de Mapeamento de Vida. Fiz tudo sozinho. Imagino que isso o surpreenda. Foi uma contravenção, mas não foi nada, comparado aos crimes que cometi depois.

Sim, eu, Laban Twissell. Computador Sênior Twissell.

Em três ocasiões diferentes, houve um momento no fisiotempo em que uma simples ação minha poderia ter alterado a Realidade pessoal dela. Naturalmente, eu sabia que uma Mudança dessas, por motivação pessoal, jamais seria autorizada pelo Conselho. Mesmo assim, comecei a me sentir pessoalmente responsável pela morte dela. Isso foi parte da minha motivação, mais tarde.

Ela ficou grávida. Não fiz nada a respeito, embora devesse. Tinha feito o Mapeamento dela e o havia modificado para incluir a relação dela comigo, e sabia que uma gravidez seria altamente provável. Como você deve saber, mulheres Tempistas ocasionalmente engravidam de Eternos, apesar das precauções. Já houve casos. Ainda assim, já que nenhum Eterno pode ter filhos, quando ocorre uma gravidez, ela é interrompida de forma segura e sem dor. Existem muitos métodos.

Meu Mapeamento indicava que ele morreria antes do parto, então não tomei nenhuma precaução. Ela estava feliz com a gravidez, e eu queria que ela continuasse assim. Então, eu apenas a observava e tentava sorrir quando ela me dizia que o bebê estava se mexendo dentro dela.

Mas então aconteceu uma coisa. Ela deu à luz prematuramente...

Não me surpreendo por você me olhar assim. Eu tive um filho. Um filho real, meu. Talvez você não encontre nenhum outro Eterno que possa afirmar isso. Era mais que uma contravenção. Era um crime grave, mas isso ainda não foi nada. Eu não esperava aquilo. Tinha pouca experiência com nascimentos e seus problemas.

Voltei ao Mapeamento de Vida, em pânico, e encontrei uma criança viva, numa solução alternativa em uma bifurcação de baixa probabilidade que eu não tinha visto. Um Mapeador de Vida profissional não teria deixado passar, e eu errei ao confiar nas minhas próprias habilidades.

Mas como eu poderia saber?

Não podia matar a criança. A mãe tinha duas semanas de vida. Deixe a criança viver com ela até lá, pensei. Duas semanas de felicidade não são um presente exorbitante para se pedir.

A mãe morreu, como previsto, e da maneira prevista. Fiquei no quarto dela por todo o tempo permitido pelo mapa espaço-temporal, sentindo uma tristeza mais intensa ainda por eu ter esperado por sua morte, sabendo, por mais de um ano, que ela viria. Em meus braços, segurava nosso filho.

Sim, eu o deixei viver. Por que ficou tão horrorizado? *Você* vai me condenar?

Você não sabe o que é segurar um pequeno átomo da sua própria vida em seus braços. Posso ter um Computaplex no lugar de nervos e mapas espaço-temporais no lugar de corrente sanguínea, mas eu sei.

Eu o deixei viver. Cometi esse crime também. Coloquei o bebê sob a responsabilidade de uma organização adequada e voltava lá quando podia (em rígida sequência temporal, consistente com o fisiotempo), para fazer os pagamentos necessários e para ver o garoto crescer.

Assim se passaram dois anos. Periodicamente, verificava o Mapa de Vida do garoto (naquela altura, estava acostumado a quebrar essa regra em particular) e fiquei satisfeito em saber que não havia sinais de efeitos deletérios na então Realidade corrente, em níveis de probabilidade acima de 0,0001. O garoto aprendeu a andar e errava a pronúncia de algumas palavras. Ele não foi ensinado a me chamar de "papai". Quais foram as especulações que os Tempistas da instituição infantil fizeram a meu respeito, eu não sei. Aceitavam o dinheiro e não perguntavam nada.

Então, passados aqueles dois anos, a necessidade de uma Mudança que incluía o 575 foi levada até o Conselho Pan-Temporal. Eu, tendo sido recentemente promovido a Computador Assistente, fiquei encarregado. Foi a primeira Mudança sob minha inteira supervisão.

Fiquei orgulhoso, claro, mas apreensivo também. Meu filho era um intruso na Realidade. Não poderia esperar que ele tivesse análogos. A ideia de ele passar à não-existência me entristecia.

Trabalhei na Mudança e até hoje me orgulho de ter feito um trabalho impecável. Minha primeira Mudança. Mas sucumbi a uma tentação. Sucumbi mais facilmente ainda porque aquilo já estava se tornando um hábito para mim. Eu era um criminoso calejado, um *habitué* do crime. Executei um novo Mapa de Vida para meu filho sob a nova Realidade, certo do que iria encontrar.

Mas, então, por vinte e quatro horas, sem dormir nem comer, fiquei no meu escritório examinando cada milímetro do Mapa, num esforço desesperado para encontrar algum erro.

Não havia erro.

No dia seguinte, postergando minha solução para a Mudança, elaborei um mapa espaço-temporal utilizando métodos grosseiros de aproximação (afinal, a Realidade não duraria muito), e entrei no Tempo num ponto mais de trinta anos no tempo-acima do nascimento do meu filho.

Ele estava com 34 anos, a minha idade na época. Eu me apresentei como um parente distante, usando o conhecimento que tinha da família da mãe dele. Ele não sabia nada sobre o próprio pai, não se lembrava das minhas visitas durante sua infância.

Ele era engenheiro aeronáutico. O 575 era perito em meia dúzia de variedades de viagem aérea (ainda é, na atual Realidade), e meu filho era um feliz e bem-sucedido membro daquela sociedade. Era casado com uma moça ardentemente apaixonada, mas não teria filhos. Nem a garota teria se casado na Realidade em que meu filho não existiu. Eu já sabia disso desde o começo. Sabia que não haveria efeitos deletérios na Realidade. Senão, talvez não tivesse achado certo deixar o garoto viver. Não sou *completamente* descontrolado.

Passei o dia com meu filho. Falei com ele formalmente, sorri educadamente, parti calmamente quando meu mapa espaço-temporal indicou. Mas, lá dentro de mim, eu observava e absorvia cada ação dele, preenchendo meu coração com ele, tentando viver um dia, pelo menos, numa Realidade que, no dia seguinte (pelo fisiotempo), não existiria mais.

Desejei muito visitar minha esposa pela última vez também, no período de tempo em que ela viveu, mas eu já tinha usado cada segundo disponível. Não me atrevi nem mesmo a entrar no Tempo só para vê-la, sem ser visto.

Retornei à Eternidade e passei uma última noite horrível, lutando inutilmente contra o que tinha que ser. Na manhã seguinte, entreguei minhas computações junto com minhas recomendações para a Mudança.

A voz de Twissell reduzira-se a um sussurro e agora se calava. Ficou lá sentado, com os ombros curvados, os olhos fixos no chão entre seus joelhos e os dedos entrelaçados se contorcendo vagarosamente para dentro e para fora no aperto de suas mãos.

Harlan, aguardando em vão por mais uma frase do velho, pigarreou. Sentiu pena do homem, apesar dos vários crimes que ele cometeu. – É só isso? – perguntou.

– Não – Twissell sussurrou. – O pior... o pior... é que um análogo do meu filho realmente existiu. Na nova Realidade, ele existiu... como paraplégico desde os 4 anos de idade. Quarenta e dois anos na cama, em circunstâncias que me impediram de aplicar técnicas de regeneração nervosa dos Séculos 900 ao seu caso, ou mesmo de dar um jeito de tirar a vida dele sem dor.

– A nova Realidade ainda existe. Meu filho ainda está lá, no devido período do Século. *Eu* fiz isso com ele. Foi a minha mente e meu Computaplex que encontraram essa nova vida para ele, e foi sob as minhas ordens que a Mudança foi feita. Eu tinha cometido vários crimes por ele e pela mãe dele, mas aquele último gesto, embora rigidamente de acordo com meu juramento de Eterno, sempre me pareceu meu maior crime, o *pior* de todos.

Nada havia a dizer, e Harlan nada disse.

– Mas agora você entende – disse Twissell – por que compreendo seu caso, por que estarei disposto a deixar que você fique com sua garota. Não prejudicaria a Eternidade e, de certo modo, seria a expiação do meu crime.

E Harlan acreditou. Numa só mudança de ideia, acreditou!

Harlan ajoelhou-se e levou os punhos cerrados às têmporas. Inclinou a cabeça e a balançou lentamente, enquanto um desespero cruel e feroz o dilacerava.

Havia jogado fora a Eternidade e perdido Noÿs – quando, se não fosse pelo seu golpe de Sansão, poderia ter salvado uma e mantido a outra.

BUSCA ATRAVÉS DO PRIMITIVO

Twissell sacudia os ombros de Harlan. A voz do velho chamava seu nome insistentemente.
— Harlan! Harlan! Pelo amor do Tempo, homem!
Harlan emergiu lentamente do atoleiro moral. — O que vamos fazer?
— Certamente não *isso*. Desespero, não. Para começar, me escute. Esqueça sua visão de Técnico da Eternidade e olhe para ela com olhos de um Computador. A visão é mais sofisticada. Quando você altera alguma coisa no Tempo e cria uma nova Realidade, a Mudança pode ocorrer imediatamente. Por quê?
— Porque sua alteração tornou a Mudança inevitável? — respondeu Harlan, vacilante.
— Tornou? Você pode voltar atrás e reverter sua alteração, não pode?
— Suponho que sim. Mas nunca fiz isso. E nunca conheci ninguém que tenha feito.
— Certo. Não há a intenção de reverter uma alteração, então ela ocorre conforme planejado. Mas aqui temos algo diferente. Uma alteração não intencional. Você enviou Cooper ao Século

errado e agora pretendo reverter essa alteração e trazer Cooper de volta para cá.

– Mas como, pelo amor do Tempo?

– Não estou certo ainda, mas *deve* haver um jeito. Se não houvesse jeito, a alteração seria irreversível; a Mudança teria ocorrido imediatamente. Mas a Mudança não ocorreu. Ainda estamos na Realidade das memórias de Mallansohn. Isso significa que a alteração é reversível e *será* revertida.

– O quê? – O pesadelo de Harlan estava rodopiando e se expandindo, tragando-o de forma cada vez mais tenebrosa.

– Deve haver algum modo de costurar o círculo de novo, e nossa habilidade de encontrar esse modo deve ser um caso de alta probabilidade. Enquanto nossa Realidade existir, podemos ter certeza de que a solução permanece em alta probabilidade. Se, em qualquer momento, eu ou você tomarmos a decisão errada, se a probabilidade de consertar o círculo cair abaixo de uma magnitude crucial, a Eternidade desaparece. Entende?

Harlan não tinha certeza. Não estava se esforçando muito para entender. Lentamente, pôs-se de pé e, trôpego, foi até uma cadeira. – Quer dizer que podemos trazer Cooper de volta...

– E enviá-lo ao lugar certo. Sim. Se o pegarmos no momento em que ele sair da cápsula, cle pode acabar no lugar correto no Século 24 só algumas fisio-horas mais velho; fisiodias, no máximo. Seria uma alteração, claro, mas sem dúvida uma alteração pequena. A Realidade ficaria um pouco abalada, rapaz, mas não transtornada.

– Mas como vamos pegá-lo?

– Sabemos que há um modo, senão a Eternidade não estaria existindo neste momento. Quanto a que modo seria esse, é por isso que preciso de você, por isso lutei para tê-lo de volta ao meu lado. Você é o perito no Primitivo. Diga-me.

– Não posso – resmungou Harlan.

– Pode, sim – insistiu Twissell

Repentinamente, não havia nenhum traço de velhice ou cansaço na voz do homem. Seus olhos flamejavam com a luz do combate e ele brandia seu cigarro como uma lança. Mesmo para os sentidos de Harlan, entorpecidos pelo remorso, o homem parecia estar se divertindo, na verdade estava realmente se divertindo, agora que a batalha começava a ser travada.

– Podemos reconstituir o evento – disse Twissell. – Aqui está o controle de impulso. Você está diante dele, esperando pelo sinal. O sinal chega. Você faz o contato e, ao mesmo tempo, aperta a força de impulso em direção ao tempo-abaixo. Até onde?

– Não sei. Estou dizendo. Não sei.

– Você não sabe, mas seus músculos sabem. Venha aqui e pegue os controles com a mão. Concentre-se. Pegue os controles, rapaz. Está esperando o sinal. Está com ódio de mim. Está com ódio do Conselho. Está com ódio da Eternidade. Seu coração está abatido, por causa de Noÿs. Coloque-se de novo naquele momento. Sinta o que sentiu naquela hora. Agora, vou ativar o relógio de novo. Vou lhe dar um minuto, rapaz, para que se lembre de suas emoções e as traga de volta em seu tálamo. Depois, quando o zero se aproximar, deixe sua mão direita mover o controle como fez antes. Então, tire a mão! Não volte o controle para trás. Está pronto?

– Não sei se vou conseguir.

– Não sabe... Senhor Tempo, você não tem escolha. Existe outra maneira de recuperar sua garota?

Não existia. Harlan foi obrigado a voltar aos controles e, quando o fez, a emoção inundou-o novamente. Ele não precisou invocá-la. A repetição dos movimentos físicos trouxe a emoção de volta. O ponteiro vermelho do relógio começou a se mover.

Pensou: o último minuto da vida?

Menos trinta segundos.

Pensou: não vai doer. Não vou morrer.

Tentou pensar somente em Noÿs.

Menos quinze segundos.

Noÿs!

A mão esquerda de Harlan baixou um botão em direção ao contato.

Menos doze segundos.

Contato!

Sua mão direita se moveu.

Menos cinco segundos.

Noÿs!

Sua mão direita moveu-se – ZERO – espasmodicamente.

Retirou a mão e afastou-se bruscamente, arfando.

Twissell aproximou-se e examinou o marcador. – Século 20 – disse. – Dezenove vírgula trinta e oito, para ser exato.

– Não sei – disse Harlan, sufocadamente. – Tentei sentir a mesma coisa, mas foi diferente. Eu sabia o que estava fazendo e isso fez diferença.

– Eu sei, eu sei – disse Twissell. – Talvez esteja completamente errado. Vamos chamar de primeira aproximação. – Parou por um instante em cálculos mentais, pegou um computador de bolso, retirou-o parcialmente de seu estojo e o jogou de volta sem consultá-lo. – Ao Tempo com casas decimais! Digamos que a probabilidade de você tê-lo enviado de volta à primeira metade do Século 20 seja de 0,99. Em algum lugar entre 19,25 e 19,50. Certo?

– Não sei.

– Bem, veja. Se eu decidir me concentrar nesse período do Primitivo, excluindo todo o resto, e eu estiver errado, há grande chance de eu perder a oportunidade de manter o círculo do tempo fechado, e a Eternidade vai desaparecer. A decisão em si será o ponto crucial, a Mudança Mínima Necessária, a M.M.N., para acarretar a Mudança. Eu agora tomo a decisão. Decido, definitivamente...

Harlan olhou em volta, cautelosamente, como se a Realidade tivesse se tornado tão frágil que um movimento repentino da cabeça poderia despedaçá-la.

– Estou totalmente consciente da Eternidade – disse Harlan. (A normalidade de Twissell o havia contaminado a ponto de sua voz parecer firme aos seus próprios ouvidos.)

– Então a Eternidade ainda existe – disse Twissell, de forma insensível e prosaica – e tomamos a decisão certa. Agora não há nada mais a fazer aqui, por enquanto. Vamos ao meu escritório e deixar o subcomitê do Conselho invadir esse lugar, se isso for deixá-los mais felizes. Até onde eles sabem, o projeto foi encerrado com êxito. Se não for, eles nunca saberão. Nem nós.

Twissell observou seu cigarro e disse: – A questão agora é a seguinte: o que Cooper fará quando descobrir que está no Século errado?

– Não sei.

– Uma coisa é certa: ele é um sujeito brilhante, inteligente, imaginativo, não concorda?

– Bem, ele é Mallansohn.

– Exatamente. E ele pensou na hipótese de chegar ao lugar errado. Uma de suas últimas perguntas foi: e se eu não chegar ao ponto certo? Lembra?

– E então? – Harlan não fazia ideia de onde Twissell queria chegar.

– Então ele está mentalmente preparado para ficar deslocado no Tempo. Ele vai fazer alguma coisa. Vai tentar nos contatar. Deixar pistas para nós. Lembre-se: durante uma parte de sua vida, ele foi um Eterno. Esse é um fato importante. – Twissell exalou um anel de fumaça, enganchou-o com o dedo e o observou desfazer-se em espirais. – Ele está acostumado à noção de comunicação através do Tempo. Não é provável que se renda à ideia de que foi abandonado no Tempo. Saberá que estamos procurando por ele.

– Sem cápsulas e sem Eternidade no 20, como ele vai conseguir se comunicar conosco? – perguntou Harlan.

– Com *você*, Técnico, com você. Use o singular. Você é nosso perito em Primitivo. Você ensinou a Cooper sobre o Primitivo. É você que ele considera capaz de encontrar as pistas dele.

– *Quais* pistas, Computador?

Twissell encarou Harlan com seu velho rosto, enrugado e perspicaz. – A intenção era deixar Cooper no Primitivo. Ele está sem a proteção de um escudo individual de fisiotempo. Sua vida inteira está entrelaçada no tecido do Tempo e permanecerá assim até que você e eu revertamos a alteração. Da mesma forma, estão entrelaçados no Tempo quaisquer artefatos, sinais ou mensagens que ele possa ter deixado para nós. Certamente deve haver fontes específicas que você usou no estudo do Século 20. Documentos, arquivos, filmes, artefatos, trabalhos de referência. Quero dizer, fontes primárias, originárias do Tempo em si.

– Sim.

– E ele estudou essas fontes com você?

– Sim.

– E existe alguma referência em particular que seria sua favorita, uma que ele soubesse que você conhece bem, para que você reconhecesse nela alguma referência a ele?

– Entendo onde o senhor quer chegar, claro! – disse Harlan. Ficou pensativo.

– Então? – perguntou Twissell, com uma ponta de impaciência.

– Minhas revistas de notícias, quase com certeza – disse Harlan. – Revistas de notícias eram um fenômeno no início do Século 20. Aquela revista da qual tenho a coleção quase completa data do começo do 20 e continua até o 22.

– Ótimo. Agora, você acha que haveria um meio de Cooper usar essa revista de notícias para enviar uma mensagem? Lembre-se: ele sabia que você leria o periódico, que você o conhecia bem, que você saberia onde procurar alguma coisa.

– Não sei. – Harlan balançou a cabeça. – A revista tinha um estilo artificial. Era seletiva, não inclusiva, e totalmente imprevisível. Era difícil, até mesmo impossível ter certeza de que ela iria imprimir algo que você planejasse ver impresso. Cooper não poderia criar notícias e fazer com que fossem publicadas. Mesmo que Cooper conseguisse um posto no quadro editorial, o que é muito improvável, ele não poderia ter certeza de que suas frases exatas iriam passar pelos vários editores. Não vejo como, Computador.

– Pelo amor do Tempo, pense! – disse Twissell. – Concentre-se na revista de notícias. Você está no 20, você é Cooper com seu treinamento e conhecimento. Você ensinou o rapaz, Harlan. Você moldou o pensamento dele. O que ele faria? Como ele conseguiria colocar algo na revista, algo com as exatas palavras que ele quisesse?

Os olhos de Harlan se arregalaram. – Um anúncio!

– O quê?

– Um anúncio. Uma nota paga que eles eram obrigados a imprimir exatamente como solicitado. Cooper e eu conversamos sobre isso algumas vezes.

– Ah, sim. Eles têm esse tipo de coisa no 186 – disse Twissell.

– Não como no 20. O 20 é o auge nesse aspecto. O meio cultural...

– Agora, considerando o anúncio – interrompeu Twissell, com impaciência –, de que tipo seria?

– Não faço ideia.

Twissell olhou a ponta acesa do cigarro como se procurasse inspiração. – Ele não pode dizer nada diretamente. Não pode dizer: "Cooper do 78, encalhado no 20, chamando a Eternidade..".

– Como pode ter certeza?

– Impossível! Dar ao 20 informações que sabemos que eles não tinham seria tão danoso ao círculo de Mallansohn quanto uma ação equivocada da nossa parte. Ainda estamos aqui. Portanto, em toda a sua vida na atual Realidade do Primitivo, ele não causou nenhum dano desse tipo.

– Além disso – disse Harlan, afastando-se da linha de raciocínio circular, que parecia não preocupar Twissell –, a revista de notícias não iria aceitar publicar algo que parecesse loucura ou que não pudesse ser compreendido. Levantaria suspeita de fraude ou algum tipo de ilegalidade, e a revista não iria querer se comprometer. Então, Cooper não poderia usar Intertemporal Padrão em sua mensagem.

– Teria que ser algo sutil – disse Twissell. – Ele teria que usar algo indireto. Teria que colocar um anúncio que parecesse perfeitamente normal aos olhos do Primitivo. Perfeitamente normal! E, mesmo assim, algo que fosse óbvio para nós, uma vez que soubéssemos o que estávamos procurando. Muito óbvio. Óbvio à primeira vista, porque teria que ser encontrado em meio a incontáveis outros itens. Que tamanho você acha que teria, Harlan? Esses anúncios são caros?

– Muito caros, eu acredito.

– Então Cooper teria que economizar seu dinheiro. Além disso, para evitar chamar a atenção demais, teria que ser um anúncio pequeno, de qualquer forma. Dê um palpite, Harlan. Qual o tamanho?

Harlan mostrou o tamanho com as mãos. – Meia coluna?

– Coluna?

– Eram revistas impressas, o senhor sabe. Em papel. Com a impressão distribuída em colunas.

– Ah, sim. Por alguma razão, parece que eu não consigo separar a literatura dos filmes... Bem, agora temos uma primeira aproximação de outro tipo. Precisamos procurar por um anúncio de meia coluna que irá, praticamente à primeira vista, tornar evidentc que o homem que o publicou veio de outro Século (do tempo-acima, obviamente) e, ao mesmo tempo, um anúncio tão normal que o homem daquele Século não veria nada de suspeito.

– E se eu não encontrar nada? – perguntou Harlan.

– Você vai encontrar. A Eternidade existe, não existe? Enquanto existir, estamos no caminho certo. Diga, você se lembra de algum anúncio assim em seu trabalho com Cooper? Algo que tenha chamado a sua atenção, mesmo momentaneamente, por ser estranho, esquisito, incomum, sutilmente errado?

– Não.

– Não quero uma resposta tão rápida. Pare 5 minutos e pense.

– Não adianta. Na ocasião em que eu estava estudando as revistas com Cooper, ele não tinha ido ao Século 20 ainda.

– Por favor, rapaz, use a cabeça. Ao enviar Cooper ao 20, uma alteração foi introduzida. Não houve uma Mudança; não é uma alteração irreversível. Mas houve algumas mudanças, com "m" minúsculo, ou micromudanças, como são geralmente chamadas em Computação. No instante em que Cooper foi enviado ao 20, o anúncio apareceu na edição certa da revista. Sua própria Realidade foi micromudada, no sentido de que você talvez tenha visto a página com o anúncio, como fez na Realidade anterior. Entende?

Harlan estava novamente perplexo, tanto com a facilidade com que Twissell abria caminho através da selva da lógica temporal, quanto com os "paradoxos" do Tempo. Balançou a cabeça.

– Não me lembro de nada assim.

– Pois bem, onde você guarda os arquivos desse periódico?

– Mandei instalar uma biblioteca no Nível Dois, usando a prioridade de Cooper.

– Ótimo – disse Twissell. – Vamos até lá. Agora!

Harlan observou Twissell olhar com curiosidade os antigos volumes encadernados na biblioteca e depois pegar um deles. Eram tão antigos que o frágil papel teve de ser preservado por métodos especiais e estalaram com o manuseio pouco cuidadoso de Twissell.

Harlan estremeceu. Em tempos melhores, teria mandado Twissell afastar-se dos livros, mesmo sendo ele um Computador Sênior.

O velho examinou as páginas amarfanhadas e silenciosamente pronunciou as palavras arcaicas. – Este é o inglês do qual os linguistas estão sempre falando, não é? – perguntou ele, dando leves pancadas numa página.

– Sim. Inglês – murmurou Harlan.

Twissell recolocou o volume no lugar. – Pesado e desajeitado.

Harlan encolheu os ombros. Para ser exato, a maioria dos Séculos da Eternidade utilizava filmes. Uma respeitável minoria utilizava registros moleculares. Mesmo assim, papel e impressão não eram inteiramente desconhecidos.

– Livros não exigem tanto investimento em tecnologia quanto filmes – disse Harlan.

Twissell coçou o queixo. – Tem razão. Vamos começar? Tirou outro volume da estante, abrindo-o aleatoriamente, e olhou a página com estranha concentração.

Harlan pensou: "Será que o homem pensa que vai dar de cara com a solução por um golpe de sorte?".

O pensamento talvez estivesse certo, já que Twissell, encontrando os olhos avaliadores de Harlan, enrubesceu e pôs o livro de volta na estante.

Harlan pegou o primeiro volume do Centisséculo 19,25 e começou a virar as páginas, disciplinadamente. Somente sua mão direita e seus olhos se moviam. O resto do corpo permanecia em rígida atenção.

No que lhe pareciam intervalos intermináveis, Harlan se levantava, resmungando, para pegar um novo volume. Nessas ocasiões, havia a pausa para o café, a pausa para o lanche ou outras pausas.

– É inútil sua permanência aqui – disse Harlan, pesadamente.

– Estou incomodando?

– Não.

– Então vou ficar – resmungou Twissell. Durante todo o tempo, ele ocasionalmente perambulava pelas estantes, fitando, impotentemente, as lombadas dos volumes. As faíscas de seus furiosos cigarros queimavam-lhe as pontas dos dedos, às vezes, mas ele as ignorava.

Um fisiodia terminou.

O sono foi insatisfatório e entrecortado. No meio da manhã, entre dois volumes, Twissell prolongou seu último gole de café e disse: – Às vezes me pergunto por que não joguei fora meu posto de Computador depois da questão da minha... Você sabe.

Harlan assentiu com a cabeça.

– Tive vontade – continuou o velho. – Tive vontade. Durante fisiomeses, esperei desesperadamente que nenhuma Mudança atravessasse meu caminho. Fiquei mórbido sobre isso. Comecei a me perguntar se era certo fazermos Mudanças. Engraçado como as emoções nos enganam.

– *Você* conhece História Primitiva, Harlan. Você sabe como era. A Realidade deles fluía cegamente ao longo da linha de máxima probabilidade. Se aquela máxima probabilidade envolvesse uma pandemia, ou dez Séculos de economia baseada em escravidão, ou um colapso na tecnologia, ou até mesmo uma... uma... vejamos, uma coisa realmente ruim... até mesmo uma guerra atômica, se fosse possível na época, isso *acontecia*! Pelo Tempo! Nada poderia impedi-la.

– Mas onde a Eternidade existe, ela foi impedida. No tempoacima do 28, coisas assim não acontecem. Senhor Tempo, elevamos nossa Realidade a um nível de bem-estar muito além de qualquer coisa que os tempos Primitivos poderiam imaginar; a um nível que, se não fosse a interferência da Eternidade, teria sido de baixíssima probabilidade.

Harlan pensou, envergonhado: "O que ele está tentando fazer? Incentivar-me a trabalhar com mais empenho? Estou fazendo o melhor que posso".

– Se perdermos a chance agora – disse Twissell –, a Eternidade vai desaparecer, provavelmente por todo o fisiotempo. E numa Mudança tão vasta, toda a Realidade é revertida à máxima probabilidade, sem dúvida com guerras atômicas e o fim da humanidade.

– É melhor eu começar o próximo volume – disse Harlan.

No intervalo seguinte, Twissell disse, desamparadamente: – Há tanta coisa a fazer. Não existe um jeito mais rápido?

– Aceito sugestões. Mas parece que não há outro jeito, a não ser olhar cada página. E olhar cada canto da página, também.

Como posso fazer isso mais rápido?

Metodicamente, ele virava as páginas.

– No fim – disse Harlan –, a impressão começa a ficar borrada e isso significa que está na hora de dormir.

Um segundo fisiodia terminou.

Às 10h22 do Fisiotempo Padrão, no terceiro fisiodia da procura, Harlan olhou atentamente para uma página, em silencioso assombro, e exclamou: – É isso!

Twissell não assimilou a afirmação. – O quê? – disse.

Harlan olhou para ele, seu rosto espantado. – Sabe, eu não acreditava. Pelo Tempo, nunca acreditei de verdade, nem quando o senhor elaborou toda aquela conversa sobre revistas de notícias e anúncios.

Twissell havia assimilado agora: – *Você achou*!

Correu até o volume que Harlan segurava, tentando agarrá-lo com os dedos trêmulos.

Harlan segurou o volume fora do alcance de Twissell e o fechou abruptamente. – Só um momento. *O senhor* não iria encontrá-lo, mesmo se eu lhe mostrasse a página.

– O que está fazendo? – exclamou Twissell, em voz estridente.

– Você perdeu a página!

– Não perdi. Sei onde ela está. Mas primeiro...

– Primeiro o quê?

– Ainda está faltando uma coisa – disse Harlan. – O senhor disse que eu posso ficar com Noÿs. Então eu a quero aqui. Deixe-me vê-la.

Twissell encarou Harlan, seu fino cabelo branco desgrenhado.

– Está brincando?

– Não – disse Harlan, vigorosamente. – Não estou brincando. O senhor me assegurou que tomaria as providências. O *senhor* está brincando? Noÿs e eu ficaríamos juntos. O senhor prometeu.

– Sim, prometi. Essa parte já está acertada.

– Então mostre-a viva, bem e intocada.

– Mas não entendo. Não estou com ela. Ninguém está. Ela ainda está no longínquo tempo-acima, onde Finge informou que ela estava. Ninguém tocou nela. Grande Tempo, eu lhe falei que ela estava segura.

Harlan encarou o velho e ficou tenso. Disse, quase engasgando: – O senhor está brincando com as palavras. Tudo bem, ela está no tempo-acima, mas de que me adianta isso? Derrube a barreira no 100.000...

– O quê?

– A barreira. A cápsula não vai além do Século 100.000.

– Você nunca me falou sobre isso – disse Twissell, furiosamente.

– Não falei? – disse Harlan, surpreso. Ele não tinha falado? Tinha pensado tanto no assunto. Nunca falou uma palavra a respeito? Não conseguia se lembrar. Mas então endureceu.

– Tudo bem – disse Harlan. – Estou falando agora. Derrube a barreira.

– Mas isso é impossível. Uma barreira contra a cápsula? Uma barreira temporal?

– Está me dizendo que não foi o senhor que levantou a barreira?

– Não. Pelo Tempo, juro.

– Então... então... – Harlan sentiu-se empalidecer. – Então foi o Conselho. Eles sabem de tudo e agiram independentemente do senhor e... por todo o Tempo e a Realidade, eles podem esperar sentados pelo anúncio e por Cooper, por Mallansohn e pela Eternidade. Não terão nada disso. Nada.

– Espere, espere – Twissell puxou o cotovelo de Harlan, desesperadamente. – Contenha-se. Pense, rapaz, pense. O Conselho não levantou barreira nenhuma.

– Ela está lá.

– Mas eles não poderiam ter levantado tal barreira. Ninguém poderia. É teoricamente impossível.

– O senhor não sabe de tudo. Ela está lá.

– Sei mais do que qualquer um do Conselho, e tal coisa é impossível.

– Mas está lá.

– Mas se está lá...

E Harlan acalmou-se o suficiente para perceber que havia uma espécie de temor resignado nos olhos de Twissell; um temor que ele não demonstrara nem quando soube do envio de Cooper ao Século errado e do iminente fim da Eternidade.

OS SÉCULOS OCULTOS

Com olhar distraído, Andrew Harlan observava os homens trabalhando. Eles o ignoravam educadamente, pois era um Técnico. Normalmente, ele os teria ignorado de forma menos educada, pois eram homens da Manutenção. Mas agora que os observava, angustiado, até os invejava.

Faziam parte do pessoal de serviço do Departamento de Transporte Intertemporal, em uniformes de cor parda, com divisas nos ombros mostrando uma flecha vermelha de duas pontas sobre um fundo preto. Utilizavam complicados equipamentos de campos de força para testar os motores das cápsulas e os graus de hiperliberdade ao longo das vias de cápsulas. Aqueles homens, pensou Harlan, tinham pouco conhecimento teórico de engenharia temporal, mas era óbvio que tinham um vasto conhecimento prático do assunto.

Harlan não havia aprendido muito sobre Manutenção quando era Aprendiz. Ou, para ser mais preciso, ele não quis realmente aprender. Aprendizes não aprovados eram colocados na Manutenção. A "profissão não especializada" (como a denominava o eufemismo) era a marca do fracasso, e o Aprendiz mediano automaticamente evitava o assunto.

No entanto, agora que Harlan observava os homens da Manutenção trabalhando, eles lhe pareciam calmamente eficientes e razoavelmente felizes.

Por que não? Excediam em número os Especialistas, os "verdadeiros Eternos", de dez para um. Possuíam sociedade própria, níveis residenciais reservados a eles, prazeres próprios. Sua jornada de trabalho era de horas fixas por fisiodia e não havia pressão social, no caso deles, para que relacionassem suas atividades de lazer à sua profissão. Eles tinham tempo, ao contrário dos Especialistas, para se dedicar à literatura e às dramatizações em filme recolhidas das várias Realidades.

Eram eles, no fim das contas, que provavelmente possuíam as personalidades mais harmoniosas. A vida do Especialista é que era oprimida, pedante e artificial, em comparação à vida simples e agradável na Manutenção.

A Manutenção era a fundação da Eternidade. Estranho que um pensamento tão óbvio não lhe tenha ocorrido antes. Eles supervisionavam a importação de alimentos e água do Tempo, a remoção do lixo, o funcionamento das usinas de força. Mantinham todo o maquinário da Eternidade funcionando perfeitamente. Se todos os Especialistas morressem de uma só vez, no mesmo instante, a Manutenção poderia conservar a Eternidade indefinidamente. Por outro lado, se a Manutenção desaparecesse, os Especialistas teriam de abandonar a Eternidade em poucos dias ou morrer miseravelmente.

Será que os homens da Manutenção ressentiam-se da perda de seu tempo-natal ou da vida sem mulheres e filhos? A segurança contra a pobreza, as doenças e as Mudanças de Realidade bastavam como compensação? Será que alguma vez já haviam sido consultados sobre questões importantes? Harlan sentiu dentro de si um pouco do fogo do reformador social.

O Computador Sênior Twissell quebrou o encadeamento de ideias de Harlan quando chegou afobado, parecendo ainda mais assombrado do que uma hora antes, quando havia saído, com a Manutenção já trabalhando.

Harlan pensou: "Como ele aguenta? Ele é um idoso".

Com a vivacidade de um pássaro, Twissell inspecionou o trabalho com os olhos, enquanto os homens automaticamente se empertigaram em respeitosa atenção.

– E as vias de cápsulas? – perguntou ele.

– Nada de errado, senhor – respondeu um dos homens. – As vias estão livres, os campos engrenados.

– Vocês verificaram tudo?

– Sim, senhor. Todas as estações do Departamento em todo o tempo-acima.

– Então, podem ir – disse Twissell.

Não havia como não perceber a brusca veemência daquela liberação. Eles se curvaram respeitosamente, viraram-se e saíram sem demora.

Twissell e Harlan estavam sozinhos nas vias de cápsulas.

Twissell virou-se para Harlan: – Você fica aqui. Por favor.

Harlan balançou a cabeça: – Eu tenho que ir.

– Com certeza você entende – disse Twissell. – Se alguma coisa acontecer comigo, você ainda sabe como encontrar Cooper. Se alguma coisa acontecer com você, o que eu ou qualquer Eterno ou qualquer grupo de Eternos poderemos fazer sozinhos?

Harlan balançou a cabeça novamente.

Twissell colocou um cigarro entre os lábios. – Sennor está desconfiado. Me chamou várias vezes nos últimos dois fisiodias. Quer saber por que estou isolado. Quando ele descobrir que ordenei uma vistoria completa no maquinário das vias de cápsulas... Eu tenho que ir, Harlan. Não posso me atrasar.

– Não quero atraso. Estou pronto.

– Você insiste em ir também?

– Se não há barreira, não há perigo. Mesmo que haja, já estive lá e voltei. Do que tem medo, Computador?

– Não quero arriscar nada sem necessidade.

– Então use sua lógica, Computador. Tome a decisão de que irei com o senhor. Se a Eternidade ainda existir depois disso, significa que o círculo ainda pode ser fechado. Significa que vamos sobreviver. Se for uma decisão errada, então a Eternidade passará à não-existência, mas ela passará de qualquer jeito se eu não for, porque sem Noÿs não moverei uma palha para encontrar Cooper. Juro.

– Vou trazê-la de volta a você – disse Twissell.

– Se é tão simples e seguro, não há problema eu ir junto.

Twissell estava em óbvia e torturante hesitação. – Está bem, então, venha! – disse ele, rispidamente.

E a Eternidade sobreviveu.

O olhar assombrado de Twissell não desapareceu, uma vez que estavam dentro da cápsula. Olhou os números girando no temporômetro. Até mesmo o medidor de escala, que media em quilosséculos, e que os homens haviam ajustado para esse propósito particular, estalava em intervalos curtíssimos.

– Você não devia ter vindo – ele disse.

Harlan deu de ombros. – Por que não?

– Isso me preocupa. Nenhum motivo racional. Pode chamar de uma velha superstição minha. Ela me deixa inquieto. – Juntou as mãos, num aperto firme.

– Não estou entendendo – disse Harlan.

Twissell parecia ansioso para falar, como se quisesse exorcizar um demônio mental. – Talvez você aprecie isso. Afinal, você é o perito no Primitivo. Por quanto tempo o homem existiu no Primitivo?

– Dez mil Séculos. Quinze mil Séculos, talvez – respondeu Harlan.

– Sim. Começando como uma criatura simiesca primitiva e terminando como Homo sapiens. Certo?

– É o conhecimento geral. Sim.

– Então deve ser de conhecimento geral que a evolução ocorre num ritmo bem rápido. Quinze mil Séculos do macaco até o Homo sapiens.

– Então?

– Bem, eu sou de um dos Séculos 30.000...

(Harlan não pôde evitar o susto. Nunca soubera o temporal de Twissell e nunca conhecera alguém que soubesse.)

– Sou de um dos Séculos 30.000 – disse Twissell novamente – e você é do 95. O tempo entre nossos Séculos de origem é duas vezes maior do que a existência do homem no Primitivo e, no entanto, que mudança existe entre nós dois? Nasci com quatro dentes a menos que você e sem o apêndice. As diferenças fisiológicas terminam aí. Nosso metabolismo é quase o mesmo. A maior diferença é que seu corpo consegue sintetizar o núcleo esteroide e o meu corpo não, então preciso de colesterol na minha dieta, e você não. Consegui ter um filho com uma mulher do 575. Isso mostra como a espécie não muda com o tempo.

Harlan não se impressionou. Nunca questionara a identidade básica do homem através dos Séculos. Era uma daquelas coisas com as quais se convivia e eram aceitas. – Houve casos de espécies que viveram inalteradas por milhões de Séculos – disse ele.

– Mas não muitas. E ainda há o fato de que a cessação da evolução humana parece coincidir com o desenvolvimento da Eternidade. Apenas coincidência? Não é uma questão levada em consideração, exceto por uns poucos aqui e ali, como Sennor, e eu nunca fui um Sennor. Nunca achei apropriado fazer especulações. Se algo não pudesse ser verificado por um Computaplex, não tinha nada que tomar o tempo de um Computador. E no entanto, quando eu era jovem, às vezes pensava...

– Em quê? – Harlan pensou: "Bem, alguma coisa para ouvir, pelo menos".

– Às vezes eu pensava como era a Eternidade em seu início, quando foi estabelecida. Ela abrangia apenas alguns Séculos nos 30 e 40, e sua principal função era o comércio. Ocupava-se com o reflorestamento de áreas devastadas, transportando terra fértil para cima e para baixo, água doce, produtos químicos de alta qualidade. Era uma época simples.

– Mas então descobrimos as Mudanças de Realidade. O Computador Sênior Henry Wadsman, da forma dramática que todos sabemos tão bem, evitou uma guerra removendo o freio de segurança do veículo terrestre de um Congressista. Depois daquilo, cada vez mais a Eternidade mudou seu centro de gravidade do comércio para a Mudança de Realidade. Por quê?

– Pelo motivo óbvio – respondeu Harlan. – Aperfeiçoamento da humanidade.

– Sim, sim. Em tempos normais, também acho que sim. Mas estou me referindo ao meu pesadelo. E se houvesse outro motivo, um motivo oculto, inconsciente? Um homem que pode viajar ao futuro indefinido talvez encontre homens tão mais avançados que ele quanto ele próprio é mais avançado que um macaco. Por que não?

– Talvez. Mas homens são homens...

– ... mesmo nos Séculos 70.000. Sim, eu sei. Mas nossas Mudanças de Realidade têm alguma relação com isso? Nós extirpamos o incomum. Até o Século natal de Sennor e suas criaturas sem pelos estão sob contínuo questionamento, e isso é inofensivo. Com toda honestidade e sinceridade, talvez tenhamos evitado a evolução humana porque *não queremos* encontrar os super-homens.

Harlan ainda não demonstrava nenhum lampejo de compreensão. – Então está feito. O que isso importa?

– Mas, e se o super-homem existe mesmo assim, no tempo acima que não conseguimos alcançar? Controlamos só até os 70.000. Além desse ponto estão os Séculos Ocultos! Por que são ocultos? Será que é porque o homem evoluído não quer se envolver conosco e nos impede de entrar no tempo dele? Por que permitimos que eles continuem ocultos? Será que é porque não queremos nos envolver com eles e, tendo fracassado em nossa primeira tentativa, nos recusamos a fazer novas tentativas? Não digo que esse seja um motivo consciente, mas, consciente ou inconsciente, é um motivo.

– Deixe tudo como está – disse Harlan, de forma rabugenta.

– Eles estão fora do nosso alcance e nós estamos fora do alcance deles. Viva e deixe viver.

Twissell pareceu afetado pela frase. – Viva e deixe viver. Mas nós não deixamos. Fazemos Mudanças. As Mudanças se estendem apenas por alguns Séculos antes que a inércia temporal provoque sua anulação. Você lembra que, no café da manhã, Sennor se referiu a isso como um dos problemas não esclarecidos sobre o Tempo. O que poderíamos ter dito é que tudo é uma questão de estatística. Certas Mudanças afetam mais alguns Séculos do que outros. Teoricamente, qualquer número de Séculos pode ser afetado pela Mudança adequada; cem Séculos, mil, cem mil. O homem evoluído dos Séculos Ocultos talvez saiba disso. Suponha que ele fique incomodado com a possibilidade de que algum dia uma Mudança possa alcançá-lo no 200.000.

– É inútil se preocupar com essas coisas – disse Harlan, com ar de quem tem preocupações muito mais importantes.

– Mas suponha – disse Twissell, num sussurro – que eles fiquem calmos, desde que deixemos vazios os Setores dos Séculos Ocultos. Isso significaria que não estamos agredindo. Suponha que essa trégua, ou seja lá como você queira chamar, fosse rompida e alguém aparecesse e fixasse residência acima dos 70.000. Suponha que eles pensassem tratar-se do início de uma séria invasão. Eles podem nos impedir de penetrar no seu Tempo; portanto, a ciência deles é muito mais avançada do que a nossa. Suponha que eles tenham ido mais longe, fazendo o que nos parece impossível e levantando uma barreira nas vias de cápsulas, impedindo...

Agora Harlan estava em pé, aterrorizado. – *Eles* estão com Noÿs!

– Não sei. É só especulação. Talvez não haja barreira. Talvez tenha havido algum defeito na sua cáps...

– Havia uma barreira! – gritou Harlan. – Que outra explicação haveria? Por que o senhor não me disse isso antes?

– Eu não acreditava – murmurou Twissell. – Ainda não acredito. Não devia ter dito nenhuma palavra sobre esse delírio ridículo. Meus próprios medos... a questão de Cooper... tudo... Mas espere só mais alguns minutos.

Ele apontou para o temporômetro. O marcador indicava que estavam entre os Séculos 95.000 e 96.000.

A mão de Twissell sobre os controles reduziu a velocidade da cápsula. O 99.000 já havia passado. O medidor de escala parou. Os Séculos individuais podiam ser lidos.

99.726... 99.727... 99.728...

– O que vamos fazer? – sussurrou Harlan.

Twissell balançou a cabeça num gesto que expressou eloquentemente paciência e esperança, mas talvez impotência também.

99.851... 99.852... 99.853...

Harlan preparou-se para o choque da barreira e pensou, desesperadamente: será que preservar a Eternidade seria o único meio de combater as criaturas dos Séculos Ocultos? De que outro modo conseguiria recuperar Noÿs?

Arremesse a cápsula de volta, arremesse de volta ao 575 e trabalhe freneticamente para...

99.938... 99.939... 99.940...

Harlan prendeu a respiração. Twissell reduziu a velocidade ainda mais. Deixe a cápsula rastejar. Ela respondia perfeitamente aos controles.

– Agora, agora, agora – disse Harlan num sussurro, sem perceber que não emitira nenhum som.

99.998... 99.999... 100.000... 100.001... 100.002...

Os números subiam, e os dois homens observaram a subida num silêncio estático.

Então Twissell exclamou: – *Não há* barreira nenhuma!

– Mas havia! Havia! – disse Harlan. – Depois, agoniado: – Talvez eles estejam com ela e não precisem mais da barreira.

* * *

111.394!

Harlan saltou da cápsula e levantou a voz. – Noÿs! Noÿs!

Os ecos ricochetearam nas paredes do Setor vazio numa síncope cavernosa.

Twissell, saindo da cápsula mais tranquilamente, chamou o homem mais jovem. – Espere, Harlan...

Foi inútil. Harlan correu pelos corredores em direção à parte do Setor que haviam transformado numa espécie de lar.

Pensou vagamente na possibilidade de encontrar um dos "homens evoluídos" de Twissell e, por um momento, sua pele arrepiou-se, mas então isso submergiu na urgente necessidade de encontrar Noÿs.

– *Noÿs!*

E de repente, tão rapidamente que ela já estava em seus braços antes mesmo de ele estar certo de tê-la visto, ela estava lá com ele, e seus braços o envolveram e o apertaram, e o rosto dela estava em seu ombro, e seu cabelo escuro e macio tocava em seu queixo.

– Andrew? – disse ela, sua voz abafada pela pressão do corpo dele. – Onde você estava? Já faz dias e eu estava ficando com medo.

Harlan afastou-a de si o suficiente para olhar para ela, fitando-a com uma espécie de ávida solenidade. – Você está bem?

– *Eu* estou bem. Pensei que alguma coisa tivesse acontecido com você. Pensei... – Ela interrompeu a frase, o terror saltando de seus olhos, e arfou: – Andrew!

Harlan virou-se rapidamente.

Era apenas Twissell, ofegante.

Noÿs deve ter ganhado confiança pela expressão de Harlan. Ela perguntou, mais calmamente: – Você o conhece, Andrew? Está tudo bem?

– Tudo bem – disse Harlan. – Este é meu superior, o Computador Sênior Laban Twissell. Ele sabe a seu respeito.

– Um Computador Sênior? – Noÿs recuou.

Twissell aproximou-se lentamente. – Vou ajudá-la, filha. Vou ajudar vocês dois. O Técnico tem minha palavra, se ele ao menos acreditasse nela.

– Peço desculpas, Computador – disse Harlan, formalmente, mas não totalmente arrependido.

– Está desculpado – disse Twissell. Estendeu a mão e pegou a mão relutante da moça. – Diga-me, garota, correu tudo bem com você aqui?

– Fiquei preocupada.

– Ninguém esteve aqui, desde que Harlan partiu?

– N–não, senhor.

– Absolutamente ninguém? Nada?

Ela balançou a cabeça. Seus olhos escuros procuraram os de Harlan. – Por que pergunta?

– Nada, garota. Um pesadelo bobo. Venha, vamos levá-la de volta ao 575.

Durante o retorno, na cápsula, Andrew Harlan mergulhou gradativamente num silêncio profundo e perturbado. Não levantou os olhos quando passaram pelo 100.000 em direção ao tempo-abaixo e Twissell suspirou, obviamente aliviado, como se parte dele esperasse ficar preso no tempo-acima.

Harlan mal se mexeu quando a mão de Noÿs furtivamente apertou a sua, e a maneira pela qual ele retribuiu a pressão de seus dedos foi quase mecânica.

Noÿs dormia em outro quarto, e agora a sôfrega intensidade da inquietação de Twissell estava no auge.

– O anúncio, rapaz! Você já tem a sua mulher. Minha parte do trato foi cumprida.

Silenciosamente, ainda distraído, Harlan virou as páginas do volume sobre a mesa. Encontrou a página certa.

– É muito simples – disse ele –, mas está em inglês. Vou ler o anúncio para o senhor e depois traduzi-lo.

Era um pequeno anúncio no canto superior esquerdo da página 30. Sobre um fundo com um desenho irregular, estavam as palavras sem adorno, em letras de forma:

APRENDA

TUDO SOBRE

O

MERCADO E

INVISTA

CERTO

AGORA

Logo abaixo, em letras menores, lia-se: "Boletim Informativo de Investimentos, Caixa Postal 14, Denver, Colorado".

Twissell ouviu atentamente a tradução de Harlan e ficou obviamente decepcionado. – O que é mercado? – perguntou. – O que significa para eles?

– O mercado de ações – disse Harlan, com impaciência. – Um sistema pelo qual o capital privado era investido em negócios. Mas não é esse o ponto importante. O senhor não está vendo o desenho no fundo do anúncio?

– Sim. A nuvem-cogumelo da explosão de uma bomba atômica. Algo para chamar a atenção. O que tem isso?

Harlan explodiu: – Grande Tempo, Computador, qual é o problema com o senhor? Veja a data da edição da revista.

Apontou o cabeçalho, bem à esquerda do número da página. Lia-se 28 de março de 1932.

– Isso nem precisa de tradução – disse Harlan. – Os números são quase os mesmos usados em Intertemporal Padrão e o senhor pode ver que é o Século 19,32. O senhor não sabe que, naquela época, nenhum ser humano jamais tinha visto uma nuvem-cogumelo? Ninguém poderia reproduzi-la com tanta precisão, exceto...

– Espere um pouco. É só um desenho – disse Twissell, tentando manter o equilíbrio. – Talvez a semelhança com uma nuvem-cogumelo seja apenas coincidência.

– Será? Olhe as palavras de novo – os dedos de Harlan bateram nas linhas curtas. – Aprenda - Tudo sobre - O - Mercado e - Invista - Certo - Agora. As iniciais formam a palavra ATÔMICA. Isso é coincidência também? De jeito nenhum.

– O senhor não vê, Computador, que esse anúncio se encaixa nas condições que o senhor mesmo estipulou? Ele chamou a minha atenção imediatamente. Cooper sabia que chamaria a minha atenção pelo mero anacronismo. Ao mesmo tempo, não tem outro significado, absolutamente nenhum outro significado, para o homem do 19,32, a não ser o que está escrito.

– Então só pode ser Cooper. Esta é a mensagem dele. Temos a data da semana mais próxima de um Centisséculo. Temos seu endereço de correspondência. Agora, só precisamos ir atrás dele, e eu sou o único que tem conhecimento suficiente do Primitivo para lidar com essa situação.

– E você irá? – O rosto de Twissell resplandeceu de alívio e felicidade.

– Irei... com uma condição.

Twissell franziu o cenho numa repentina mudança de humor.

– Condições outra vez?

– É a mesma condição. Não estou acrescentando novas condições. Noÿs deve estar em segurança. Ela tem que ir comigo. Não vou deixá-la aqui.

– Você *ainda* não confia em mim? De que maneira eu traí você? O que ainda o perturba?

– Uma coisa, Computador – disse Harlan, solenemente. – Uma coisa ainda. *Havia* uma barreira no 100.000. Por quê? É isso o que ainda me perturba.

FECHANDO O CÍRCULO

A questão não cessava de perturbá-lo. Avultava em sua mente com o passar dos dias da preparação. Interpunha-se entre ele e Twissell, entre ele e Noÿs. Quando chegou o dia da partida, ele estava quase completamente alheio ao fato.

Tudo o que Harlan conseguiu fazer para despertar um vestígio de interesse, quando Twissell retornou de uma sessão com o subcomitê do Conselho, foi perguntar: – Como foi a reunião?

Twissell respondeu, abatido: – Não foi exatamente a conversa mais agradável que eu já tive.

Harlan estava quase disposto a não fazer nenhum comentário, mas quebrou o silêncio momentâneo e murmurou: – Suponho que o senhor não tenha dito nada sobre...

– Não, não – foi sua resposta irritada. – Não falei nada sobre a garota nem sobre sua participação na direção errada de Cooper. Foi um erro infeliz, uma falha mecânica. Assumi total responsabilidade.

A consciência de Harlan, embora já tão sobrecarregada, encontrou espaço para uma pontada de remorso. – Isso vai prejudicá-lo.

– O que podem fazer? Eles têm que esperar pela correção antes de fazer alguma coisa comigo. Se falharmos, nenhum de nós poderá ser socorrido ou prejudicado. Se tivermos êxito, talvez o êxito em si me proteja. E se não proteger – o velho encolheu os ombros –, tenho planos de me aposentar da participação ativa nos negócios da Eternidade depois disso, de qualquer maneira. – Mas atrapalhou-se com seu cigarro e o jogou fora antes de fumá-lo até a metade.

Suspirou. – Preferia não tê-los envolvido nisso, mas não havia outro modo de usar a cápsula especial para outras viagens além do ponto de partida no tempo-abaixo.

Harlan virou-se. Seus pensamentos circulavam nos mesmos canais que haviam sido ocupados pela crescente exclusão de tudo o mais, durante vários dias. Ouviu vagamente a observação adicional de Twissell, mas foi somente com sua repetição que ele despertou: – O que disse?

– Eu disse, a sua mulher está pronta, rapaz? Ela entende o que vai fazer?

– Está pronta. Contei tudo a ela.

– Como ela reagiu?

– O quê?... Ah, sim, hum... como eu esperava. Não está com medo.

– Faltam menos de três fisio-horas agora.

– Eu sei.

Era aquilo por ora, e Harlan foi deixado a sós com seus pensamentos e uma repugnante consciência do que deveria fazer.

Com o término do carregamento da cápsula e o ajuste dos controles, Harlan e Noÿs apareceram com a mudança final de roupas, aproximando-as das vestimentas usadas numa área urbanizada do início do Século 20.

Noÿs havia modificado a sugestão de Harlan para seu figurino de acordo com um sentimento intuitivo que, alegou ela, as mulheres tinham no que se referia a roupas e estética. Escolheu o traje cuidadosamente, a partir de fotografias nos anúncios dos volumes apropriados da revista de notícias, e mandou importar itens minuciosamente examinados em uma dúzia de Séculos diferentes.

Ocasionalmente, perguntava a Harlan: – O que você acha? Ele encolhia os ombros. – Se o conhecimento é intuitivo, deixo isso com você.

– Isso é um mau sinal, Andrew – ela dizia, com uma leveza que não soava totalmente verdadeira. – Você está muito dócil. Qual é o problema? Você está diferente. E isso já faz dias.

– Estou bem – dizia Harlan, em tom monótono.

A primeira visão de Twissell dos dois no papel de nativos do 20 provocou uma débil tentativa de jocosidade. – Senhor Tempo – ele disse –, que roupa feia essa do Primitivo, e mesmo assim não consegue esconder sua beleza, minha... minha querida.

Noÿs sorriu-lhe carinhosamente, e Harlan, quieto e impassível, foi forçado a admitir que o galanteio enferrujado de Twissell tinha uma parcela de verdade. O traje de Noÿs a envolvia sem destacá-la, como deveria. Sua maquiagem limitava-se a pinceladas de cor sem imaginação nos lábios e bochechas e um feio redesenho da linha da sobrancelha. Seu adorável cabelo (isso era o pior) tinha sido cortado sem piedade. No entanto, ela estava linda.

Por sua vez, Harlan já estava se acostumando ao seu próprio cinto desconfortável, ao talhe apertado das axilas e da virilha e à pardacenta falta de cor na textura rústica de sua roupa. Vestir figurinos estranhos para adaptar-se a um Século já lhe era familiar.

– Agora, o que eu queria mesmo – dizia Twissell – era instalar controles manuais dentro da cápsula, como já conversamos, mas, aparentemente, não há como fazer isso. Os engenheiros simplesmente precisam ter uma fonte de energia grande o bastante para lidar com o deslocamento temporal, e isso não está disponível fora da Eternidade. A tensão temporal, enquanto estiverem no Primitivo, é tudo o que se pode conseguir. Entretanto, temos uma alavanca de retorno.

Ele os guiou até o interior da cápsula, abrindo caminho por entre as pilhas de suprimentos, e apontou o intruso dedo de metal que agora desfigurava a lisa parede interna da cápsula.

– Tudo se resume à instalação de um simples interruptor – ele disse. – Em vez de retornar automaticamente à Eternidade, a cápsula permanecerá no Primitivo indefinidamente. Entretanto, quando a alavanca for acionada de volta, a cápsula retornará. Haverá, então, o problema da segunda e, espero, última viagem...

– Segunda viagem? – perguntou Noÿs, imediatamente.

– Eu não expliquei isso – disse Harlan. – Veja, essa primeira viagem é apenas para determinar com precisão a hora da chegada de Cooper. Não sabemos qual é o lapso de Tempo entre a chegada dele e a publicação do anúncio. Vamos contatá-lo pela caixa postal e descobrir, se possível, o instante exato de sua chegada, ou o horário mais aproximado possível. Então poderemos voltar àquele momento, mais 15 minutos, para dar tempo de a cápsula de Cooper retornar...

Twissell interrompeu: – Você sabe, não podemos deixar a cápsula ocupar o mesmo lugar ao mesmo tempo em dois fisiotempos diferentes – e tentou sorrir.

Noÿs pareceu assimilar a informação. – Entendo – disse ela, não com absoluta convicção.

Twissell disse a Noÿs: – Pegar Cooper no momento de sua chegada reverterá as micromudanças. O anúncio da bomba atômica desaparecerá de novo e Cooper saberá apenas que, depois de a cápsula desaparecer, como já tínhamos dito que aconteceria, ela apareceu de novo, inesperadamente. Ele não vai saber que chegou ao Século errado e nós não lhe diremos nada. Diremos que havia uma instrução vital que tínhamos esquecido de lhe dar (teremos que inventar uma) e esperar que ele considere a questão tão irrelevante que nem vai mencionar que foi enviado duas vezes quando escrever suas memórias.

Noÿs levantou suas sobrancelhas afinadas. – É muito complicado.

– Sim. Infelizmente. – Esfregou uma mão na outra e olhou para o casal como se alimentasse uma dúvida interna. Então endireitou-se, apanhou um novo cigarro e até conseguiu certa elegância quando disse: – E agora, rapaz, boa sorte. – Twissell apertou brevemente a mão de Harlan, fez um gesto com a cabeça para Noÿs e saiu da cápsula.

– Vamos partir agora? – Noÿs perguntou a Harlan, quando ficaram a sós.

– Em alguns minutos – respondeu Harlan.

Olhou-a de soslaio. Ela olhava para ele sorrindo, sem medo. Por um momento, seu espírito respondeu àquele entusiasmo. Mas era emoção, não razão, aconselhou a si mesmo; instinto, não pensamento. Desviou o olhar.

A viagem não foi nada, ou quase nada; nenhuma diferença de uma viagem normal numa cápsula. No meio do caminho, houve uma espécie de trepidação interna que pode ter sido o ponto de partida no tempo-abaixo e pode ter sido puramente psicossomático. Foi quase imperceptível.

E logo estavam no Primitivo, e pisaram num mundo íngreme e desolado, iluminado pelo esplendor de um sol vespertino. Havia um vento suave, quase frio e, mais do que tudo, silêncio.

As rochas espalhadas eram enormes e escalvadas, coloridas em opacos arco-íris compostos de ferro, cobre e cromo. A grandiosidade daquele cenário deserto e completamente sem vida fez Harlan sentir-se pequeno e atrofiado. A Eternidade, que não pertencia ao mundo da matéria, não tinha sol e importava todo o ar. As lembranças de seu próprio tempo-natal eram vagas. Suas Observações nos vários Séculos lidavam com homens e suas cidades. Ele nunca experimentara *isso*.

Noÿs tocou em seu cotovelo.

– Andrew! Estou com frio.

Ele virou-se para ela, com um sobressalto.

– Não é melhor instalarmos o Radiante? – perguntou ela.

– Sim – ele disse. – Na caverna de Cooper.

– Você sabe onde fica?

– É bem aqui – disse ele, concisamente.

Não tinha dúvida. As memórias davam a localização exata da caverna, e primeiro Cooper, e agora ele, haviam sido trazidos exatamente ao mesmo ponto.

Harlan nunca duvidara da precisão da localização em viagens no Tempo, desde os tempos de Aprendizagem. Lembrou-se de si mesmo naqueles tempos, encarando o Educador Yarrow com seriedade e dizendo: "Mas a Terra gira em torno do Sol, e o Sol gira em torno no Centro da Galáxia, e a Galáxia se move também. Se você partir de um ponto na Terra e viajar cem anos no tempo-abaixo, vai acabar no espaço vazio, porque vai levar cem anos para a Terra alcançar esse mesmo ponto". (naquele tempo, um Século ainda era chamado de "cem anos".)

E o Educador Yarrow respondera bruscamente: "Não se separa o Tempo do espaço. Movendo-se pelo Tempo, você compartilha dos movimentos da Terra. Ou você acredita que um pássaro voando no ar é sugado para o espaço e desaparece porque a Terra está girando rapidamente em volta do Sol a quase trinta quilômetros por segundo?"

Argumentar a partir de analogias é arriscado, mas Harlan obteve provas mais rigorosas tempos depois e agora, após uma viagem praticamente sem precedentes ao Primitivo, podia virar-se com segurança e não se surpreender nem um pouco ao encontrar a abertura da caverna exatamente onde disseram que estaria.

Removeu a camuflagem de pedras e cascalhos e entrou.

Sondou a escuridão do interior, utilizando o facho branco de sua lanterna quase como um bisturi. Percorreu cada centímetro das paredes, do teto, do chão.

Noÿs, que estava logo atrás dele, sussurrou: – O que está procurando?

– Alguma coisa. Qualquer coisa.

Encontrou sua alguma e qualquer coisa no fundo da caverna na forma de uma pedra achatada cobrindo folhas esverdeadas, como um peso de papel.

Harlan jogou a pedra para o lado e passou as folhas pelo polegar.

– O que é isso? – perguntou Noÿs.

– Notas bancárias. Meio de troca. Dinheiro.

– Você sabia que estavam aí?

– Não sabia de nada. Só tinha esperança.

Era só uma questão de usar a lógica reversa de Twissell, calculando a causa a partir do efeito. A Eternidade existia, logo Cooper deve estar tomando decisões corretas também. Ao presumir que o anúncio levaria Harlan ao Tempo certo, a caverna era um óbvio meio de comunicação adicional.

No entanto, aquilo era muito melhor do que ele esperava. Mais de uma vez, durante os preparativos de sua viagem ao Primitivo, Harlan pensara que transitar por uma cidade levando apenas lingotes de ouro resultaria em suspeita e atrasos.

Cooper havia conseguido, é verdade, mas Cooper tivera tempo. Harlan avaliou o peso do maço de notas. E Cooper deve ter tido tempo de acumular tudo isso. Tinha feito um bom trabalho, o jovem, um esplêndido trabalho.

E o círculo estava se fechando!

Os suprimentos haviam sido removidos para a caverna, sob a luz cada vez mais avermelhada do sol poente. A cápsula fora coberta com uma película refletora que a escondia de todos os olhares curiosos, exceto os que chegassem muito perto, e Harlan estava armado com um desintegrador para cuidar destes, se fosse o caso. O Radiante estava instalado na caverna e a lanterna estava encravada numa fenda, a fim de que tivessem calor e luz.

Lá fora, era uma fria noite de março.

Noÿs olhou pensativamente o interior liso e paraboloide do Radiante, que girava lentamente sobre seu eixo. – Andrew, quais são seus planos? – ela perguntou.

– Amanhã cedo – ele respondeu – vou para a cidade mais próxima. Sei onde fica... ou onde deveria ficar. (Voltou ao "fica" em sua mente. Não haveria problema. A lógica de Twissell de novo.)

– Eu vou com você, não vou?

Ele balançou a cabeça, negativamente. – Para começar, você não sabe falar a língua, e a viagem já vai ser bastante difícil para um só.

A aparência de Noÿs era estranhamente arcaica em seu cabelo curto, e a súbita raiva em seus olhos fez Harlan virar o rosto, constrangido.

– Não sou boba, Andrew. Você mal fala comigo. Não olha para mim. O que é? Está sendo dominado pela moralidade de seu Século? Acha que traiu a Eternidade e está me culpando por isso? Acha que eu o corrompi? O que é?

– Você não sabe como me sinto – ele disse.

– Então descreva como se sente. Agora é a hora. Você nunca vai ter uma chance como esta. Você sente amor? Por mim? Acho que não, senão não estaria me usando como bode expiatório. Por que me trouxe aqui? Diga. Por que não me deixou na Eternidade, já que não tenho utilidade aqui e já que você parece mal suportar a minha presença?

– Há perigo – murmurou Harlan.

– Ora, por favor.

– É mais que perigo. É um pesadelo. O pesadelo do Computador Twissell – disse Harlan. – Foi durante nossa última escapada em pânico ao tempo-acima, aos Séculos Ocultos, que ele me contou as ideias que tinha sobre esses Séculos. Ele especulou sobre a possibilidade de variedades evoluídas do homem, uma nova espécie, talvez um super-homem, se escondendo no longínquo tempo-acima, se isolando das interferências, conspirando para acabar com nossas alterações da Realidade. Twissell achava que eles haviam construído a barreira no 100.000. Então encontramos você e o Computador Twissell abandonou seu pesadelo. Decidiu que nunca houve barreira alguma. Voltou ao problema mais imediato de salvar a Eternidade.

– Mas veja, eu fui contaminado pelo pesadelo dele. Eu experimentei a barreira, então sei que ela existiu. Nenhum Eterno a construiu, pois Twissell disse que isso era teoricamente impossível. Talvez as teorias da Eternidade não fossem longe o bastante. A barreira estava lá. Alguém a construiu. Ou alguma coisa.

– É claro – continuou ele, pensativamente – que Twissell estava enganado em alguns aspectos. Ele supõe que o homem *deve* evoluir, mas isso não é verdade. Paleontologia não é uma ciência que interesse aos Eternos, mas interessava aos últimos Primitivos, então aprendi um pouco sobre o assunto. Pelo menos de uma coisa eu sei: as espécies evoluem somente para enfrentar as pressões de novos ambientes. Num ambiente estável, uma espécie pode permanecer inalterada por milhões de Séculos. O homem Primitivo evoluiu rapidamente porque seu ambiente era hostil e instável. Entretanto, uma vez que a humanidade aprendeu a criar seu próprio ambiente, ela criou um estável e agradável; portanto, naturalmente parou de evoluir.

– Não sei do que está falando – disse Noÿs, não demonstrando o menor sinal de abrandamento – e você não está dizendo nada sobre nós, que é o assunto que me interessa.

Harlan conseguiu permanecer impassível, externamente. – Agora, por que a barreira no 100.000? – ele continuou. – Qual é o propósito? Não fizeram nada com você. Que outro significado poderia ter? Perguntei a mim mesmo: o que aconteceu por causa da presença da barreira que não teria acontecido em sua ausência?

Fez uma pausa, olhando para suas pesadas e desajeitadas botas de couro natural. Ocorreu-lhe que poderia aumentar seu conforto se as tirasse durante a noite, mas não agora, não agora...

– Havia apenas uma resposta para essa pergunta – ele disse. – A existência daquela barreira me mandou de volta ao tempo-abaixo, desvairado, para pegar um chicote neurônico e atacar Finge. Instigou em mim a ideia de arriscar a Eternidade para resgatar você e destruir a Eternidade quando eu achasse que tinha fracassado. Entende?

Noÿs o encarava com um misto de horror e incredulidade. – Quer dizer que as pessoas do tempo-acima queriam que você fizesse tudo aquilo? Eles planejaram tudo?

– *Sim*. Não me olhe assim. *Sim!* E você não vê que isso muda tudo? Se eu estivesse agindo sozinho, por razões pessoais, arcaria com todas as consequências, materiais e espirituais. Mas ser *enganado, iludido* por pessoas que controlaram e manipularam as minhas emoções, como se eu fosse um Computaplex no qual era só preciso inserir as folhas perfuradas certas...

Harlan percebeu de repente que estava gritando e calou-se abruptamente. Deixou passar alguns instantes e então disse: – É impossível aceitar isso. Tenho que desfazer o que fui manipulado a fazer como uma marionete. E quando eu desfizer o que fiz, vou conseguir descansar de novo.

E ele descansaria... talvez. Podia sentir a chegada de um triunfo impessoal, desassociado da tragédia pessoal que havia atrás e à frente. O círculo estava se fechando!

A mão de Noÿs estendeu-se, insegura, como se quisesse tocar a mão dele, rígida e inflexível.

Harlan recuou, evitando a solidariedade dela. – Foi tudo planejado. Meu encontro com você. Tudo. Minha constituição emocional foi analisada. É óbvio. Ação e reação. Aperte esse botão e o homem fará isso. Aperte aquele botão e ele fará aquilo.

Harlan falava com dificuldade, profundamente envergonhado. Tentou sacudir o horror da cabeça, como um cão sacudiria a saliva. Então continuou: – Uma coisa eu não entendi, a princípio. Como consegui adivinhar que Cooper iria ser enviado ao Primitivo? Era algo improvável de se adivinhar. Eu não tinha base nenhuma. Twissell também não entendeu. Mais de uma vez ele se perguntou como eu tinha conseguido adivinhar com tão pouco conhecimento em matemática.

– No entanto, consegui. A primeira vez foi naquela... naquela noite. Você estava dormindo, mas eu não. Tive o pressentimento de que havia algo que eu deveria lembrar; algum comentário, alguma ideia, *alguma coisa* que eu tinha vislumbrado na excitação e no contentamento daquela noite. Quando me concentrei, todo o significado de Cooper brotou na minha mente e, com isso, a ideia de que eu estava em posição de destruir a Eternidade também entrou na minha mente. Mais tarde, estudei histórias da matemática, mas, na verdade, isso foi desnecessário. Eu já sabia. Tinha certeza. Como? Como?

Noÿs o fitava atentamente. Não tentou tocá-lo, agora. – Você quer dizer que os homens dos Séculos Ocultos planejaram isso também? Colocaram tudo em sua mente e depois o manipularam?

– Sim, sim. E ainda não terminaram. Ainda há trabalho a fazer. O círculo pode estar se fechando, mas não se fechou ainda.

– Como eles podem fazer alguma coisa agora? Não estão aqui conosco.

– Não? – Ele disse a palavra num tom tão cavernoso que Noÿs empalideceu.

– Supercoisas invisíveis? – ela sussurrou.

– Não supercoisas. Não invisíveis. Eu lhe disse que o homem não evoluiria enquanto controlasse seu próprio ambiente. As pessoas dos Séculos Ocultos são Homo sapiens. Pessoas normais.

– Então com certeza não estão aqui.

– Você está aqui, Noÿs – ele disse, com tristeza.

– Sim, e você. Mais ninguém.

– Você e eu – concordou Harlan. – Mais ninguém. Uma mulher dos Séculos Ocultos e eu... Pare de fingir, Noÿs. Por favor.

Ela o encarou horrorizada. – O que você está dizendo, Andrew?

– O que tenho que dizer. O que *você* estava dizendo naquela noite, quando me deu a bebida de hortelã? Estava falando comigo. Sua voz suave... palavras suaves... Não ouvi nada, não conscientemente, mas me lembro da sua voz delicada sussurrando. Sobre o quê? A viagem de Cooper ao tempo-abaixo; o golpe de Sansão na Eternidade. Estou certo?

– Nem sei o que significa golpe de Sansão – disse Noÿs.

– Você consegue adivinhar com precisão, Noÿs. Diga, quando você entrou no 482? Quem você substituiu? Ou você apenas... se inseriu? Mandei fazer seu Mapeamento de Vida por um perito no 2456. Na nova Realidade, você não tinha absolutamente nenhuma existência. Nenhuma análoga. Estranho para uma Mudança tão pequena, mas não impossível. E então o Mapeador de Vida disse uma coisa que eu ouvi com os ouvidos, mas não com a mente. Estranho eu me lembrar disso. Talvez, naquele instante mesmo, algo tenha mudado na minha mente, mas eu estava envolvido demais com... você para ouvir. Ele disse: *"Com a combinação de fatores que você me entregou, não consigo ver como ela se ajusta na Realidade anterior".*

– Ele tinha razão. Você não se ajustava. Você era uma invasora do longínquo tempo-acima manipulando a mim, e a Finge também, para seus próprios objetivos.

– Andrew... – disse Noÿs, com urgência na voz.

– Tudo se encaixava, se eu quisesse enxergar. Um livrofilme na sua casa intitulado *História Econômica e Social*. Fiquei surpreso quando o vi pela primeira vez. Você precisava dele, não é, para aprender como se comportar como uma mulher do Século. Outro item. Nossa primeira viagem aos Séculos Ocultos, lembra? *Você* parou a cápsula no 111.394. E parou com habilidade, sem hesitar. Onde aprendeu a controlar uma cápsula? Se você fosse o que aparentava ser, aquela teria sido sua primeira viagem numa cápsula. Por que o 111.394, afinal? Era seu Século natal?

– Por que me trouxe ao Primitivo, Andrew? – perguntou ela, suavemente.

Ele gritou de repente: – Para proteger a Eternidade! Não sabia que danos você poderia provocar lá. Aqui, você é inofensiva, porque sei quem você é. Admita que tudo o que eu disse é verdade! Admita!

Ele se levantou num acesso de cólera, o braço erguido. Ela não se esquivou. Estava absolutamente calma. Parecia moldada em cera, cálida e linda. Harlan não completou o movimento do braço.

– Admita! – ele disse.

– Você ainda tem dúvida, depois de todas as suas deduções? Que diferença faz eu admitir ou não?

Harlan sentiu a fúria aumentar. – Admita, de qualquer forma, para que eu não precise sentir nenhuma dor. Absolutamente nenhuma.

– Dor?

– Porque tenho um desintegrador, Noÿs, e pretendo matá-la.

18

O INÍCIO DA INFINIDADE

Havia uma incerteza lancinante dentro de Harlan, uma indecisão que o consumia. Tinha o desintegrador em sua mão. Apontado para Noÿs.

Mas por que ela não dizia nada? Por que persistia naquela atitude impassível?

Como poderia matá-la?

Como poderia não matá-la?

– E então? – ele disse, roucamente.

Ela se moveu, mas apenas para cruzar frouxamente as mãos sobre o colo, parecendo ainda mais relaxada, mais altiva. Quando falou, sua voz mal parecia a de um ser humano. Encarando o cano do desintegrador, ainda assim a voz ganhou segurança e assumiu uma qualidade quase mística de força impessoal.

Ela disse: – Você não deve querer me matar só para proteger a Eternidade. Se fosse esse seu desejo, poderia me desacordar, me amarrar firmemente, me prender nesta caverna e depois partir para as suas viagens ao amanhecer. Ou poderia ter pedido ao Computador Twissell para me manter em confinamento solitário durante sua permanência no Primitivo. Ou poderia me levar com você ao amanhecer e me abandonar no deserto. Se somente a minha morte o satisfaz, é porque acha que eu o traí, que primeiro eu o induzi ao amor para depois induzi-lo à traição. Isso é assassinato por orgulho ferido, e não a justa retribuição que você diz a si mesmo que é.

Harlan embaraçou-se. – Você é dos Séculos Ocultos? Responda.

– Sou – disse Noÿs. – Vai me desintegrar agora?

O dedo de Harlan tremeu sobre o ponto de contato do desintegrador. Contudo, hesitou. Algo irracional dentro dele ainda conseguia defendê-la, mostrando-lhe os resquícios de seu próprio e inútil amor. Estaria ela desesperada com a rejeição dele? Estaria deliberadamente cortejando a morte através da mentira? Estaria satisfazendo um capricho de heroísmo nascido do desespero por causa de suas dúvidas sobre ela?

Não!

Os livrofilmes de tradição literária açucarada do Século 289 talvez pudessem pensar numa trama assim, mas não uma garota como Noÿs. Ela não era do tipo de morrer nas mãos de um falso amante com o alegre masoquismo de um lírio ferido e despedaçado.

Então, estaria ela desdenhosamente negando sua capacidade de matá-la, qualquer que fosse o motivo? Estaria confiando na atração que sabia exercer sobre ele, até mesmo agora, certa de que isso o imobilizaria e paralisaria, em fraqueza e vergonha?

Essa hipótese era mais plausível. Seu dedo apertou o contato da arma com mais força.

Noÿs falou de novo: – Você está aguardando. Significa que está esperando que eu inicie minha defesa?

– Que defesa? – Harlan tentou falar com desdém, mas agradeceu por essa distração. Isso poderia adiar o momento em que teria de olhar para o corpo desintegrado dela, para os restos de carne ensanguentada que talvez sobrassem, e saber que o que fora feito à sua bela Noÿs fora feito por suas próprias mãos.

Encontrou pretextos para sua demora. Pensou, febrilmente: "Deixe que ela fale. Deixe que conte o que puder sobre os Séculos Ocultos. Tanto melhor para proteger a Eternidade".

Isso proporcionou uma falsa mas firme estratégia às suas ações e, por enquanto, ele podia olhar para ela com a mesma calma no rosto, quase, com que ela olhava para ele.

Noÿs parecia ler sua mente. – Quer saber sobre os Séculos Ocultos? – ela perguntou. – Se isso for uma defesa, vai ser fácil. Gostaria de saber, por exemplo, por que não existem seres humanos na Terra depois dos 150.000? Estaria interessado?

Harlan não iria implorar por informações, nem iria barganhar por informações. Estava armado com um desintegrador. Estava determinado a não mostrar sinais de fraqueza.

– Fale! – ele disse e enrubesceu ao ver o leve sorriso que foi a primeira reação dela à sua exclamação.

Ela disse: – Num momento no fisiotempo antes de a Eternidade chegar longe no tempo-acima, antes de alcançar os Séculos 10.000, nós de nosso Século – e você estava certo, era o 111.394 – ficamos sabendo da existência da Eternidade. Nós também fazíamos viagens no Tempo, sabe, mas eram baseadas num conjunto de postulados completamente diferente do seu, e preferíamos observar o Tempo, em vez de deslocar massa. Além disso, lidávamos apenas com nosso passado, nosso tempo-abaixo.

– Descobrimos a Eternidade indiretamente. Primeiro, desenvolvemos o cálculo de Realidades e testamos nossa própria Realidade através dele. Ficamos espantados ao descobrir que vivíamos uma Realidade de probabilidade muito baixa. Era uma questão séria. Por que uma Realidade tão improvável?... Parece distraído, Andrew! Está interessado ou não?

Harlan ouviu-a dizer seu nome com todo o carinho íntimo que usara nas últimas semanas. Isso deveria doer em seus ouvidos agora, deveria irritá-lo com sua cínica falsidade. No entanto, não foi assim.

Ele disse, desesperadamente: – Continue e acabe logo com isso, mulher.

Tentou balancear o calor do "Andrew" dela com a frieza raivosa de seu "mulher", mas ela apenas sorriu de novo, palidamente.

Ela continuou: – Pesquisamos o passado e deparamos com a Eternidade se expandindo. Pareceu-nos quase imediatamente óbvio que tinha havido num mesmo ponto no fisiotempo (uma concepção que também temos, mas com outro nome) uma outra Realidade. A outra Realidade, a de máxima probabilidade, nós chamamos de Estado Básico. O Estado Básico já havia nos incluído uma vez, ou havia incluído nossos análogos, pelo menos. Na época, não podíamos dizer qual era a natureza do Estado Básico. Não tínhamos como saber.

– Entretanto, sabíamos que alguma Mudança iniciada pela Eternidade no longínquo tempo-abaixo tinha conseguido, por manobras do acaso na probabilidade estatística, alterar o Estado Básico ao longo de todo o tempo-acima até o nosso Século e além. Começamos a determinar a natureza do Estado Básico com o intuito de desfazer o mal, se fosse mal. Primeiro, instalamos a área de quarentena que vocês chamam de Séculos Ocultos, isolando os Eternos abaixo dos 70.000. Esse escudo de isolamento nos protegeria, exceto por uma porcentagem mínima, de quaisquer Mudanças que fossem realizadas. Não era absolutamente seguro, mas nos dava tempo.

– Em seguida, fizemos algo que nossa cultura e ética não nos permitiriam fazer, normalmente. Investigamos nosso próprio futuro, nosso tempo-acima. Aprendemos sobre o destino do homem na Realidade que realmente existia, a fim de podermos compará-la ao Estado Básico. Em algum lugar além do 125.000, a humanidade descobriu o segredo da propulsão interestelar. Aprenderam como controlar o Salto através do hiperespaço. Finalmente, o homem poderia alcançar as estrelas.

Harlan escutava suas palavras cadenciadas com crescente atenção. Quanta verdade havia em tudo aquilo? Até onde era uma tentativa calculada de enganá-lo? Tentou quebrar a magia falando, rompendo a fácil fluência de suas frases.

– E uma vez que puderam alcançar as estrelas, assim o fizeram e deixaram a Terra. Fizemos essa suposição.

– Então fizeram a suposição errada. O homem *tentou* sair da Terra. Mas, infelizmente, não estamos sozinhos na Galáxia. Existem outras estrelas com outros planetas. Existem até outras inteligências. Nenhuma, pelo menos nesta Galáxia, é tão antiga quanto a humanidade, mas nos Séculos 125.000 o homem permaneceu na Terra, e mentes mais jovens nos alcançaram e nos ultrapassaram, desenvolveram a propulsão interestelar e colonizaram a Galáxia.

– Quando saímos para o espaço, as placas estavam lá. *Ocupado! Não ultrapasse! Mantenha distância!* A humanidade recuou em suas sondagens exploratórias, ficou em casa. Mas agora o homem sabia o que a Terra realmente significava: uma prisão cercada por uma infinidade de liberdade... E a humanidade definhou e desapareceu!

– Simplesmente desapareceu. Bobagem – disse Harlan.

– Não desapareceu *simplesmente*. Levou milhares de Séculos. Houve altos e baixos, mas, no geral, houve uma perda de objetivo, um senso de futilidade, um sentimento de desesperança que não puderam ser superados. No fim, houve um último declínio na taxa de natalidade e, finalmente, a extinção. Sua Eternidade fez isso.

Harlan agora poderia defender a Eternidade de forma ainda mais intensa e disparatada, já que ele próprio, há não muito tempo, a atacara tão entusiasticamente. Disse: – Permitam-nos entrar nos Séculos Ocultos e corrigiremos isso. Não fracassamos ainda no objetivo de alcançar o bem maior nos Séculos que estão ao nosso alcance.

– O bem maior? – perguntou Noÿs, num tom indiferente que parecia zombar da frase. – O que é isso? Suas máquinas decidem. Seus Computaplexes. Mas quem é que ajusta as máquinas e diz a elas o que pesar na balança? As máquinas não resolvem problemas com maior lucidez do que os homens, só resolvem mais rápido. Só mais rápido! Então, o que é que os Eternos consideram o bem? Eu lhe digo. Proteção e segurança. Moderação. Nada em excesso. Nenhum risco sem a certeza absoluta do retorno adequado.

Harlan engoliu em seco. Com súbita força, lembrou-se das palavras de Twissell na cápsula, enquanto conversavam sobre os homens evoluídos dos Séculos Ocultos. Ele disse: *"Nós extirpamos o incomum."*

E não era isso mesmo?

– Bem – disse Noÿs –, você parece estar pensando. Pense nisso, então. Na Realidade que existe agora, por que o homem está sempre tentando as viagens espaciais e sempre fracassando? Com certeza, cada era espacial deve saber sobre os fracassos anteriores. Por que tentam de novo, então?

– Não estudei esse assunto – disse Harlan. Mas pensou, com inquietação, nas colônias de Marte, estabelecidas várias vezes e sempre fracassando. Pensou na estranha atração que as viagens espaciais sempre exerciam, mesmo nos Eternos. Podia ouvir o Sociólogo Voy, do 2456, suspirando pela perda das viagens espaciais com eletrogravíticos em um Século e dizendo, saudosamente: *"Era tudo tão bonito"*. E o Mapeador de Vida Neron Feruque, que praguejara com amargura contra seu desaparecimento e, para compensar seu espírito, tivera um acesso de raiva pela forma como a Eternidade lidava com a questão do soro anticâncer.

Haveria o desejo instintivo por parte de seres inteligentes de expandir-se, de alcançar as estrelas, de abandonar a prisão da gravidade? Seria esse desejo o que forçava o homem a desenvolver viagens interplanetárias dezenas de vezes, que o forçava a viajar eternamente a mundos inóspitos de um sistema solar em que apenas a Terra era habitável? Seria o fracasso final, o conhecimento de que a humanidade precisava voltar à sua prisão domiciliar, o que causava os desajustes contra os quais a Eternidade lutava continuamente? Harlan pensou nos viciados em drogas naqueles mesmos Séculos inúteis dos eletrogravíticos.

– Ao eliminar os desastres da Realidade – disse Noÿs –, a Eternidade exclui também os triunfos. É enfrentando as grandes dificuldades que a humanidade consegue alcançar com mais êxito os grandes objetivos. É do perigo e da insegurança que surge a força que impulsiona a humanidade para novas e grandiosas conquistas. Você consegue entender isso? Consegue entender que, ao afastar as armadilhas e vicissitudes que perseguem o homem, a Eternidade não deixa que ele encontre suas próprias soluções, boas e amargas, soluções reais que chegam quando a dificuldade é enfrentada, não evitada?

Harlan começou a falar, mecanicamente: – O bem maior do maior número...

Noÿs o interrompeu: – Suponha que a Eternidade nunca tivesse existido.

– Bem?

– Pois vou dizer o que teria acontecido. As energias gastas em engenharia temporal teriam sido empregadas em física nuclear. A Eternidade não teria existido, mas a propulsão interestelar, sim. O homem teria alcançado as estrelas mais de cem mil Séculos antes que na atual Realidade. As estrelas estariam então desocupadas e a humanidade teria se estabelecido em toda a Galáxia. *Nós* teríamos chegado primeiro.

– E o que ganharíamos com isso? – perguntou Harlan, obstinadamente. – Nós seríamos mais felizes?

– O que quer dizer com "nós"? O homem não seria um só mundo, mas um milhão de mundos, um bilhão de mundos. Teríamos o infinito ao nosso alcance. Cada mundo teria seu próprio período de Séculos, cada um teria seus próprios valores, a chance de buscar a felicidade cada um a seu modo. Existem muitas felicidades, muitos bens, uma variedade infinita. *Esse* é o Estado Básico da humanidade.

– Isso é só um palpite – disse Harlan, e ficou irritado consigo mesmo por sentir-se atraído pelo quadro que ela evocara. – Como pode saber o que teria acontecido?

– Vocês riem da ignorância dos Tempistas, que conhecem apenas uma Realidade. Nós rimos da ignorância dos Eternos, que acham que existem muitas Realidades, mas apenas uma de cada vez.

– O que significa essa conversa?

– Nós não calculamos Realidades alternativas. Nós as observamos. Nós as vemos em seu estado de não-Realidade.

– Uma espécie de terra do nunca fantasmagórica, onde o poderia-ter-sido brinca com o "se".

– Sem o sarcasmo, sim.

– E como vocês fazem isso?

Noÿs fez uma pausa e então disse: – Como posso explicar, Andrew? Fui educada para conhecer certas coisas sem realmente entender tudo sobre elas, assim como você. Sabe explicar como funciona um Computaplex? No entanto, você sabe que ele existe e funciona.

Harlan enrubesceu. – Certo. E então?

– Aprendemos a observar as Realidades e descobrimos que o Estado Básico era aquilo que eu descrevi. Descobrimos também a Mudança que havia destruído o Estado Básico. Não era nenhuma Mudança iniciada pela Eternidade; era o próprio estabelecimento da Eternidade, o simples fato de sua existência. Qualquer sistema parecido com a Eternidade, que permite ao homem escolher seu próprio futuro, terminará optando pela segurança e pela mediocridade, e numa Realidade como essa as estrelas estão fora do alcance. A mera existência da Eternidade aniquilou de uma vez o Império Galáctico. Para restaurá-lo, a Eternidade deve ser eliminada.

– O número de Realidades é infinito. O número de qualquer subclasse de Realidades também é infinito. Por exemplo, o número de Realidades que contêm a Eternidade é infinito; o número em que a Eternidade não existe é infinito; o número em que a Eternidade existe, mas é abolida, também é infinito. Entretanto, meu povo escolheu entre os infinitos um grupo que me envolvia.

– Não tive nada a ver com isso. Eles me treinaram para minha missão assim como Twissell e você treinaram Cooper para a missão dele. Mas o número de Realidades em que eu fui a agente da destruição da Eternidade também era infinito. Pude escolher entre cinco Realidades que pareciam as menos complexas. Escolhi esta, a que envolvia você, o único sistema de Realidades que envolvia você.

– Por que fez essa escolha? – perguntou Harlan.

Noÿs virou o rosto. – Porque eu amava você. Amava muito antes de conhecê-lo.

Harlan abalou-se. Ela dissera aquilo com tão profunda sinceridade. Pensou, com repulsa: "Ela é uma atriz...".

– Isso é ridículo – disse ele.

– É? Estudei as Realidades à minha disposição. Estudei a Realidade em que voltei ao Século 482, conheci Finge e depois você. A Realidade em que você veio até mim e me amou, em que você me levou à Eternidade e ao longínquo tempo--acima no meu próprio Século, em que você enviou Cooper na direção errada, em que você e eu, juntos, retornamos ao Primitivo. Vivemos no Primitivo pelo resto de nossas vidas. Vi nossas vidas juntos e eram vidas felizes, e eu o amava. Então, não há nada de ridículo. Escolhi esta alternativa para que nosso amor pudesse existir.

– Tudo isso é falso. É falso – disse Harlan. – Como espera que eu acredite em você? – Fez uma pausa e, então, subitamente falou: – Espere! Está dizendo que já sabia de tudo isso? Tudo o que iria acontecer?

– Sim.

– Então é óbvio que está mentindo. Você saberia que eu a manteria sob a mira de um desintegrador. Saberia que você teria fracassado. Como explica isso?

Ela suspirou levemente. – Eu disse que existe um número infinito de qualquer subclasse de Realidades. Não importa quão preciso seja o foco numa dada Realidade, ela sempre representa um número infinito de Realidades muito similares. Existem pontos vagos e imprecisos. Quanto maior a nossa precisão, menos vagos ficam os pontos, mas a exatidão perfeita não pode ser obtida. Quanto mais precisão, menor a probabilidade de variações ao acaso estragarem o resultado, mas a probabilidade nunca é absolutamente zero. Nesta Realidade, um ponto impreciso prejudicou as coisas.

– Qual?

– Era para você ter voltado ao longínquo tempo-acima depois que a barreira do 100.000 fosse removida, e você voltou. Mas era para você ter voltado sozinho. Foi por isso que fiquei tão assustada quando vi o Computador Twissell com você.

Novamente, Harlan ficou perturbado. Como ela fazia as coisas se encaixarem!

– Eu teria ficado ainda mais assustada se tivesse percebido a real importância daquela alteração. Se você tivesse voltado sozinho, teria me trazido ao Primitivo, como fez. Então, por amor à humanidade, por amor a mim, você teria deixado Cooper onde ele está. Seu círculo seria quebrado, a Eternidade acabaria e nossa vida aqui estaria segura.

– Mas você voltou com Twissell, uma variação aleatória. No caminho, ele falou das ideias que tinha sobre os Séculos Ocultos e desencadeou em você uma série de deduções que o fizeram duvidar da *minha* boa-fé. O resultado é esse desintegrador entre nós... Bem, Andrew, essa é a história. Pode me desintegrar. Nada vai detê-lo.

A mão de Harlan doía por apertar o desintegrador na mesma posição. Vertiginosamente, passou a arma para a outra mão. Será que não havia nenhuma falha naquela história? Onde estava a firmeza que ele deveria ter conquistado quando teve a confirmação de que ela era uma criatura dos Séculos Ocultos? Harlan mais do que nunca dilacerava-se em conflito, e a alvorada se aproximava.

– Por que dois esforços para destruir a Eternidade? – perguntou ele. – Por que a Eternidade não poderia ter sido destruída de uma vez por todas quando enviei Cooper ao Século 20? Tudo teria terminado ali e não haveria esta agonia de incerteza.

– Porque – disse Noÿs – destruir esta Eternidade não basta. Temos que reduzir a probabilidade do estabelecimento de qualquer forma de Eternidade a quase zero. Então, existe uma coisa que precisamos fazer aqui no Primitivo. Uma pequena Mudança, uma coisinha. Você sabe como é uma Mudança Mínima Necessária. É só uma carta a uma península chamada Itália, aqui no Século 20. Estamos no 19,32. Em poucos Centisséculos, se eu enviar a carta, um homem na Itália começará a fazer experiências de bombardeamento de urânio com nêutrons.

Harlan horrorizou-se. – Vocês vão alterar a História Primitiva?

– Sim. É nossa intenção. Na nova Realidade, a Realidade final, a primeira explosão nuclear ocorrerá não no Século 30, mas no 19,45.

– Mas vocês sabem o perigo disso? Conseguem avaliar o perigo?

– Sabemos do perigo. Observamos os resultados em inúmeras Realidades. Existe a probabilidade, não a certeza, naturalmente, de que a Terra acabe numa crosta altamente radioativa, mas antes disso...

– Você quer dizer que pode haver uma compensação para isso?

– Um Império Galáctico. Uma verdadeira intensificação do Estado Básico.

– E vocês ainda acusam os Eternos de interferência...

– Nós os acusamos de interferirem muitas vezes para manter a humanidade segura em casa, na prisão. Nós interferimos uma vez, *uma única* vez, para levar o homem prematuramente à física nuclear, a fim de que ele nunca, *nunca*, estabeleça a Eternidade.

– Não! – disse Harlan, desesperadamente. – Tem que haver uma Eternidade.

– Se você quiser. A escolha é sua. Se quiser que psicopatas decidam o futuro da humanidade...

– *Psicopatas!* – explodiu Harlan.

– E não são? Você os conhece. Pense!

Harlan encarou-a horrorizado e ultrajado, mas não pôde deixar de pensar. Pensou nos Aprendizes descobrindo a verdade sobre a Realidade e, como resultado, a tentativa de suicídio do Aprendiz Latourette. Ele havia sobrevivido e se tornado Eterno com cicatrizes em sua personalidade que ninguém conhecia e, no entanto, ajudava a decidir as Realidades alternativas.

Pensou no sistema de castas da Eternidade, na vida anormal que transformava sentimento de culpa em raiva e ódio contra os Técnicos. Pensou nos Computadores lutando entre si, em Finge fazendo intrigas contra Twissell e Twissell espionando Finge. Pensou em Sennor lutando contra sua cabeça calva por meio da luta contra todos os Eternos.

Pensou em si mesmo.

Então pensou em Twissell, o grande Twissell, também infringindo as leis da Eternidade.

Era como se sempre soubesse que a Eternidade era tudo isso. Por que outro motivo ele teria estado tão disposto a destruí-la? No entanto, nunca o admitira totalmente a si mesmo; nunca enxergara isso tão claramente como subitamente enxergava agora.

E ele via a Eternidade, com grande clareza, como um antro de profundas psicoses, um fosso retorcido de motivações anormais, uma massa de vidas desesperadas brutalmente arrancadas de seu contexto.

Olhou inexpressivamente para Noÿs.

Carinhosamente, ela disse: – Você entende? Venha até a abertura da caverna comigo, Andrew.

Ele a seguiu, hipnotizado, estarrecido com seu ponto de vista inteiramente novo. Pela primeira vez seu desintegrador baixou, abandonando a linha que o conectava ao coração de Noÿs.

Os pálidos raios da alvorada começavam a acinzentar o céu, e a corpulenta cápsula fora da caverna era uma sombra opressiva contra aquela palidez. Seu contorno estava obscurecido, coberto pela película jogada sobre ela.

– Esta é a Terra – disse Noÿs. – Não o único e eterno lar da humanidade, mas apenas o ponto de partida de uma aventura infinita. Tudo o que tem a fazer é tomar uma decisão. A decisão é só sua. Você, eu e o conteúdo da caverna ficaremos protegidos contra a Mudança por um campo de fisiotempo. Cooper e seu anúncio irão sumir; a Eternidade vai desaparecer, assim como a Realidade do meu Século, mas *nós* vamos permanecer e ter filhos e netos, a humanidade vai permanecer e alcançar as estrelas.

Ele se virou e olhou para ela, e ela estava sorrindo para ele. Era a mesma Noÿs de antes, e o coração dele bateu da mesma forma a que já se acostumara.

Ele nem percebeu que havia tomado sua decisão até que o cinza da manhã repentinamente invadiu todo o céu, enquanto o casco da cápsula desaparecia da paisagem.

Com aquele desaparecimento, ele sabia, no mesmo instante em que Noÿs lentamente envolvia-se em seus braços, veio o fim, o definitivo fim da Eternidade.

... E o início da Infinidade.

TIPOGRAFIA:
Caslon [texto]
Sharp Grotesk [entretítulos]

PAPEL:
Ivory Slim 65 g/m² [miolo]
Supremo 250 g/m² [capa]

IMPRESSÃO:
Rettec Artes Gráficas e Editora Ltda. [fevereiro de 2025]
1ª edição: outubro de 2007 [9 reimpressões]
2ª edição: setembro de 2019 [5 reimpressões]